KB113953

法王傳記
법왕전기
Fantastic Oriental Heroes
우독 新무협 판타지 소설

법왕전기 4

우독 新무협 판타지 소설

초판 1쇄 찍은 날 § 2006년 6월 12일
초판 1쇄 펴낸 날 § 2006년 6월 22일

지은이 § 우독
펴낸이 § 서경석

편집장 § 문혜영
편집책임 § 최하나
편집 § 장상수 · 문정흠

펴낸곳 § 도서출판 청어람
등록번호 § 제1081-1-89호
등록일자 § 1999. 5. 31
어람번호 § 제2-0933호

주소 § 경기도 부천시 원미구 심곡1동 350-1 남성B/D 3F (우) 420-011
전화 § 032-656-4452 팩스 § 032-656-4453
http://www.chungeoram.com
E-mail § eoram99@chollian.net

ISBN 89-251-0166-1 04810
ISBN 89-5831-964-X (SET)

法王傳記

4

도서출판 청어람

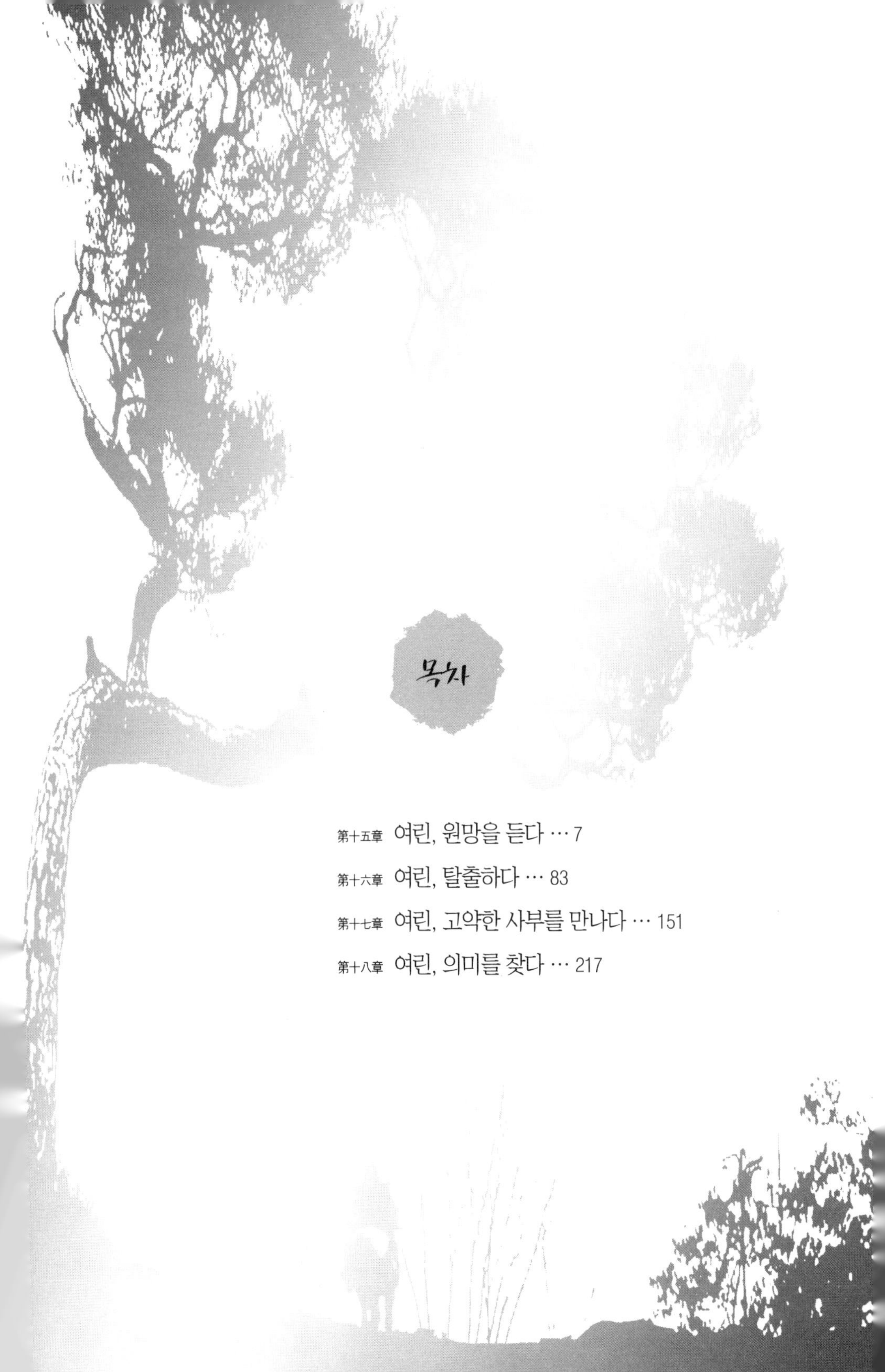

목차

第十五章

여린, 원망을 듣다

여린, 원망을 듣다

하우영은 유진영을 잃었고, 막여청은 눈앞에서
화초랑이 낭아곤에 머리통이 으깨져 죽었지!
이게 다 누구의 책임이냐?

그날 밤, 북궁연은 사하현 현청의 깊숙한 후원 별채에 앉아 북경으로 보낼 두 통의 서찰을 적고 있었다. 한 통은 사정기관인 규찰원의 원주에게 보내는 것이었고, 한 통은 그의 친숙부이자 정치적 후원자인 내각 대학사 북기철에게 보내는 것이었다.

서찰의 내용은 간단했다.

사하현의 즙포 여린이 독직을 일삼고, 직권을 남용하여 무고한 양민을 살해하였기에 일벌백계로 다스린다는 내용이었다. 한마디로 북궁연은 여린의 목을 따버릴 작정이었다.

처음 부임해 왔을 때만 해도 여린은 그에게 눈엣가시 같은 철기방을 궤멸시켜 줄 하늘이 내린 용장이었다. 북궁연은 진작 여린이 십여 년 전 사하현의 현감으로 봉직하다 철태산에 의해 살해당한 여진중의 아들임을 파악하고 있었고, 여린의 사무친 원한이 철기방을 찌르는 예리한 칼날이 될 것을 의심하지 않았다.

하지만 모든 상황이 바뀌었다.

철기방의 새로운 주인 철기련과의 새로운 협력 관계가 필요했고, 그러려면 여린이란 제물이 필요했다. 또한 북궁연은 요즘 들어 부쩍 자신이 여진중의 죽음과 관련돼 있다는 사실을 여린이 알고 있는 것은 아닌가 의심하게 되었다. 사실이라면 끔찍한 일이었다. 복수를 위해서라면 제 영혼마저 악마에게 팔아치울 것 같은 여린이 자신의 목을 노리고 있다는 상상만으로도 잠자리의 이부자리가 축축이 젖곤 했던 것이다.

'이것으로 모든 화근이 제거되겠지.'

서찰을 밀봉하며 북궁연이 흐뭇하게 웃었다. 문밖에서 자신을 호위하는 위군 천호장의 다급한 목소리가 들려온 건 바로 그때였다.

"성주대인, 잠시 나와보셔야겠습니다!"

방문을 열고 툇마루로 나서는 북궁연의 미간이 찌푸려졌다.

"긴한 용무가 있으니 방해하지 말라고 했거늘 웬 호들갑… 억!"

말을 채 끝마치기도 전에 북궁연의 입에서 경호성이 터져 나왔다.

부릅뜬 북궁연의 눈에 당혹스런 표정으로 서 있는 위군 장수들 사이로 축 늘어진 딸 소소를 안고 넋 나간 사람처럼 서 있는 여린의 모습이 들어왔다. 여린의 낯빛은 도저히 살아 있는 사람이라곤 믿을 수 없을 정도로 창백했다. 하지만 여린에게 안긴 소소의 낯빛은 그보다 몇 배 더 창백했다.

후들후들 떨리는 다리를 간신히 움직여 북궁연이 툇마루 아래로 내려섰다.

신발도 신지 않은 채 여린 앞으로 다가선 북궁연이 여린의 얼굴에 시선을 박은 채 물었다.

"무슨 일이냐?"

"……."

여린은 대답이 없었다. 멍하니 풀려 버린 눈은 초점마저 흐릿했다. 북궁연은 고개를 숙여 딸아이의 안색을 살필 생각조차 하지 못했다. 차마 인정하기 싫은 무서운 현실과 직면해야 할 것 같았기 때문이다. 북궁연의 목소리가 조금 높아졌다.

"무슨 일이냐고 묻질 않느냐?"

"소소가… 죽었습니다."

풀썩!

여린의 맥아리없는 목소리를 듣는 순간 북궁연은 힘없이 주저앉았다. 재빨리 다가와 부축하는 장수들을 북궁연이 거칠게 뿌리치며 일어섰다. 북궁연은 비로소 축 늘어진 북소소의 얼굴을 내려다보았다. 달빛을 받아 더욱 창백해진 딸아이의 얼굴은 오늘따라 더욱 고와 보였다. 순간 남의 눈에서 피눈물을 뽑을 줄만 알았지 정작 본인은 아주 어렸을 때를 제외하곤 한 번도 울어본 적이 없는 야심만만한 관원의 눈에서 굵은 눈물방울이 뚝뚝 흘러내렸다.

북궁연이 말없이 떨리는 양팔을 내밀었다. 여린이 순순히 북궁연의 팔에 북소소를 넘겨주었다.

눈물을 흘리며 한동안 북소소의 얼굴을 들여다보던 북궁연이 갈라지는 목소리로 물었다.

"누구냐?"

"……."

"누가 소소를 죽였느냐?"

"……."

번쩍 고갤 쳐든 북궁연이 사납게 으르렁거렸다.

"죽어 시체라도 온전히 남고 싶거든 똑바로 대답하거라, 이놈. 누가 내 딸을 죽였느냐고 물었다."

"청성입니다."

"청성… 청성… 청성… 죽으면 거름으로도 쓸 수 없는 말코 도사 놈들이 감히 이 북궁연의 여식을 해쳤단 말이지?"

북궁연의 눈가로 다시 퍼런 안광이 일렁였다.

축 늘어진 북소소의 시체를 안고 돌아서며 북궁연이 나직이 중얼거렸다.

"청성의 낡은 도관은 서까래 한 장 남지 않고, 푸른 도복을 걸친 종자들은 애새끼고, 늙은이고 할 것 없이 깡그리 목 없는 귀신으로 만들어줄 테니 두고 보아라."

"소소를 제게 주십시오."

등 뒤에서 들려오는 목소리에 북궁연이 멈칫했다. 사나운 눈초리로 돌아보자 절박한 얼굴의 여린이 보였다.

"소소의 마지막은 제가 책임질 수 있도록 해주십시오."

여린의 눈가에 언뜻 비치는 물기를 북궁연은 본 것 같았다. 그리고 그 눈물의 의미를 북궁연은 미루어 짐작할 수 있었다. 하지만 인정할 수 없었다. 아니, 인정하기 싫었다. 천지간에 유일한 혈육이었던 딸이 저깟 놈을 연모하다 생을 마감했다는 사실을 도저히 받아들일 수가 없는 것이다. 당연히 여린을 향하는 북궁연의 음성이 얼음장처럼 차가울 수밖에 없었다.

"네가 왜 내 딸의 마지막을 맡아야 한다고 생각하느냐?"

"소소와 저는 사랑하는 사이였습니다."

"주둥이를 찢어발기기 전에 닥치지 못할까?"

북궁연의 노호성과 동시에 대기하고 있던 위군 장수들이 일제히 검을 뽑아 여린을 겨누었다.

"이렇게 애원합니다, 대인. 제발 소소를 제게 맡겨주십시오!"

여린이 허물어지듯 무릎을 꿇었다.

그런 여린을 핏발 선 눈으로 내려다보며 북궁연은 잔혹하게 씹어뱉었다.

"오냐, 이놈. 그러잖아도 네놈부터 없애 버릴 작정이었다. 장담하건대, 상상할 수 있는 가장 고통스런 방법으로 아주 천천히… 천천히 죽여주마."

위군 장수들이 여린을 우왁스럽게 일으키더니 질질 끌고 나가기 시작했다.

끌려 나가지 않으려고 몸부림치며 여린이 절박하게 소리쳤다.

"죽어도 좋습니다! 사지가 끊겨 죽어도 상관없으니 제발 소소만은 넘겨주십시오! 소소의 마지막은 제가 책임져야 합니다, 대인!"

평소의 여린이라면 아무리 건장한 위군 장수들이라도 손짓 한 번으로 떨쳐 낼 수 있었을 것이다. 하지만 공력의 대부분을 잃고, 혈령신공의 부작용 때문에 내장이 썩어 들어가고 있는 여린으로선 그들의 힘을 당해낼 재간이 없었다.

"대인! 관용을 베풀어주십시오, 대인!"

딸의 시체를 안고 방 안으로 들어가는 북궁연의 뒤통수에 여린의 절박한 외침이 꽂혔다. 그러나 북궁연의 표정은 얼음장처럼 차갑기만 했다.

아침이 밝았지만 사하현 현청은 괴괴한 침묵에 잠겨 있었다. 비가 오나 눈이 오나 대문 앞을 굳건히 지키고 있던 막여청도 보이지 않았고, 현감 영감의 조례에 앞서 시비정 앞 광장에 삼삼오오 모여 잡담을 나누던 포두들과 포사들의 걸걸한 웃음소리도 들리지 않았다. 현청 전체가 불안한 침묵에 잠겨 개미새끼 한 마리 얼씬거리지 않았다.

"으아아악!"

유일하게 사람의 목소리가 들려온 곳은 지하 깊숙한 뇌옥의 복도였다. 십수 명의 죄수가 수감동의 좁은 철창 사이에 얼굴을 디밀고 아래층 특수 뇌옥에서 들려오는 고통에 찬 비명 소리에 귀를 기울였다. 비명은 새벽녘부터 끈질기게 이어지고 있었다.

"새끼들, 아예 사람을 잡으려고 작정했구만."

"간수들이 쑥덕거리는 말에 의하면 성청에서 고문 전문가들이 급파되었다는군."

"대체 누가 잡혀 들어왔기에 저래? 대역 죄인이라도 잡혀왔나?"

불안하게 눈알을 굴리며 죄수들이 수군거렸다. 그들은 자신들의 발밑에 위치한 특수 뇌옥에 갇혀 지독한 고문을 당하는 죄수에게 같은 죄수의 신분으로 동질감 같은 것을 느끼고 있었다.

"끄아아아!"

아래층에서 다시 끔찍한 비명 소리가 들려왔다. 죄수들이 저도 모르게 부르르 진저리를 쳤다.

"지독한 새끼."

퉤엣!

성청제일의 고문 전문가 이불악은 지저분한 뇌옥 바닥에 가래침을 뱉었다. 자타가 공인하는 최고의 고문 전문가로서 숱한 죄인들을 심문했지만 지금 눈앞에 젖은 걸레처럼 늘어져 있는 이 젊은 녀석만큼 지독하게 버티는 경우는 맹세코 처음이었다.

죄수의 이름은 여린.

어제까지만 해도 이곳 현청의 즙포였다고 한다.

그러나 자신의 앞으로 끌려온 죄수가 이전까지 어떤 신분이었는지 이불악은 전혀 관심이 없었다. 그가 극악한 살인자이든 저자의 창녀이든, 혹은 나는 새도 떨어뜨리는 대신이나 왕족이든 자신 앞으로 끌려오는 순간 딱 하나의 신분으로 전락하기 때문이다.

고깃덩이.

이불악은 자신 앞에 끌려온 자들을 고깃덩이라고 생각했다. 그 고깃덩이를 적당히 절단하고, 양념을 쳐서 윗선의 입맛에 맞는 요리로 만드는 것이 이불악의 임무였다.

무슨 대인이니 대부니 하는 작자들도 그가 늘 등에 짊어지고 다니는 가죽 가방 속에서 못이 삐죽삐죽 박힌 몽둥이, 쇠꼬챙이, 각각 길이가 다른 수십 개의 침, 가는 톱, 집게, 쇠망치, 인두, 채찍 등등의 연장을 풀어놓으면 체면 따윈 훌훌 던져 버리고 생오줌을 지리며 복날 개처럼 떨기 마련이었다.

고문 앞에서 모든 인간은 평등하도다!

이것이 이불악의 오랜 신념이었고, 그가 자신의 직업을 사랑해 마지않는 이유였다. 그런데 여린이 이불악의 오랜 신념에 금이 가도록 만들고 있었다.

오늘 새벽 여린과 처음 대면했을 때, 이불악은 대충 두 가지 반응을 기대했다. 지위를 앞세워 호통을 치거나, 생오줌을 질질 흘리며 살려달라고 애원을 하는 것. 물론 이불악은 첫 번째가 더 좋았다. 적당히 앙탈을 부리는 계집이 음욕을 부추기는 것처럼 허세를 부리는 죄인의 주둥이를 쇠망치로 두들겨 생니 몇 대를 부러뜨려 버렸을 때, 죄인의 얼굴에 스치는 혼란과 당혹감은 언제나 그를 유쾌하게 만들었다.

그런데 여린은 둘 다 아니었다. 호통도 치지 않았고, 애원도 하지 않았다. 그저 조용히 형틀에 앉아 고통을 기다릴 뿐이었다. 불쾌한 기분에 이불악의 손속은 더욱 잔인해졌다. 여린을 알몸으로 만든 후 쇠망치로 사람이 가장 극심한 고통을 느끼는 관절 마디마디를 골라 쳤고, 사금 가루가 묻은 채찍으로 살점이 떨어지도록 가슴을 후려쳤으며, 달군 인두로 등짝을 숯검댕이로 만들어 버렸다. 여린은 비명을 참을 생각도 하지 않았다. 고문이 가해질 때마다 겁에 질린 어린애처럼 꽥꽥 비명을 내질렀다. 그러나 이불악은 여린이 굴복하지 않았음을 알았다. 그의 눈이 아직 살아 있었던 것이다.

그렇게 지금까지 고문은 계속되었다. 슬슬 피로감을 느낀 이불악은 자신이 가장 자랑하는 고문법을 동원하기로 마음먹었다. 가방을 뒤적이던 그가 작은 통 하나를 끄집어냈다. 뚜껑을 열자 이쑤시개처럼 생긴 죽침이 빽빽이 꽂혀 있는 게 보였다. 이불악은 천천히, 아주 천천히 여린의 열 손톱과 열 발톱 사이에 대나무를 얇게 깎아 만든 죽침을 뿌리까지 찔러 넣는 것으로 작업을 마무리했다.

"으아악! 끄아아악!"

여린이 사지를 벌벌 떨며 다시 비명을 질러댔다. 그의 동공도 드디어 생기를 잃어가는 것 같았다. 이불악이 이때를 놓치지 않고 여린의 눈앞으로 자술서 한 장을 불쑥 디밀었다. 이 자술서에 여린의 자필 서명을 받아오라는 것이 이불악이 부여받은 임무였다.

"서명해라. 그럼 고통도 끝이다."

"……."

여린이 잠시 비명을 멈추고 맥아리없는 눈으로 자술서를 들여다보았다. 문서에는 여린이 철기방을 내사하면서 저지른 온갖 불법 행위가 낱낱이 적혀 있었다. 성주 북궁연이 말썽없이 여린을 제거하기 위해 만들어놓은 문서였다. 여린이 스윽 고갤 들어 이불악의 얼굴을 보았다.

갓 서른을 넘겼을까? 딱 고문 전문가처럼 냉엄하게 생긴 이불악은 웃고 있었다. 아마도 여린이 서명하리라 확신하고 있는 것 같았다. 그러나 여린은 그의 기대에 부응할 생각이 눈곱만큼도 없었다.

"성주대인에게 전해라. 먼저 소소를 넘겨주면 기꺼이 서명을 하겠다고."

"뭐라고? 너 지금 뭐라고 했니?"

이불악은 자신의 귀를 의심했다. 그래서 반문할 수밖에 없었다.

"소소를 넘겨주지 않으면 죽어도 서명하지 않겠다고 전하라 했다."

이불악의 표정이 잠시 멍해졌다.

'분명히 눈빛이 죽었었는데…….'

최고의 고문 전문가 이불악은 자신의 예상이 틀렸다는 사실에 당황하고 있었다. 당혹감이 분노로 바뀌는 데는 그리 오랜 시간이 걸리지 않았다.

치이이이……!

"으아악!"

이불악이 시뻘겋게 달아오른 인두로 가슴팍을 지져 대자 여린이 처절한 비명을 내질렀다. 숯이 벌겋게 타오르는 화로 속에 담가둔 인두 다섯 개가 모조리 차가워질 때까지 이불악은 여린의 가슴을 지지고 또 지졌다. 더 이상 견디지 못하고 여린이 고갤 푹 떨구며 혼절했다.

촤악!

여린의 얼굴에 찬물을 끼얹었다. 흠씬 젖은 여린이 가까스로 고개를 쳐들자 이불악은 여린의 흐릿한 눈앞에서 다시 공문서를 펄럭였다.

"마지막으로 묻겠다. 서명할래, 죽을래?"

"소소부터……."

여린이 간신히 입술을 달싹여 내뱉는 순간 이불악의 목구멍 안에서 뜨거운 덩어리가 치솟았다. 눈이 뒤집힌 이불악은 뇌옥 바닥에 떨어져 있던 못이 삐죽삐죽 박힌 몽둥이를 집어 들었다. 그리고 미친 듯이 여린을 후려 패기 시작했다. 몽둥이가 박힐 때마다 살점과 핏물이 함께 튀어 올랐다.

고문 전문가에게 분노는 곧 패배를 의미한다.

죄인에 비해 절대적 우위에 있는 고문 전문가가 분노를 품는다는 건 수치스러운 일이었고, 그 비뚤어진 감정은 종종 죄인의 죽음으로 이어지곤 했다. 죄인의 죽음은 결국 고문 전문가가 소기의 목적을 달성하는 데 실패했다는 걸 의미하기에 능숙한 전문가 이불악은 죄인에 대해 결코 분노를 품은 적이 없었다. 그런 그가 오늘만큼은 극도의 분노에 휩싸였다. 그리고 그가 자신의 실수를 깨닫는 시간이 조금만 늦어졌더라도 여린은 시체가 되어버렸을 것이다.

알몸의 전신에 성한 구석이라곤 남아 있질 않았다.

그 상태에서도 여린은 격한 숨을 헐떡거리는 이불악을 올려다보며 이렇게 중얼거렸다.

"성주대인께 가서… 소소를 넘겨달라고……."

"알아들었으니까 그만 좀 지껄여, 지독한 새끼야."

뇌옥 바닥에 침을 뱉으며 이불악은 자신이 지금껏 경험해 보지 못한 아주 특별한 상대를 만났음을 인정할 수밖에 없었다.

"오늘은 여기까지다. 한 시진만 쉬었다 하자."

평소 그답지 않게 지친 기색이 역력한 이불악이 여린을 뒤로하고 돌아섰다.

"어, 어딜 가는 거냐? 성주대인에게 가서……."

잠시 쉬자는 고문 전문가를 고문을 당하는 여린이 오히려 불러 세웠다.

그런 여린을 홱 돌아보며 이불악이 신경질적으로 소리쳤다.

"지금 성주대인 만나러 가는 길이니까 보채지 좀 마, 인마!"

바깥은 초여름의 아침 햇살이 비추고 있었지만 사방 창문이 모조리 검은 천으로 가려진 별채 안은 어둡기만 했다. 아랫목 서탁 위에서 은은히 피어오르는 향내가 방 안의 분위기를 더욱 을씨년스럽게 만들고 있었다.

"우리 소소, 정말 착하구나. 투정도 부리지 않고 아픈 치료를 묵묵히 견뎌내고 있으니 말이다. 조금만 있으면 이 아비가 깨끗이 낫도록 해

줄 테니 조금만 더 참거라, 소소야."

그 서탁 너머에서 등을 돌리고 앉아 꿍얼꿍얼 혼잣말을 지껄이는 남자는 바로 북궁연이었다. 북궁연 옆에는 실과 바늘, 그리고 누런 황토물이 담긴 은 대야가 놓여 있었다. 놀랍게도 그의 앞에는 알몸의 북소소가 반듯이 누워 있었고, 북궁연은 실과 바늘을 이용해서 딸의 상반신에 난 깊은 자상을 깨끗이 꿰매고 있는 중이었다. 이마에 송골송골 맺힌 땀이 그가 지금 얼마나 진력을 다하고 있는지 증명해 주고 있었다.

투욱!

콧잔등을 타고 도르르 흘러내린 땅방울 하나가 북소소의 얼굴로 떨어졌다.

"이런이런, 아비가 또 실수를 하고 말았구나."

북궁연이 재빨리 무명 수건을 들어 북소소의 얼굴에 묻은 땀을 닦아냈다. 그리고 신중하고도 신중하게 바느질을 끝마쳤다.

북궁연이 이번엔 은 대야를 끌어당겼다. 그리고 새로운 무명 수건을 황토와 유약과 물이 적당하게 배합된 은 대야에 담갔다. 황토와 유약은 시체를 썩지 않게 하는 물질로, 고대 황실에서 황제의 시신을 장기간 보존할 필요가 있을 때 사용하곤 했다는 기록이 있다.

이미 생명이 빠져나가 눈처럼 창백해진 북소소의 알몸에 발끝에서부터 끈끈한 황톳물을 정성스럽게 바르는 북궁연의 두 눈은 비정상적으로 번들거리고 있었다.

"우리 소소는 정말 착하구나."

딸의 목 밑까지 황톳물로 뒤덮으며 나직이 중얼거리는 북궁연의 음성이 왠지 으스스하게 들렸다. 놀랍게도 그는 딸이 아직 살아 있다고 믿는 것 같았다.

이때 방문이 조용히 열리며 철기련이 들어왔다. 북소소의 시체에 황토를 처바르고 있는 북궁연의 모습을 발견하고 철기련이 움찔했다. 한동안 질린 눈으로 북궁연과 북소소의 시체를 바라보던 그의 눈매가 이내 애잔하게 가라앉았다.

'소소, 네가 죽어서도 편히 잠들지 못하는구나.'

철기련이 속으로만 나직이 중얼거렸다. 당장이라도 북궁연에게 달려들어 망자를 괴롭히는 쓸데없는 짓거리는 걷어치우라 소리치고 싶었지만 그럴 수는 없었다. 그랬다간 간신히 억눌려 있는 북궁연의 분노가 자신과 철기방의 머리 위로 고스란히 떨어질 것이기 때문이다.

아마도 회한 때문일 테지.

철기련은 오늘따라 왜소해 보이는 북궁연의 뒷등을 바라보며 그의 슬픔이 진작 딸의 바람을 들어주지 못한 자신에 대한 자책과 후회 때문이라고 생각했다.

북소소는 늘 아버지에게 청빈한 관리가 돼달라고 간청했다. 사심을 버리고 백성들을 위해 분골쇄신하는 관리가 되지 못할 바엔 차라리 자신과 함께 낙향하여 조그만 텃밭이나마 일구며 살자고 말했다. 하지만 딸의 충정을 받아들이기엔 북궁연은 너무나 욕심이 많은 아비였다. 아비에 대한 반발심 때문에 딸은 더욱 고지식해졌고, 그 고지식함이 결국 죽음을 불렀음을 북궁연 역시 알고 있을 것이다.

은 대야가 완전히 바닥을 드러낼 때까지 북궁연은 딸의 몸에 황톳물을 바르고 또 발랐다. 꽤 오랜 시간이 걸렸지만 철기련은 묵묵히 북궁연의 의식이 끝나기를 기다렸다.

철기련은 문득 자신이나 북궁연, 그리고 어린까지 북소소를 진정으로 사랑하였으나 그녀의 죽음에 일조를 한 이율배반적인 사람들이란 생각을 했다. 북소소는 세 사람 모두에게 욕심을 버리라고 간청했다. 하지만 그들 중 누구도 그녀의 말에 따르지 않았고, 결국 그들의 고집은 그녀를 죽음으로 이끌었다.

저도 모르게 철기련이 주먹을 강하게 움켜쥐었다.

'이제 와서 후회한들 무슨 소용 있겠소? 모든 것이 끝나 버린… 이제 와서 후회란 걸 해본들…….'

철기련이 북궁연을 향해, 자신을 향해 속으로 나직이 뇌까렸다.

"휴우~ 수고했다, 소소야."

마침내 북소소의 얼굴까지 누런 황토로 완전히 뒤덮은 후, 북궁연이 손등으로 이마의 땀을 닦으며 만족스런 표정으로 돌아앉았다. 방문 앞에 우두커니 서 있는 철기련을 발견한 북궁연이 반색했다.

"오, 철 방주 아니신가? 언제 오셨는가?"

"방금 왔습니다. 방해가 되지나 않았는지 모르겠습니다."

철기련이 허리를 깊숙이 숙이며 예를 표했다. 맞은편 자리를 가리키며 북궁연이 기분 좋게 웃었다.

"방해는 무슨. 딸아이가 작은 상처를 입고 돌아왔기에 치료를 해주고 있었다네."

"그러셨군요."

서탁 앞으로 다가앉으며 철기련이 엷게 웃었다.

북궁연이 그런 철기련을 향해 넌지시 물었다.

"듣자 하니 자네가 우리 딸아이와 사귀고 있다고?"

"예?"

철기련이 황당한 표정을 지었다. 북궁연이 손을 휘휘 내저으며 호탕하게 웃었다.

"핫하! 숨길 필요 없다네. 내 얼마 전 소소에게 들은 기억이 있어. 자네 정도의 사윗감이라면 나로서도 반대할 까닭이 없지."

"……."

잠시 할 말을 잃고 철기련은 북궁연의 얼굴을 멍하니 들여다보았다. 딸에 대한 북궁연의 기억은 정확히 삼 년 전쯤에 멈추어져 있는 것 같았다.

일단은 장단을 맞춰주기로 결심한 철기련이 기꺼운 표정으로 말했다.

"부족한 저를 어여삐 여기시니 감읍할 따름입니다. 대인께 누가 되지 않도록 몸가짐을 더욱 단정히 하겠습니다."

"자네가 그리 말해주니 더 더욱 든든하구먼. 그건 그렇고……."

북궁연의 얼굴에서 갑자기 웃음기가 싹 가셨다.

"청성을 어찌할 생각인가?"

청성의 이름을 입에 담는 북궁연의 얼굴이 야차처럼 흉험하게 일그러졌다. 핏발 선 눈에선 금세 붉은 핏물이 뚝뚝 떨어질 것만 같았다. 지독한 살기에 숨이 멎어버릴 것만 같아 철기련은 잠시 입을 다물고 있었다.

콰앙!

"버러지 같은 말코 도사 놈들이 내 딸을 다치게 했어! 이런 놈들은 도저히 용서할 수가 없네!"

철기련이 머뭇거리고 있다 판단했는지 북궁연이 주먹으로 서탁을 후려치며 일갈했다. 하지만 북궁연은 걱정할 필요가 없었다. 청성에 대한 철기련의 마음 또한 북궁연과 크게 다르지 않았기 때문이다.

철기련이 어금니를 지그시 깨물며 낮고 단호하게 내뱉었다.

"씨를 말려 버려야겠지요. 청성에서 기르던 개 한 마리 남겨두지 않고 깨끗이 쓸어버릴 작정입니다."

한동안 눈을 껌뻑껌뻑하며 철기련의 얼굴을 들여다보던 북궁연이 손바닥으로 서탁을 내려치며 유쾌하게 웃어젖혔다.

"왓하하하! 역시 내 사윗감이로군. 마음에 들어."

철기련이 돌아간 직후, 이불악이 조심스럽게 방문을 열고 들어왔다.

달그락달그락.

철기련을 맞이할 때와는 달리 북궁연의 표정은 심히 불안정해 보였다. 그의 손아귀 안에서 호두알 두 개가 부리나케 뒹굴고 있었다.

방 한복판에 부복한 이불악을 못마땅하게 쏘아보며 북궁연이 물었다.

"서명은 받았느냐?"

"그것이……."

"받지 못했어?"

북궁연이 눈을 부릅뜨자 이불악은 사지가 오그라드는 것 같았다.

방바닥에 이마를 짓찧으며 이불악이 절박하게 외쳤다.

"용서하십시오, 대인! 놈이 하도 지독하게 버티는지라 명을 이행하지 못했습니다. 그 겁없는 놈이 영애님의 시신을 넘겨주지 않으면 서명을 할 수 없다고……."

"시신이라니?"

"읍!"

북궁연의 성난 음성에 놀란 이불악이 손바닥으로 제 입을 틀어막았다. 그런 이불악을 가늘게 떨리는 손가락으로 가리키며 북궁연은 다그쳤다.

"영애의 시신이라니? 너는 지금 내 딸이 죽기라도 했다는 것이냐?"

"그, 그것이……."

이불악은 할 말을 잃고 더듬거리며 북궁연 너머에 이불을 덮고 반듯이 누워 있는 북소소의 시체를 쳐다보았다. 죽은 사람을 죽었다고 하는데 성을 내는 상관을 어찌 상대해야 할지 이불악은 알지 못했다. 그래서 이불악은 하지 말아야 할 선택을 하고 말았다.

"으흐흐흑! 얼마나 상심이 크십니까, 대인? 이 천한 놈이 대신 죽어 영애님을 살릴 수만 있다면 골백번이라도 죽겠습니다요!"

방바닥에 쿵쿵 이마를 찧어대며 펑펑 눈물을 쏟는 이불악을 북궁연이 타는 듯한 눈으로 노려보았다. 분노와 냉소로 잔뜩 비틀린 북궁연의 입술을 비집고 짧은 한마디가 흘러나왔다.

"그럼 죽어라."

"예?"

번쩍 고갤 쳐들며 이불악이 눈을 둥그렇게 떴다.

"내 딸을 위해서라면 골백번이라도 죽겠다며? 그러니까 죽어달라는 말이다."

"하지만……."

이불악의 콧잔등을 타고 주르륵 흘러내린 굵은 땀방울이 방바닥으로 뚝뚝 떨어졌다. 이불악은 무슨 말인가 해야 한다고 생각했다. 평소 자신을 끔찍이 아껴주던 상관의 분노를 누그러뜨리고, 자신의 실언을 상쇄할 만한 그럴듯한 말을 생각해 내려 머리를 쥐어짜고 또 쥐어짰다. 하지만 그는 열여덟 살 때부터 십 년이 넘게 오직 사람을 더욱 고통스럽게 만드는 방법만을 연구해 온 고문 기술자였다. 그에겐 사람의 마음을 돌려놓을 만한 언변 따윈 애초에 있지 않았다.

"여봐라! 밖에 아무도 없느냐?"

북궁연이 문을 향해 크게 소리치자 방문이 벌컥 열리며 우락부락하게 생긴 위군 장수가 달려 들어왔다.

"부르셨습니까, 대인?"

북궁연이 손가락으로 이불악을 겨누며 씹어뱉었다.

"저 버러지 같은 놈을 참수해 버려라."

"대, 대인… 제 말씀을 좀 들어주십시오, 대인……."

사색이 된 이불악이 풍이라도 맞은 사람처럼 벌벌 떨리는 양손을 휘저었다.

스르릉.

위군 장수의 검이 뽑혀 나오는 소리를 들으며 이불악이 흠칫 고갤 돌렸다. 부릅떠진 그의 동공 속으로 양손으로 움켜잡은 검을 천천히 치켜들고 있는 저승사자 같은 장수의 모습이 한가득 들어왔다.

"이런 법은 없습니다… 천하에 이런 법은……."

이것이 고문 전문가 이불악이 이승에서 내뱉은 마지막 말이었다. 자신의 죽음에 대한 부당함을 알리려는 이 마지막 말조차 이불악은 제대로 끝맺을 수 없었다. 장수가 후려친 검이 그의 목을 어깨와 깨끗이 분리시켜 버렸기 때문이다.

데구르르.

서탁 앞으로 굴러온 이불악의 머리통을 북궁연이 무덤덤하게 내려다보았다. 죄도 없는 자신을 죽인 상관을 원망하듯 부릅뜬 이불악의 두 눈이 북궁연을 쏘아보고 있었다.

북궁연이 끌끌 혀를 차며 말했다.

"그러게 이놈아, 왜 멀쩡히 살아 있는 내 딸이 죽었다고 하느냐? 그런 망발을 입에 담으니까 비명횡사를 하는 것이다."

이때 문밖에서 현감 상관흘의 덩치에 어울리지 않게 가는 목소리가 들려왔다.

"현감 상관흘입니다, 대인. 잠시 들어가도 되겠는지요?"

"들어오너라."

시체를 치울 생각도 않고 북궁연이 말했다. 하나같이 줄초상이라도 당한 듯 창백한 낯빛의 곽기풍과 하우영과 막여청을 거느리고 비대한 허리를 힘겹게 숙인 상관흘이 들어섰다. 방바닥에 피를 뿌리고 쓰러진 목 없는 시체를 발견하고 단춧구멍 같은 상관흘의 두 눈이 토끼처럼 부릅떠졌다. 상관흘이 꼭 삶아놓은 돼지처럼 생긴 얼굴에 흐르는 식은 땀을 손수건으로 연신 훔치며 한동안 질린 눈으로 목 없는 시체와 북궁연을 번갈아 쳐다보았다.

북궁연이 약간 짜증기 섞인 목소리로 물었다.

"왔으면 용건을 말해야지."

"저, 그것이……."

"그것이 뭐?"

"그것이 그러니까……."

"비켜보십시오."

그런 상관흘을 밀치고 곽기풍이 나섰다.

"저를 기억하시겠습니까, 대인?"

"너는 현청의 총관 곽가가 아니냐?"

"맞습니다, 대인."

북궁연을 향해 가볍게 고갤 까닥인 곽기풍이 뒤쪽에 서 있는 하우영과 막여청을 차례로 소개했다.

"이쪽은 포두 하우영이고, 이쪽은 포사 막여청이라고 합니다."

"나에게 포두와 포사까지 소개시킨단 말이냐? 잘하면 마구간에 매어진 망아지하고도 인사를 나누라고 하겠구나. 그래, 너희는 무슨 용무가 있어서 나를 찾아왔느냐?"

북궁연이 비릿한 조소를 머금으며 물었다.

곽기풍이 갑자기 털썩 무릎을 꿇으며 울음 섞인 목소리로 말했다.

"즙포 여린이 뇌옥에 갇혀 있다고 들었습니다. 저희에게 여린을 문초할 수 있는 기회를 주십시오."

"이렇게 간청합니다."

"여린을 문초할 수 있게 해주십시오."

곽기풍에 이어 차례로 무릎을 꿇는 하우영과 막여청을 북궁연이 의심스런 눈초리로 쳐다보았다.

"여린을 고문하겠다는 거냐?"

곽기풍이 고개를 크게 끄덕였다.

"그렇습니다."

"너희 셋은 여린과 한통속이라고 들었는데, 왜 갑자기 놈을 죽이겠다고 덤벼들지? 여린이 죄를 받으면 너희한테까지 화가 미칠까 봐 선수를 치는 것이냐?"

"그런 것이 아닙니다."

곽기풍이 고갤 번쩍 쳐들며 강하게 부인했다. 중늙은이 총관의 눈은 어느새 원독으로 번들거리고 있었다.

“저희 세 사람은 지난밤 철기방의 기습을 받고 각각 처자식과 정인들을 잃었습니다. 그래서 여린에게 그 혈채를 받아내려는 겁니다.”

북궁연이 고갤 갸웃했다.

“철기방에게 당했는데 그 혈채를 왜 여린에게서 받아내?”

곽기풍이 어금니를 으드득 깨물며 대답했다.

“그가 원인을 제공했기 때문입니다. 여린은 저희를 독려하여 철기방을 치는 데 가담하도록 했습니다. 저희가 보복을 두려워할 때, 그는 저희는 물론 가족의 안전을 책임지겠다고 공언했습니다. 그런데 결과는 어떻습니까? 저희는 하루아침에 모든 걸 잃었습니다. 누가 이 참담한 결과에 대해 책임져야 할까요? 저희는 여린이라고 확신합니다.”

자욱한 살기를 풀풀 풍기는 곽기풍과 하우영, 그리고 막여청의 얼굴을 북궁연이 턱을 어루만지며 유심히 바라보았다. 북궁연이 피식 웃으며 고갤 끄덕였다.

“하긴 한때 자기의 심복이었던 놈들에게 매질을 당한다는 것 자체가 여린 그놈에겐 끔찍한 고문이 될 수도 있겠군. 좋아, 허락한다.”

“감사합니다, 대인.”

북궁연의 허락이 떨어지자마자 일각이 여삼추라는 듯 후원을 가로질러 뇌옥으로 향하는 곽기풍과 하우영과 막여청을 상관흘이 땀을 뻘뻘 흘리며 쫓아왔다.

“이보게들! 이보게들! 잠시만 기다려 보게!”

세 사람이 우뚝 멈춰 서서 상관흘을 돌아보았다.

무릎 위에 양손을 얹고 헥헥 더운 숨을 몰아쉬는 상관흘을 향해 곽기풍이 냉랭하게 물었다.

"무슨 일입니까?"

"자, 자네들 정말 여 즙포를 고문할 생각인가?"

"물론입니다."

상관흘이 휘휘 손을 내저었다.

"관두게. 자네들이 그러지 않아도 여린은 어차피 죽을 사람이야. 얼마 전까지만 해도 한솥밥을 먹던 사이인데, 그리 모질게 굴 필요가 무엇인가?"

"한 가지만 묻겠습니다, 현감 영감."

정색을 하는 곽기풍의 얼굴을 보며 상관흘은 쓰게 입맛을 다셨다.

'예전의 곽 총관이 좋았지.'

꼬리 아홉 달린 구미호처럼 살살거리며 제 이속만 챙기던 곽기풍이 왠지 그립다는 생각을 하며 상관흘이 말했다.

"해보시게."

"혹시 현감 영감의 마님께서 살해를 당하셨습니까?"

"그, 그건 아니지."

"그럼 자제 분들 중에 누가 살해를 당했습니까?"

"그것도 아니지."

"그럼 형제 분들이나 먼 일가친척 중 아무라도 철기방에 의해 개죽음을 당한 사람이 있습니까?"

"으음……."

상관흘은 더 이상 대답하지 못하고 깊은 침음을 흘렸다. 그런 상관흘에게 얼굴을 바싹 들이밀며 곽기풍이 나직이 으르렁거렸다.

"자신이 겪지 않은 일에 대해선 함부로 지껄이는 게 아닙니다. 상대방의 심정도 모르고 섣불리 입을 놀렸다간 뺨을 얻어맞기 십상이니까요."

상관흘의 살찐 얼굴에서 다시 땀이 흐리기 시작했다. 땀을 닦아낼 생각도 못하고 상관흘이 힘없이 고갤 떨구었다. 그런 상관흘을 뒤로하고 곽기풍과 하우영과 막여청이 철천지원수를 때려잡으러 가는 표정들을 하고 빠르게 걸음을 옮겼다.

"후우우……."

멀어지는 세 사람의 뒷모습을 바라보며 상관흘은 절로 한숨을 내쉬었다. 저들의 입장을 이해 못하는 바는 아니었다. 저들의 인생을 망가뜨리는 데 가장 큰 책임이 있는 건 철기방이 아니라 여린이라는 생각에는 그도 동의했다. 하지만 가슴 한구석으로 서늘한 바람 한줄기가 스쳐 지나는 것 같은 기분만은 어쩔 수 없었다.

"어쩌다 일이 이 지경까지 이르렀는지……."

막 오월을 지나 초여름을 향해 치달리는 파아란 하늘을 우러르며 상관흘은 자신도 이제 슬슬 은퇴할 때가 되었다는 생각을 하였다.

풍덩!

물통 속으로 여린의 얼굴이 거꾸로 처박혔다. 천장에서 늘어뜨려진 줄에 양발이 묶여 물통 속에 얼굴이 잠긴 여린의 피투성이 알몸이 뭍으로 올라온 물고기처럼 파닥거렸다.

얼마 전까지 이불악이 여린을 고문했던 지저분한 뇌옥 안에서 천장에 부착된 도르래로 여린의 양 발목에 묶인 밧줄을 잡아당기고 있는 사람은 곽기풍과 막여청이었다. 하우영은 약간 떨어진 곳에 서서 화로 속의 인두를 뒤적이는 중이었다. 세 사람 모두 말이 없었다. 그들은 마치 숙련된 고문 기술자처럼 조금씩 조금씩 여린에게 가해지는 고통의 강도를 높여갈 뿐이었다.

어느 순간 상체를 앞뒤로 흔들며 몸부림치던 여린의 움직임이 뚝 그쳤다. 동시에 곽기풍과 막여청이 밧줄을 힘껏 잡아당겼다.

"푸아아!"

물통 밖으로 빠져나오며 여린이 가쁜 숨을 토해냈다.

막여청에게 밧줄을 맡기고 곽기풍이 거꾸로 매달린 여린의 눈앞으로 다가왔다.

"헉헉……."

시퍼런 피멍으로 뒤덮이고, 형체조차 알아볼 수 없을 정도로 퉁퉁 부어오른 여린의 얼굴은 이미 사람의 형상이 아니었다.

무릎을 살짝 구부려 그런 여린과 눈높이를 맞추며 곽기풍이 물었다.

"여린, 네 죄를 인정하느냐?"

"……."

여린은 대꾸없이 멍한 눈으로 곽기풍의 얼굴을 들여다볼 뿐이었다. 그의 눈에선 며칠 전까지 가장 가까웠던 동료들에게 고문당하는 충격 같은 것은 읽혀지지 않았다.

다만 북소소의 죽음 이후 겪은 극심한 심적 고통과 지난 새벽부터 계속돼 온 육체적 고통 때문에 움푹 들어간 두 눈이 깊은 심해처럼 깊숙이 가라앉은 느낌 정도라고나 할까?

여린이 대답을 않자 곽기풍이 입술 한 귀퉁이를 비틀며 비릿하게 웃었다.

"대답이 없다는 건 죄를 인정할 수 없다는 뜻이겠지?"

"무슨 죄를 말하는 거요? 하도 많은 죄를 지어 일일이 기억하기도 힘이 들 정도요."

여린이 가래 끓는 소리로 말했다.

곽기풍이 여린의 머리채를 틀어잡으며 빠르게 소리쳤다.

"다른 죄는 알고 싶지도 않아! 네놈 때문에 우리 마누라가 죽고, 생때같은 내 자식들이 육젓이 되었다! 그뿐인 줄 알아? 하우영은 유진영을 잃었고, 막여청은 눈앞에서 화초랑이 낭아곤에 머리통이 으깨져 죽었지! 이게 다 누구의 책임이냐? 철기방이 그들을 죽였으니 철기방의 책임이라고 할까?"

반쯤 감겨 있던 여린의 눈이 갑자기 부릅떠졌다. 여린은 지난밤에 이 세 사람에게 일어난 참상을 알지 못했기에 곽기풍의 말은 커다란 충격으로 다가왔다. 여린이 힘겹게 턱을 들어 눈물을 뚝뚝 흘리는 곽기풍의 얼굴을 올려다보았다.

여린이 부어터진 입술을 달싹여 간신히 말했다.

"물론 내 책임이오. 그들의 죽음은 전적으로 나의 책임이오."

철썩철썩!

곽기풍이 여린의 뺨을 때리며 이죽거렸다.

"좋군. 잘못을 인정하는 그 솔직한 자세가 아주 마음에 들었다. 자, 그럼 이 자술서에 서명을 해야지?"

여린의 눈앞에 이불악이 내밀었던 자술서가 이번엔 곽기풍의 손에 들려 내밀어졌다.

철기방을 내사하는 과정에서 저지른 자신의 온갖 불법 행위가 낱낱이 기록된 문서. 일단 서명만 하면 오늘이 가기 전 저자로 개처럼 끌려

나가 참수형을 당하도록 만들어줄 바로 그 죽음의 문서.

여린은 진심으로 서명해 주고 싶었다. 그것으로 곽기풍과 하우영과 막여청의 슬픔과 분노가 가실 수 있다면 백 번이든, 천 번이든 서명을 해주고 싶었다. 하지만 아직은 아니었다.

북소소가 짧은 생애 중 가장 행복한 시절을 보냈다는 아소산으로 가서 그녀를 진정으로 사랑한 백광과 고아 아이들과 함께 그녀를 정성껏 묻어주고, 무덤 옆에 움막을 짓고 사십구 일간 혼백을 달래주기 전까지는 절대 죽을 수가 없었다. 그 일을 하지 못하고 죽으면 죽어 지옥에도 들지 못하고 악귀가 되어 구천을 떠돌리라.

"모두 책임지겠다며? 그럼 서명해야지."

곽기풍이 다시 여린의 머리채를 움켜잡으며 씹어뱉었다.

"물론 책임을 지겠소. 하지만 지금은 아니오."

"지금 나랑 장난해? 지금 안 하면 언제 하겠다는 건데?"

"소소의 시체를 묻어준 후에… 그리고 그녀의 무덤가에서 사십구제를 마친 후에… 그 후에는 기꺼이 당신들의 손에 죽겠소."

"나, 이거야 원."

여린의 머리채를 놓아주며 곽기풍이 기가 막히다는 듯 웃으며 하우영과 막여청을 돌아보았다.

곽기풍이 엄지손가락으로 어깨 너머의 여린을 가리키며 두 사람에게 물었다.

"연모했던 계집의 사십구제까지 끝마친 후 죽어주시겠단다. 어떻게들 생각해, 응?"

시뻘겋게 달아오른 인두를 움켜쥔 하우영이 여린 앞으로 성큼성큼 다가왔다.

치익!

"으흡!"

하우영이 가차없이 인두를 여린의 가슴팍에 처박자 여린이 전신을 요동치며 신음을 삼켰다.

치이이익……!

"으아아악!"

살이 타 들어가며 매캐한 연기가 뭉클뭉클 피어올랐고, 여린의 입에선 처절한 비명이 터져 나왔다.

여린의 맨살 여기저기를 마구 지져 대며 하우영이 악에 받쳐 소리쳤다.

"우리가 당할 때 네놈은 어디에 있었어? 우릴 지켜주겠다고 약속해 놓고 계집한테 빠져 사랑 놀음이나 하고 있었지? 그런데 이제 와서 사십구제 어쩌고저째? 네게 그런 사치가 가당키나 하냔 말이다, 개자식아!"

한동안 온몸을 출렁출렁 흔들며 비명을 질러대던 여린이 사지를 축 늘어뜨리고 기절해 버렸다. 하우영이 막여청을 홱 돌아보았다.

"담가."

푸우욱!

막여청이 밧줄을 놓자 여린의 머리통이 다시 물통에 처박혔다.

물통 속에서 부글부글 거품을 뿜어 올리는 여린을 내려다보며 하우영이 차갑게 말했다.

"아무래도 오늘 하루 땀 좀 빼야 할 것 같소, 곽 총관님. 총관님도 아시다시피 이놈이 어디 보통 쇠심줄이오. 반송장을 만들기 전엔 서명을 받아낼 수 없을 것이오."

"걱정 말게, 하 포두. 놈이 버티면 우린 더 지독하게 고문하면 그만이니까. 사실 난 여린이 너무 일찍 손을 들어버릴까 봐 그것이 걱정이라네."

곽기풍이 작은 주전자 하나를 들고 오며 잔인하게 웃었다. 하우영은 주전자 안에 매운 고춧가루 물이 들어 있음을 알고 있었다. 곽기풍이 무엇을 하려는지 알아차린 하우영이 막여청을 돌아보며 히쭉 웃었다.

"끌어 올려라."

"콜록콜록콜록!"

안색이 퍼렇게 변해 물통 밖으로 끌어 올려진 여린이 가쁜 기침을 토해냈다. 하우영이 그런 여린의 입에 다짜고짜 천 뭉치를 쑤셔 박았다. 연이어 여린의 머리채를 움켜잡고 유일한 숨구멍인 콧구멍에 고춧가루 물을 들이붓기 시작했다. 여린이 한사코 도리질을 치며 저항했지만 곽기풍은 여린의 머리채를 우악스럽게 잡은 채 주전자가 바닥날 때까지 계속 고춧가루 물을 부어댔다.

그 많은 고춧가루 물을 모조리 들이킨 여린이 한동안 축 늘어져 있었다.

"크크……!"

"흐흐……!"

하우영과 곽기풍이 잔혹하게 웃으며 여린의 얼굴을 들여다보았다. 잠시 후 여린이 출렁 전신을 요동쳤다. 마치 산 채로 석쇠 위에 올려진 낙지처럼 여린이 온몸을 배배 꼬며 입과 코로 고춧가루 물을 질질 게워냈다. 얼굴 가득 굵은 핏줄이 툭툭 불거진 것으로 보아 극심한 고통을 겪고 있음이 분명했다.

"어때? 이제 생각이 바뀌었냐?"

곽기풍이 다시 자술서를 디밀었다. 그러나 여린은 완강히 고개를 내저었다.

"소소를 보낸 후… 그 후에야 죽을 수 있다……."

"지독한 새끼! 왜 말을 안 들어? 왜! 왜!!"

쫙! 쫘악! 쫘악!

격분한 곽기풍이 여린의 뺨을 후려쳤다. 그래도 분이 풀리지 않은 듯 곽기풍은 주전자를 들고 홱액 돌아섰다.

주전자를 그득히 채워 돌아온 곽기풍이 필사적으로 고갤 내젓는 여린의 머리채를 움켜잡고 또다시 고춧가루 물을 들이붓기 시작했다.

"이게 무슨 짓입니까?"

"당장 멈추시오!"

주전자를 반쯤 비웠을 무렵, 성난 표정의 장숙과 단구가 뇌옥 문을 박차고 뛰어들었다. 방금 도살된 고깃덩이처럼 매달려 있는 여린을 바라보며 두 포두는 분노와 경악으로 찢어질 듯 눈을 부릅떴다.

두 사람도 지난밤 철기방의 습격을 가까스로 피했고, 곽기풍과 하우영과 막여청이 어떤 참상을 겪었는지 잘 알고 있었다. 소중한 사람들을 잃은 세 사람의 심정을 이해 못하는 바는 아니었으나 그래도 이건 아니었다.

"모두 미쳤군."

"이런다고 죽은 사람들이 돌아온답니까?"

장숙과 단구가 황급히 달려들어 여린을 묶은 밧줄을 풀어주려고 했다.

"우리 일을 방해하면 너희도 죽는다."

등 뒤에서 하우영의 서늘한 음성이 들려오는가 싶더니, 장숙과 단구의 뒷목에 서늘한 도끼날이 느껴졌다. 두 사람이 눈알만 굴려 돌아보자 어느새 쌍도끼를 뽑아 겨눈 채 시퍼런 안광을 폭사하는 하우영이 보였다.

"너희가 상관할 일이 아니야."

장숙이 하우영 쪽으로 돌아서며 소리쳤다.

"우린 어제까지 생사고락을 함께했던 동료야!"

하우영이 피식 웃으며 고갤 저었다.

"오늘부터는 아니다."

이번에 단구가 항의했다.

"어째서?"

"우린 지난밤 모든 걸 잃었다. 그런데 너희는 아무것도 잃은 게 없지 않나? 그래서 우린 더 이상 동료일 수 없는 것이다."

"……."

장숙과 단구는 그만 할 말을 잃고 서로의 얼굴을 마주 보았다. 쌍도끼를 뽑아 들고 나직이 중얼거리는 하우영에게서 느껴지는 것은 분노가 아니라 진한 서글픔이었고, 하우영의 말처럼 그 슬픔의 깊이를 헤아릴 길 없는 두 사람으로선 말문이 막힐 수밖에 없었던 것이다.

장숙이 말투가 설득조로 바뀌었다.

"당신들이 끔찍한 일을 당했다는 거 알아. 하지만 그게 전부 즙포님의 잘못은 아니잖아? 즙포님 혼자 어떻게 철기방의 공격으로부터 우릴 지켜낼 수 있겠어?"

"저놈이 우리 가족을 지키지 못했다고 이러는 게 아니다."

이번엔 곽기풍이 하우영의 옆으로 나서며 손가락으로 여린을 겨누었다.

"놈은 최소한의 노력조차 하지 않았어. 철기방에 대한 첫 번째 공격에서 뜻하지 않게 철태산이 죽어버리자 모든 의욕을 상실하고 말았어. 그래서 방주를 잃고 갈팡질팡하는 철기방의 숨통을 끊어놓을 절호의 기회마저 놓치고 감상에 젖어 계집의 뒤꽁무니나 졸졸 쫓아다녔지."

새삼 분노가 치미는 듯 곽기풍의 언성이 높아졌다.

"결국 저 개자식은 한사코 싫다는 우리를 끌어들여 개인적인 복수를 실현하고, 복수가 끝나자 우릴 먹다 버린 개뼈다귀 취급을 해버린 것이다! 그 결과가 어떠냐? 내가 살아 있는 이유고, 살아가야 할 이유였던 가족을 잃어버렸다! 그런데도 저 망할 놈에게 죄가 없다고 말할 테냐?!"

"으으음……."

장숙과 단구가 난감한 표정으로 침음을 흘렸다. 약간의 억지가 섞였다곤 하나 곽기풍의 주장이 허무맹랑한 것만은 아니었다. 철태산을 죽인 이후 여린은 분명 흔들렸고, 그 짧은 방심이 철기방에 반격의 기회를 제공한 것만은 확실했기 때문이다.

장숙과 단구가 다시 한 번 서로의 얼굴을 보았다. 교차하는 두 사람의 시선 속에서 결연함이 묻어났다. 이유야 어쨌든 여린이 저대로 죽도록 내버려 둘 수는 없다고 두 사람은 작정하고 있었다. 사실 여린 덕분에 자신들의 독문검법인 구주환상검의 한계를 극복하면서 두 사람이 여린에게 품고 있는 감정은 스승을 대하듯 각별한 것이었다.

차앙! 차아앙!

"물러서!"

"당신들을 이해하지만 우린 즙포님을 모시고 나가야겠다!"

장숙과 단구가 군도를 뽑아 하우영과 곽기풍을 겨누었다.

"가소로운 놈들! 여린에게 포달랍궁의 삼류 초식 몇 가락을 전수받더니, 눈에 뵈는 게 없는 모양이구나!"

하우영이 쌍도끼를 붕붕 휘두르며 두 사람을 향해 다가왔다.

"삼류인지 일류인지는 부딪쳐 보면 알게 될 테지!"

우우웅!

장숙과 단구가 겨눈 칼끝이 가늘게 떨리며 허공중에 십여 개씩의 검광을 그려냈다.

"그, 그만두시오. 부탁입니다."

양측이 막 격돌하려는 찰나, 장숙과 단구의 어깨 너머에서 여린의 가녀린 목소리가 들려왔다. 장숙과 단구가 기세를 거두며 돌아서자 거꾸로 매달린 채 힘없는 눈으로 자신들을 올려다보는 여린이 보였다.

여린의 비참한 몰골에 코끝이 찡해진 장숙이 어금니를 질끈 깨물며 말했다.

"곧 구해 드릴 테니 조금만 기다리십시오, 즙포님."

하지만 여린은 힘겹게 고갤 저었다.

"곽 총관님과 하 포두님이 하는 대로 내버려 두십시오. 그게 나를 위하는 길입니다."

"이미 부상이 심각합니다."

"계속 고문을 당하다간 정말 무슨 일을 당하게 될지 모릅니다."

장숙과 단구가 애끓는 목소리로 외쳤지만 여린은 고집을 꺾지 않았다.

“여러분을 위해 난 아무것도 한 게 없습니다. 그런 나 때문에 다투다가 여러분 중 누군가 다치게 되는 건 정말이지 보고 싶지 않습니다. 그러니 그냥 가십시오.”

여린의 마음을 알 것 같아 장숙과 단구는 눈물을 머금고 칼을 거둘 수밖에 없었다.

장숙이 성난 눈으로 아직 도끼를 꼬나 쥔 하우영을 노려보며 말했다.

“즙포님은 이미 충분히 반성하고 계신다.”

장숙과 단구를 밀치고 앞으로 나서며 하우영이 비릿하게 웃었다.

“정인군자 나셨네, 정인군자 나셨어. 이렇게 고매하신 즙포님을 왜 진작 몰라뵈었을꼬?”

하우영이 갑자기 여린의 옆구리를 노리고 도끼 등을 힘차게 휘둘렀다.

뻐어억!

“우악!”

도끼 등이 옆구리에 쑤셔 박히는 순간 여린의 입에서 다시 고통스런 비명이 터져 나왔다.

뻐억! 뻐억! 뻐억!

“그러게 진작 좀 인간이 되지 그랬어? 그럼 너도 우리도 이런 지랄 맞은 상황에 처하지 않고 얼마나 좋아, 엉? 엉? 엉?”

하우영이 두 자루 도끼를 미친 듯 휘둘러 도끼 등으로 전신을 후려 팰 때마다 여린이 덜컥덜컥 전신을 진동했다.

“저 새끼가!”

"참아. 즙포님께선 우리가 나서는 걸 원치 않으신다."

이를 악물고 하우영에게 달려들려는 장숙의 팔을 단구가 붙잡았다.

"잘 봐두라고. 진짜 고문은 이제부터 시작이다."

불에 달군 가늘고 긴 쇠꼬챙이를 움켜잡은 곽기풍이 두 사람의 옆을 스쳐 지나며 히쭉 웃었다.

"또 무슨 짓을 하려고요?"

질린 표정으로 묻는 장숙을 돌아보며 곽기풍이 씨익 웃었다.

"두고 보면 알아."

곽기풍이 묶인 여린의 오른쪽 발목 바깥쪽에서부터 천천히 쇠꼬챙이를 밀어 넣었다. 살가죽이 지글지글 익어가며 여린의 입에서 끔찍한 비명이 터져 나왔다.

"으아아악!"

그래도 곽기풍은 멈추지 않고 계속 쇠꼬챙이를 박아 넣었다. 마침내 쇠꼬챙이가 여린의 왼쪽 발목 밖으로 빠져나오면서 여린의 양쪽 발이 불에 달군 꼬챙이에 의해 하나로 합쳐졌다. 비명도 지르지 못하고 허리를 출렁출렁 흔들어대던 여린이 사지를 축 늘어뜨리며 혼절해 버렸다.

"웩! 우웩!"

뇌옥 한구석으로 달려간 장숙이 허리를 숙이고 구토를 시작했다.

기절한 여린을 둘러싸고 으스스하게 웃는 곽기풍과 하우영과 막여청을 바라보며 단구가 질린 듯 중얼거렸다.

"저 작자들, 정말 즙포님을 죽일 작정이야."

화르르륵!

청성산 제일봉 호응정(呼鷹亭)은 무서운 화염에 휩싸여 있었다. 매를 부르는 정자라는 이름답게 청성의 기개와 무혼을 상징하던 정자가 시뻘건 불길을 피워 올리며 천천히 무너져 내리고 있었다. 호응정 지붕 위로 오 장도 넘게 치솟은 불길이 막 핏빛으로 물들기 시작한 하늘과 맞닿으면서 마치 그 불길이 하늘 전체를 태우는 듯한 착시 현상을 일으켰다.

'천지간을 다 태워도 오늘의 원통함을 씻을 순 없을 것이다.'

호응정과 약간 떨어진 널찍한 바위 위에 서서 청해일은 애끓는 심정으로 중얼거렸다. 어디 호응정뿐이랴. 청성 천 년의 역사를 증명하는 상청궁(上淸宮), 옥청궁(玉淸宮), 원명궁(圓明宮), 조양궁(朝陽宮), 청허각(淸虛閣), 조사전(祖師殿) 등이 이미 모두 잿더미가 되었고, 그 고색창연한 건물들에서 호연지기를 키우던 천여 명의 청성파 제자가 모두 한 줌 고혼이 되었다. 그리고 이 한 뼘도 안 되는 바위 위에 청해일 자신과 이미 중한 내상을 입어 검붉은 핏물을 줄줄 게워내는 공산 진인과 장문인보다 더하면 더했지 형편이 나을 것이 없는 청림삼검옹이 공산 진인을 호위하듯 서 있었다.

그리고 불과 다섯밖에 남지 않은 청성의 도사들을 겹겹이 에워싼 천여 명에 육박하는 철기방 방도들. 핏물이 뚝뚝 떨어지는 낭아곤을 늘어뜨린 채 흉흉한 살기를 내뿜는 철기방 방도들이 청해일은 꼭 상처 입은 먹잇감을 앞에 두고 잠시 숨을 고르는 혈랑 떼 같다고 생각했다. 두목의 명령이 떨어지면 혈랑들은 일제히 달려들어 지친 먹잇감의 살과 뼈를 갈가리 찢어발기고야 말리라.

'도대체 어떻게? 분명 방주 철태산을 죽였거늘, 어디서 저 많은 적도들이 나타나 청성을 불바다로 만들 수 있단 말인가?

회한에 젖은 눈으로 핏빛 하늘을 올려다보며 청해일은 누군가에게 소리쳐 묻고 싶었다. 정녕 자신은 달걀로 바위를 내려치는 바보짓을 했단 말인가? 청성은 애당초 철기방의 적수가 될 수 없을 만큼 허약했단 말인가? 그럴 리가 없다. 절대 그럴 리가 없어!

고갤 홱홱 가로젓는 청해일의 눈가에 문득 원독이 어렸다. 여린의 얼굴이 떠오른 것이다.

'그놈 때문이다. 그 병신 같은 새끼가 마지막 순간 머뭇거리는 바람에 일이 더럽게 꼬여 버리고 말았어.'

청해일은 자신의 불행을 여린의 탓으로 돌리고만 싶었다. 그래서 눈앞으로 다가온 사문의 멸문이 자신의 과욕 때문이 아니라 자위하고 싶었다. 적어도 그렇게 믿으며 죽고 싶었다. 공산 진인의 가래 끓는 목소리가 청해일을 상념에서 깨어나도록 만들었다.

"해일아."

"예, 사부님."

고개를 돌리자 방금 전보다 상태가 더욱 나빠진 늙은 사부의 얼굴이 보였다. 내장이 상했는지 쉼없이 핏물을 게워내는 진인의 얼굴은 이미 흑빛으로 변해 있었다.

공산 진인이 핏물을 닦아낼 생각도 않고 청해일을 향해 힘겹게 말했다.

"아무래도 청성은 내 대에서 문을 닫게 될 것 같구나."

"사부님……."

차마 아니라고 대답하지 못하는 청해일의 눈에서 굵은 눈물방울이 뚝뚝 흘렀다.

"용서하십시오, 사부님. 모두가 제자의 만용 탓입니다. 못난 제가 사부님과 사문을 파멸의 불구덩이 속으로 몰아넣었습니다."

"그게 어찌 네 탓이냐? 늘그막에 찾아온 연정을 다스리지 못하고 사사로운 복수심에 눈이 멀었던 이 늙은이의 탓이지. 어쨌든 한가로이 잘잘못을 따질 상황은 아닌 것 같구나."

청해일이 협봉검의 검병을 고쳐 잡으며 결연히 말했다.

"제자가 죽기를 각오하고 활로를 열 것인즉, 청림삼검옹 장로님들과 함께 탈출하십시오. 장문인께서 살아 계시는 한, 청성은 끝난 게 아닙니다. 중원 처처에 흩어져 웅지를 틀고 있는 속가의 제자들을 규합하여 권토중래를 노리신다면……."

"늙은 내게 그만한 시간이 남았겠느냐?"

청해일의 말을 가로막으며 공산 진인이 풀썩 마른 먼지 같은 웃음을 웃었다.

"네가 하거라."

진인이 갑자기 눈을 부릅뜨며 열정에 들뜬 목소리로 말했다.

"방금 네가 했던 말을 네가 직접 실행해 보란 말이다. 천 년 청성의 뿌리는 깊고도 깊다. 비록 사문은 불탔으나, 청성의 정신을 이어받은 수많은 속가들이 중원 처처에 깊고 든든한 뿌리를 내리고 있질 않느냐?"

"사부님이 하십시오. 제자는 사문의 중흥을 위한 한 알 밀알이 되겠습니다."

"내게는 시간이 없다고 하질 않았느냐? 불타 버린 사문을 일으키는 데 몇 년이 필요할 것 같으냐? 일 년? 이 년? 아마도 수십 년의 시간이 소요될 것이다. 너는 이 늙은 사부가 과연 몇 년이나 더 살 수 있다고 보느냐?"

청해일이 한동안 멍한 눈으로 공산 진인의 얼굴을 들여다보았다. 격앙되어 있던 진인의 얼굴이 온화해지며 푸근한 미소가 퍼졌다. 제자에 대한 사랑과 무한한 신뢰가 담긴 미소였다.

"지금 이 순간부터 네가 청성의 새 장문인이다. 부디 진력을 다해 오늘의 한을 풀고 천 년 청성의 영광을 되찾도록 하시게, 장문인."

"으흐흑… 사부님!"

청해일이 공산 진인 앞에 허물어지듯 무릎을 꿇으며 눈물을 펑펑 쏟았다. 그런 청해일의 머리를 진인의 손이 부드럽게 어루만졌다.

"서까래 한 조각 남지 않은 사문을 물려줘서 미안하구나, 해일아. 부디 살아남거라. 진창 속을 개처럼 기어 다니는 한이 있더라도 너만은 어떻게든 살아남아야 한다. 그것이 네게 주어진 필생의 과업임을 잊어서는 아니 될 것이다."

우드득!

구부정하게 굽어 있던 공산 진인의 허리가 꼿꼿이 펴졌다. 출혈도 멈췄고, 군데군데 찢어진 도복은 팽팽하게 부풀었다. 언제 심한 중상을 입었느냐 싶게 공산 진인이 전신으로 웅후한 기세를 내뿜으며 손과 손에 일검씩을 꼬나 쥔 세 명의 노장로를 돌아보았다.

"죽기에는 괜찮은 날이지요?"

"그렇구려, 장문인."

"하긴 이만큼 살았으면 이제 갈 때도 되었소."

"저처럼 헌앙한 새 장문인을 보고 떠나게 되었으니 우리처럼 복 많은 늙은이들도 아마 강호에 드물 거외다."

청해일은 사부와 장로들이 무슨 일을 하려는지 짐작하고 있었다. 하지만 말릴 수는 없었다. 그러기엔 그들의 유훈이 너무도 절박했고, 자신이 짊어진 짐이 너무도 무거웠다.

"내가 길을 뚫을 것이다, 해일아. 그 길을 따라오다가 활로가 보이거든 죽기를 각오하고 뛰어야 한다. 명심하거라. 결코 사사로운 정에 얽매여 뒤를 돌아보아서는 아니 된다. 네가 살아남지 못하면 나는 죽어 사조들을 뵈올 면목이 없어지고 만다."

마지막 당부를 끝으로 공산 진인이 세 장로를 거느리고 바위 아래로 사뿐히 내려섰다. 진인은 마치 산보라도 하듯 뒷짐을 진 채 유유히 걸어나갔고, 진인의 범상치 않은 기세를 느낀 철기방 방도들은 감히 범접하지 못하고 진인을 둥글게 포위한 채 주춤주춤 뒷걸음질을 쳤다.

"다 죽어가는 늙은이가 무서워 뒷걸음질을 치느냐? 지루해서 안 되겠다. 너희가 양보를 하겠다니, 이 몸이 선공을 시작하마."

공산 진인이 엄지와 중지를 맞붙인 오른손을 눈앞으로 들어올렸다. 손가락 끝으로 반딧불 같은 기세가 맺혔다.

피이잉—

"크아악!"

손가락을 가볍게 튕기자 한줄기 지풍이 살처럼 날아가 정면에 서 있던 철기방 방도의 이마에 바람구멍을 냈다.

"와아악!"

"우와아악!"

"죽여!"

"도사 놈들의 씨를 말려라!"

그것을 신호로 천여 명의 방도가 일제히 늑대의 이빨 같은 낭아곤을 휘두르며 공산 진인과 세 명의 장로를 향해 노도처럼 밀려들었다.

소나기처럼 퍼붓는 낭아곤을 공산 진인이 물살을 거스르는 한 마리 연어처럼 영활하게 피하며 양손을 가슴 앞에서 빠르게 휘돌렸다. 진인의 손짓을 따라 수십 개의 수영이 그려졌다. 바람처럼 부드럽게 일어났다가 일단 발출되면 뇌성벽력과 같은 파괴력을 자랑한다 하여 풍뢰장(風雷掌)이란 이름이 붙은 초식이었다.

피에 굶주린 십여 명의 방도가 한꺼번에 도약하여 낭아곤을 후려쳐 오는 순간 진인이 느릿하게 양손을 내뻗었다. 진인의 양손 손바닥에서 각각 십여 개씩의 장영이 폭출되었다. 방도들의 가슴 한복판에 어린애 손바닥만한 손자국이 찍히는가 싶더니, 등 뒤로 내장을 쏟아내며 붕붕 튕겨 나갔다.

장영의 기세는 거기서 그치지 않았다. 첫 번째 방도들의 등짝을 뚫고 튀어나온 장영이 처음의 기세를 잃지 않고 계속 날아가 뒤쪽에서 밀려들던 또 다른 방도들의 가슴에 바람구멍을 내었다. 일순간 거의 백여 명에 이르는 방도가 피곤죽이 되어 날아가면서 공산 진인 앞에 두 갈래의 기다란 통로가 뚫렸다.

"가세나, 청림삼검옹! 저 길이 다시 막히지 않도록 하는 것이 우리의 임무일세!"

그 길을 따라 공산 진인이 바람처럼 치달리기 시작했고, 청림삼검옹이 뒤를 좇았다. 좌우편에서 철기방 방도들이 길을 끊으려 덮쳐들었지만 진인의 쌍수에서 뿜어진 풍뢰장에 썩은 짚단처럼 튕겨 나가곤 했다. 진인이 미처 처리하지 못한 방도들은 청림삼검옹의 칼에 목이 잘리고, 혹은 사지가 잘렸다.

"와아아아!"

"와아아아아!"

그때부터 천 대 사의 처절한 살육전이 시작되었다. 오직 살육 본능만 있을 뿐 두려움이라곤 모르는 철기방 방도들은 동료들의 죽음에 더욱 눈이 뒤집혀 미친 듯이 덤벼들었지만, 이미 생사를 초월한 공산 진인의 장력과 청림삼검옹의 칼날 앞에 고혼이 되어 흩어졌다. 꾸역꾸역 밀려드는 적도들을 분연히 도살하며 질주하는 진인과 세 장로의 모습은 마치 단기필마로 적진을 휘젓던 조자룡의 기세를 방불케 했다.

하지만 사람의 능력에는 반드시 한계가 있기 마련.

청성의 여러 무공 중에서도 패도적인 기세가 가장 강한 풍뢰장은 단기간에 최대치의 힘을 끌어올려 적을 제압하는 데는 효과적이었지만 극심한 내력의 소모 때문에 장기전에는 불리했다.

"헉헉……!"

싸움이 시작된 지 일각 정도 지났을 때부터 공산 진인은 호흡이 가빠옴을 느꼈다. 부지런히 양손을 내질렀지만 손바닥 끝에서 뿜어지는 장영의 숫자도 줄어들었고, 장영에 실린 내력도 현저하게 떨어졌다.

내상이 심한 상태에서 억지로 기를 끌어올릴 때마다 창자를 갈고리로 긁어대는 듯한 통증이 느껴졌다. 보통 사람 같으면 벌써 탈진하여 주저앉아야 정상이겠지만, 진인은 오히려 그 통증을 이용하여 흐려지는 의식을 다잡았다. 힐끗 돌아보니 역시 힘이 다한 듯 적도들이 마구잡이로 휘두른 낭아곤에 이마가 깨어지고, 살점이 뜯겨 나가 전신이 피투성이가 된 청림삼검옹의 모습이 들어왔다.

'조금만 더 힘을 내세나. 새 장문인에게 활로는 열어줘야 할 것 아닌가?'

공산 진인이 눈짓으로 세 사람의 장로에게 마지막 결의를 보냈고, 세 사람 역시 눈짓으로 화답했다.

"우워어억!"

공산 진인의 입에서 지난 수십 년간 단 한 차례도 뱉어본 적이 없는 포효성이 터져 나왔다. 불길 같은 기류에 휩싸인 양손을 어깨 너머로 젖혔다가 힘껏 내지르자 강맹한 장력이 폭포수처럼 쏟아졌다.

"악!"

"으악!"

"크아아악!"

장력에 얻어맞은 수십 명의 철기방 방도가 허공으로 솟구쳤다가 피곤죽이 되어 처박혔다. 세 명의 장로 역시 반원 형태의 합격진을 구성하며 기다란 검광을 내쏘았다. 검광에 격중당한 십여 개의 머리통이 허공으로 분분히 튀어 올랐다.

"비켜라! 우리의 앞을 가로막는 자가 누구든 결코 살아남지 못할 것이다!"

이미 강기를 발출할 힘을 잃은 공산 진인이 갈고리 같은 양손을 마구 휘저어 철기방 방도들의 얼굴을 할퀴고 목을 부러뜨리며 질주했다. 마지막 기력까지 깡그리 불사르는 네 노인의 기세에 질려 끈질기게 덤벼들던 방도들도 마침내 뒷걸음질을 시작했다.

쐐애액!

이때 물러서는 방도들 사이를 뚫고 매의 발톱처럼 생긴 날카로운 수영 하나가 날아들었다. 그 기세가 범상치 않음을 직감한 공산 진인이 재빨리 양팔을 휘저어 수영을 튕겨내려고 했다.

콰콱!

그러나 이미 대부분의 내공을 상실한 진인의 팔을 헤집고 들어온 수영은 진인의 가슴을 할퀴며 세 갈래의 깊은 고랑을 남겼다.

"크흐흠… 맹금왕이 왔구나."

가슴뼈가 비칠 정도로 깊게 패인 세 갈래 상처에서 꾸역꾸역 흘러나오는 검붉은 핏물을 내려다보며 진인이 신음처럼 중얼거렸다.

양옆으로 재빨리 물러서서 길을 터주는 방도들 사이로 훌쩍 내려서는 것은 과연 철기방 내원의 원주이자 태상장로 직을 맡고 있는 맹금왕 구일기였다. 공산 진인과 안면이 있는 구일기가 빙긋 웃으며 아는 체를 했다.

"노익장이 대단하시구랴, 진인. 많이 고단하실 텐데, 이쯤에서 편안히 쉬시는 건 어떠할지?"

"미안하지만 아직은 힘이 좀 남았다네. 젊은 시절 우연히 주워 먹은 고려삼이 아직은 약발을 발휘하는 모양이지."

그렇게 중얼거리며 공산 진인은 오른손을 내뻗으며 구일기를 향해 똑바로 달려갔다. 맹금왕이라면 정상적인 몸 상태로도 승부를 장담할 수 없는 상대. 아직 두 다리를 움직일 수 있을 때, 필시 청해일의 퇴로에 가장 큰 걸림돌이 될 구일기에게 작지 않은 상처라도 남겨주고 싶었다.

진인의 오른손 손바닥 밖으로 장력이 뿜어졌다. 여러 자루의 시퍼런 칼날이 회전하는 것처럼 예리한 기세를 내뿜는 장력이 구일기의 면전을 노리고 날아갔다. 그러나 구일기는 웃고 있었다. 청성 장문인이 동귀어진까지 감수하고 펼친 최후의 일초식이 너무도 보잘것없었기 때문이다.

"청성의 마지막 숨통을 끊어놓는 영광을 베풀어주어 고맙소, 진인!"

매의 발톱처럼 날카로운 손톱을 세운 구일기의 쌍수가 뻗쳐 나갔다. 좌우로 교차되며 순식간에 장풍을 흩어버린 쌍수가 앞으로 쭉 내뻗어진 공산 진인의 팔뚝을 빠르게 찍어갔다. 구일기의 날카로운 손톱이 박힐 때마다 살이 찢어지고, 뼈가 부서졌다.

콰콱!

"으흑!"

마침내 구일기의 양손이 가슴을 꿰뚫고 손목까지 쑤셔 박히는 순간, 공산 진인은 극심한 고통을 이기지 못하고 눈을 흡떴다.

"끄륵… 끄르륵……."

"흐흐! 그러게 한 뼘의 화전이나마 일구고 살 것이지, 오르지도 못할 거산에 불은 왜 질렀소? 결국 그 불길이 화전마저 깡그리 집어삼켜 버릴 것을 몰랐단 말이오?"

마지막 숨을 몰아쉬는 진인의 얼굴을 들여다보며 구일기가 비릿하게 웃었다.

"엇!"

찰나의 순간 구일기가 짧은 경호성을 내질렀다. 진인의 부릅뜬 동공을 스치고 지나가는 한줄기 기광을 발견한 때문이었다.

"망할, 어쩐지 너무 쉽다 했더니만!"

노회한 늙은 도사가 아직 최후의 꽁수를 숨겨두고 있음을 직감한 구일기가 황망히 진인의 가슴에 박힌 양손을 뽑아내려고 했다. 하지만 뜻대로 되지 않았다. 진인의 가슴 근육이 그의 손을 단단히 움켜잡고 도무지 놓아주질 않았던 것이다.

"크흐흐……! 저승까진 먼 길이 아닌가? 이 늙은이의 길동무를 부탁해도 되겠는가, 맹금왕?"

으스스하게 웃는 진인의 얼굴에 작은 물혹 같은 것이 불룩불룩 돋아나기 시작했다. 조금씩 커져 가는 물혹이 이내 진인의 얼굴과 목과 가슴을 뒤덮었다. 본신에 남은 마지막 기력 한 방울까지 끌어올리며 진인의 몸뚱이는 황소 앞에서 큼직한 배를 자랑하는 두꺼비처럼 부풀어 오르고 있었다.

구일기는 진인이 내부의 기를 진탕시켜 자폭하려 하고 있음을 깨달았다. 마교의 찌꺼기들이 반드시 죽여야 할 적을 만났을 때 종종 사용하는 수법이었으나, 구파의 언저리에 이름을 올려놓고 있는 청성과 같은 명문정파에선 상상할 수도 없는 비열한 수법이었다. 그런데 청성의 장문인이 지금 그 저열한 수법을 시전하려 하고 있었다. 청해일만은 살리려는 진인의 집착에 가까운 의지 때문이었다.

"노망이 났구나, 늙은이!"

콰아앙!

구일기가 진인의 아랫배를 오른발로 힘껏 걷어차는 것과 동시에 진인의 몸이 산산이 폭발했다.

"크아악!"

양팔을 마구 휘저어 폭발의 충격을 최소화하려고 했지만 가슴이 진탕되는 충격을 느끼며 구일기는 너댓 장을 튕겨 날아갔다.

"빌어먹을!"

서너 바퀴를 볼썽사납게 나뒹군 구일기가 격분하여 일어나려 했지만 가슴을 부여잡으며 도로 주저앉고 말았다. 공산 진인의 계획이 성공한 것이다. 핏발 선 눈으로 전방을 응시하는 구일기의 시야에 마치 붉은 물감을 흩뿌려 놓은 듯 땅바닥에 길게 흩어져 있는 진인의 잔해와 폭발의 여파에 휩쓸린 듯 그 주변에 피투성이가 되어 나뒹굴고 있는 삼, 사십 명의 방도의 모습이 들어왔다.

"진인의 원수를 갚아라!"

"구일기의 목을 베어라!"

장문인의 죽음에 격노한 청림삼검옹이 검을 휘두르며 달려오는 게 보였다. 하지만 그들은 구일기에게 다다를 수 없었다. 바람처럼 허공을 격하여 날아온 화염극왕 방태극, 백옥수 화소영, 만수마군 조충이 세 노검사의 머리통을 어깨와 분리시켰기 때문이다.

피분수와 함께 청림삼검옹의 머리통이 공중으로 솟구쳤다. 피에 굶주린 사신처럼 철기방 방도들 사이를 헤집고 질주하던 청해일이 사부와 청림삼검옹의 죽음을 목도하고 멈칫했다. 한동안 멍한 눈으로 사부가 서 있던 자리를 바라보던 청해일의 입을 비집고 처절한 절규가 터져 나왔다.

"으아아아! 사부님—!"

청해일은 다시 협봉검을 속사포처럼 내쏘며 달리기 시작했다. 하지만 사부의 시신이 있는 쪽 아닌 유일한 탈출로인 절벽을 향해서였다. 본능은 사부를 죽인 구일기를 향해 달려가고 있었지만 그의 이성이 발길을 붙잡았다.

여기서 개죽음을 당한다면 사부의 죽음은 그야말로 서푼어치의 값어치도 없는 것이 되고 만다. 살아야 한다. 살아서 청성을 다시 세우고, 철기방을 멸문시켜야 사부의 죽음은 전설이 되고 수많은 후학들의 입에 장엄한 무영담으로 회자될 것이다. 그것이 사부의 명예를 되찾아 주는 길임을 너무도 잘 알고 있었기에 청해일은 철기방 방도들의 경계가 가장 느슨한 산봉우리의 북쪽 깎아지른 듯한 절벽을 향해 달려갈 수 있었다.
"죽여라!"
"이놈만 죽이면 청성은 완전히 끝장이다!"
사방에서 철기방도들이 짐승처럼 씩씩거리며 낭아곤을 후려쳐 왔다. 그러나 오늘 청해일의 협봉검은 독니처럼 재빨랐고, 적들은 팔을 채 내뻗기도 전에 목젖을 물려 분분히 쓰러졌다.
"악!"
"으악!"
"커허헉!"
십여 개씩의 그림자를 만들며 검봉이 발출될 때마다 철기방도들은 피분수가 터져 나오는 목을 부여잡고 여지없이 고꾸라졌다. 그래도 그들은 이미 피 맛을 본 들개 떼처럼 꾸역꾸역 밀려들었다. 예리한 검광을 번뜩이며 들개들 사이를 누비는 청해일의 모습은 마치 격노한 한 마리의 범과도 같았다.
"너희의 상대가 아니다. 물러서라."
나직한 음성이었지만 목소리의 주인을 정확히 파악한 듯 눈이 뒤집혀 날뛰던 철기방도들이 일시에 물러서며 길을 터주었다. 절벽까지는 이제 불과 십여 장 정도. 한 번의 도약으로도 다다를 수 있는 거리였다.
"후욱… 후욱… 후욱……."
그러나 이미 턱 밑까지 숨이 차오른 청해일에겐 대해처럼 까마득해 보이는 거리이기도 했다. 그쪽에서 낯익은 젊은 청년 하나가 뒷짐을 진 채 천천히 걸어오는 게 보였다.

철기련.

한때 관도를 기어가는 벌레 한 마리를 죽이기 싫어 발을 멈추고 한나절을 기다려 진군자라는 칭송을 받았지만, 지금은 이전보다 몇 배 광포해진 철기방이란 강력한 무력 집단을 통치하는 지배자가 청해일을 향해 산보라도 하듯 유유히 걸어오고 있었다.

철기련은 정확히 청해일의 삼 장 앞에 멈춰 섰다. 일말의 감정도 담기지 않은 고즈넉한 시선으로 철기련이 청해일의 지친 안색을 응시했다. 청해일은 철기련의 표정없는 얼굴이 싫었다.

한때 정인군자입네 하고 다녔던 작자가 천 명도 넘는 사람을 일거에 주살해 놓고 마치 벌레 한 마리를 죽인 것처럼 무덤덤한 표정을 짓고 있는 게 너무도 싫었다. 청해일의 입에서 저주 섞인 말이 튀어나온 건 어쩌면 당연했다.

"이 천하에 둘도 없을 악종새끼. 너 같은 새끼가 진군자라는 칭호를 들었다니 지나가던 개가 웃다 지쳐 뒈질 일이다. 그동안 그 잔인한 성정을 숨기고 사느라고 얼마나 힘들었니, 응? 내 장담하건대, 네가 혼인을 해서 애새끼들을 낳으면 첫째는 곱추이고, 둘째는 장님이고, 셋째는 불알이 없는 고자가 태어날 것이다. 청성의 사조들이 그렇게 만들 것이고, 오늘 원통하게 죽은 천 명의 넋이 그렇게 만들 것이다."

청해일의 저주는 길었지만 저주를 고스란히 뒤집어쓴 철기련의 입에선 짧은 물음만 나왔다.

"청성의 차기 장문 냉정검 청해일. 당신이 소소를 죽였나?"

"뭐?"

"당신이 사하현의 즙포 북소소를 죽였나?"

"……."

청해일은 잠시 멍청해졌다. 철기련의 입에서 전혀 뜻밖의 물음이 튀어나왔기 때문이다. 한동안 황당하게 철기련의 얼굴을 바라보던 그의 입가에 비릿한 조소가 걸렸다.

"그렇군. 너도 여린, 그 병신새끼처럼 그년을 좋아하고 있었어. 그년이 생긴 건 꼭 선머슴아처럼 생겼어도 제법 사내를 후리는 재주가 있었던 모양이지? 냉수 먹고 속 차려, 이 팔불출아. 그년이 여린 놈과 숱하게 붙어먹는 걸 이 두 눈으로 똑똑히 목격했단 말이다."

"그런 건 관심없소. 내게 중요한 건 당신이 소소를 죽였느냐 하는 것이오."

내심 철기련을 도발하려 했으나 그는 요지부동이었다. 철기련의 그런 태도가 청해일을 화나게 만들었다.

"그래, 내가 죽였다. 내가 그년의 가슴에 이 협봉검을 꽂았다. 어쩔 테냐, 이 개에……."

슈우욱!

청해일은 말을 끝맺지 못했다. 오른발을 크게 내딛는가 싶었던 철기련이 줄에 묶여 죽 딸려오는 사람처럼 순식간에 목전으로 닥쳐들었기 때문이다.

"이놈!"

청해일이 반사적으로 협봉검을 내찔렀다. 하지만 철기련은 오른손 중지손가락을 튕겨 검봉을 가볍게 튕겨내 버렸다. 그리고 그 손을 활짝 펼치더니 무방비인 청해일의 가슴팍에 가볍게 갖다 댔다.

투우웅!

가볍게 손바닥을 대었을 뿐인데, 북 찢어지는 소리와 함께 청해일이

왈칵 핏물을 뿜으며 튕겨 나갔다.

"너, 너 이 새끼."

땅바닥을 몇 바퀴 나뒹굴던 청해일이 협봉검을 지팡이 삼아 간신히 일어섰다. 무슨 보법인지 모르겠지만 철기련이 다시 유령처럼 땅바닥을 미끄러져 다가왔다.

"으아아! 같이 죽자, 견자놈아!"

청해일이 분노의 일갈을 내지르며 검봉을 현란하게 내찌르자 수십 개의 검광이 철기련의 요혈을 노리고 날아갔다. 순간 청해일의 눈앞에 놀라운 광경이 펼쳐졌다. 콧김이 닿을 정도로 가깝게 다가선 상태에서 단지 허리만을 움직여 철기련이 그 많은 검광을 모조리 피해내 버린 것이다.

나이 열둘에 처음 검을 잡고, 이십여 년간 강호의 혈풍을 누비며 숱한 고수들을 보아왔지만 맹세코 철기련과 같은 움직임을 보이는 무인은 구경조차 한 적이 없었다. 철기련의 신기에 질려 버린 듯 협봉검을 내뻗은 상태로 청해일은 멍하니 굳어 있었다.

철기련이 그런 청해일의 어깨와 가슴과 아랫배를 장난이라도 치듯 주먹으로 툭툭 때렸다. 마치 오랜만에 만난 친구에게 장난을 거는 듯한 동작이었지만 청해일이 느끼는 충격은 전혀 장난 같지가 않았다. 살거죽을 가볍게 때린 타격이 내부로 스며들면서 점점 더 둔중하게 느껴지는가 싶더니, 이내 온몸의 뼈가 가닥가닥 끊어지는 듯한 통증이 밀려들었다.

사지가 뒤틀리는 고통과 함께 청해일이 땅바닥을 굴렀다. 청해일을 천천히 뒤쫓으며 철기련이 다시 그의 몸을 발로 툭툭 걷어찼다. 그때마다 뼈 부러지는 소리가 들리며 청해일의 신형이 들썩들썩 진동했다.

"끄흐흑… 아흐흐흑……."

사지를 활짝 펼치고 땅바닥에 드러누워 청해일은 고통을 못 이기고 어린애처럼 울었다. 한 자루 협봉검으로 사문에 방해가 된다 싶은 사람은 애어른 할 것 없이 모조리 목을 꿰뚫어 냉정검이란 별호까지 얻었던 그가 매질을 감당하지 못하고 눈물을 철철 흘리며 울고 있었다.

철기련이 눈물범벅이 된 청해일의 얼굴을 내려다보며 나직이 내뱉었다.

"나는 사람을 고통스럽게 죽이면서 쾌감을 느낄 정도로 비뚤어진 사람은 아니다. 하지만 너만은 예외로 해야겠다. 왜냐하면 너는 절대 죽여서는 안 될 사람을 죽였기 때문이다. 소소는……."

여기서 철기련이 잠시 말을 끊었다. 청해일은 가을 호수처럼 잔잔하기만 하던 철기련의 두 눈을 스치고 지나가는 섬뜩한 한광을 똑똑히 볼 수 있었다.

이빨 문 소리로 씹어뱉으며 철기련이 천천히 오른발을 쳐들었다.

"소소는 우리 같은 인간들에게 죽어서는 안 될 고귀한 영혼이었기 때문이다."

북소소의 이름을 입에 담으면서 철기련은 심하게 동요하고 있었다. 청해일은 아마도 그것 때문에 자신의 손에 아직 협봉검이 쥐어져 있음을 철기련이 눈치 채지 못하는 거라고 생각했다. 그리고 철기련이 복수의 희열에 전율하고 있는 이 짧은 시간이 자신에게 남은 유일한 기회임을 직감했다.

"죽은 년이 그리도 그립다면 만나게 해주면 될 것 아니냐?"

츄우욱!

한줄기 검광이 일직선으로 솟구쳐 멈칫하는 철기련의 턱을 노리고 날아갔다. 뜻밖의 반격을 받은 철기련이 허리를 활처럼 젖혔지만 검광이 턱을 스치고 지나며 핏방울이 터져 나오게 만드는 것을 막을 수는 없었다. 놀란 철기련이 저도 모르게 한 걸음 물러섰고, 그 짧은 틈을 청해일은 놓치지 않았다. 튕기듯 일어서며 철기련의 얼굴을 노리고 협봉검을 쭉 내찌른 것이다.

철기련은 눈을 흡뜨고 검봉에서 뿜어질 검광에 대비했다. 하지만 검봉이 가볍게 흔들릴 뿐 검광은 보이지 않았다. 청해일이 너무 지쳐 검기를 내쏠 형편조차 되지 않는 것인가? 철기련은 짧은 순간 그렇게 생각했다. 순간 그의 귓전을 간질이는 아주 미세한 파공음이 들려왔다. 철기련은 직감적으로 불길한 소리라고 판단했다.

츄아악!

재빨리 뒷걸음질치는 철기련의 눈앞으로 갑자기 공기를 헤집고 예리한 검광 한줄기가 쭈욱 뻗쳐 나왔다. 미리 예상하고 후퇴하지 않았다면 철기련으로서도 막아내기 힘들 정도로 검광은 빠르고 예리했다.

"대단한 일 초식을 숨겨두고 있었구나!"

철기련이 양팔을 급하게 휘둘러 검광을 튕겨냈다. 본능적인 대응이었지만 검의 속도를 완전히 따라잡지 못해 각도가 휘어진 검봉이 어깨를 긁고 지나는 것만은 피할 수 없었다.

"청성의 자랑인 유성검법 중 분광일섬의 식이라는 거다, 무식한 새끼야!"

휘청하는 철기련의 머리 위로 날아오른 청해일이 양손으로 잡은 협봉검을 일도양단의 기세로 내리그었다. 그 기세가 엄중하고, 수비 자세 또한 완벽하지 못한지라 철기련은 옆쪽으로 신형을 날려 피할 수밖에 없었다.

콰광!

검광이 내리꽂히며 맹렬한 폭발과 함께 흙먼지가 자욱이 피어올랐다. 땅바닥을 구르는 철기련 쪽은 돌아보지도 않고 청해일은 본연의 목적에 따라 사력을 다해 절벽 쪽으로 달렸다.

"내가 너를 살려 보낼 것 같으냐?"

분노한 철기련이 무서운 속도로 청해일을 뒤쫓았지만 그때 이미 그는 절벽을 박차고 천 길 낭떠러지 아래로 곤두박질치는 중이었다.

"왓하하하! 죽어 귀신이 돼서라도 반드시 널 찾아갈 것인즉 한밤중에도 눈을 뜨고 잠드는 게 좋을 것이다, 철기련!"

끝도 보이지 않은 낭떠러지 아래로 추락하면서도 청해일은 광오하게 웃어젖혔다. 점점이 멀어지는 청해일을 어금니를 지그시 물고 내려다보던 철기련이 땅바닥에 떨어져 있던 나뭇가지 하날 주워 들었다. 머리 위로 천천히 쳐들었던 나뭇가지를 철기련이 저 아래 청해일을 향해 스윽 내리그었다. 나뭇가지 끝에서 초생달 모양의 희미한 검강이 빠져나오더니, 절벽 아래쪽으로 빠르게 쏘아졌다. 장장 삼십여 장을 쫓아 날아가던 검강이 정확히 청해일의 등짝에 내리꽂히면서 청해일이 덜컥 전신을 진동하는 게 보였다.

바로 며칠 전 당상학에게서 건네받은 비급 속의 월영검법이 철기련의 손을 통해 처음으로 시전되는 순간이었다.

"월영검법… 실로 무서운 검법이로군."

스스로도 월영검법의 가공할 위력에 놀라 나직이 중얼거리며 철기련은 청해일의 죽음을 믿어 의심치 않았다.

청성이 무림사에서 영원히 자취를 감춘 그날 밤, 현청의 별채 안에서 북궁연은 실망스런 보고를 받고 있었다. 서탁 앞에 앉은 그의 등 뒤에는 여전히 북소소의 시신이 누워 있었다.

경멸이 가득 담긴 시선으로 북궁연은 방 한복판에 무릎을 꿇은 곽기풍과 하우영과 막여청을 훑어보았다. 세 사람의 의복 군데군데 핏방울이 튄 것으로 보아 여린이 얼마나 혹독한 고문을 당했는지 미루어 짐작할 수 있었다. 하지만 자술서에 서명을 받아오는 일은 실패했다. 그것이 북궁연의 심기를 불편하게 만들었다.

"에잉, 쓸모없는 것들……!"

북궁연이 끌끌 혀를 차며 고개 홱 돌려 버렸다.

곽기풍이 나직이 입을 열었다.

"하루만 더 시간을 주십시오. 반드시 받아내겠습니다."

"필요없다. 내일 날이 밝자마자 놈을 참수해 버릴 작정이다."

북궁연의 그 한마디에 세 남자가 동시에 눈을 흡떴다.

"안 됩니다!"

곽기풍이 단호하게 소리쳤다.

"안 됩니다? 지금 안 됩니다라고 했니? 현청의 말단 총관이란 작자가 감히 성주인 내게 안 된다라고? 허헛! 이거야말로 지나가던 개새끼가 하품할 일이로군."

북궁연이 기가 막히다는 듯 헛웃음을 흘렸다.

방바닥에 이마를 대며 곽기풍이 절박하게 말했다.

"여린은 반드시 우리 손에 죽어야 합니다. 그러지 않으면 먼저 간

식솔들이 눈을 감을 수 없을 겁니다. 제발 하루만 더 기회를 주십시오, 대인."

"안 된다면 안 되는 줄 알아! 이런 일은 시간을 끌수록 복잡하게 꼬여 버린다는 걸 왜 몰라?"

"하지만 대인!"

"좋은 말로 할 때 물러가라, 응? 너희가 여린을 치도곤 내는 바람에 대충 봐주고는 있지만, 너희 역시 이번 추국에서 완전히 자유로울 수 없다는 걸 알아야지."

두 눈을 희번득하며 북궁연이 축객령을 내렸다.

어깨를 축 늘어뜨린 곽기풍과 하우영과 막여청이 휘영청 뜬 보름달을 등지고 현청의 텅 빈 연무장을 가로질러 걸음을 옮겼다. 오늘따라 세 사람의 그림자는 유난히 길고 무거워 보였다. 연무장 한복판에서 세 사람이 멈춰 섰다.

하우영이 곽기풍을 돌아보며 물었다.

"집으로 갈 거요?"

"식구도 없는 집구석에 혼자 기어 들어가면 뭘 해? 어디 싸구려 홍루에라도 처박혀 늙은 퇴기 년 엉덩짝이나 두드리다 취해 잠들 생각이네."

곽기풍이 힘없이 웃으며 대답했다.

"그럼 내일 뵙겠습니다."

"그러세나."

가볍게 목례를 하는 하우영과 막여청을 뒤로하고 곽기풍이 힘없이 손을 흔들며 걸어갔다. 휘적휘적 멀어지는 늙은 총관의 뒷모습을 가라앉은 시선으로 지켜보던 하우영이 곽기풍을 불러 세웠다.

"곽 총관님."

"왜 그러나?"

"싸구려 홍루에 간다면서요? 같이 가시렵니까?"

"자네들도?"

"어차피 숙소로 기어 들어가 봐야 잠도 안 오고, 잡생각만 떠오를 겁니다."

한동안 망설이던 곽기풍이 고갤 끄덕했다.

"잠 못 드는 군상들끼리 술잔이나 섞어보세."

대서문로 끝자락에 위치한 야화루(夜花樓)는 유흥가의 중심부에 떡하니 자리잡은 천화루나 만화루에는 훨씬 못 미치는 삼류 홍루였지만 앞선 두 주루보다 단연 뛰어난 점이 딱 한 가지 있었다. 바로 손님들을 대하는 기녀들의 투철한 직업 의식이었는데, 하나같이 이십대 후반이나 삼십대 초반인 퇴기들은 스스로의 생존을 위해 보다 화끈한 접대로 그나마 야화루의 명맥을 유지시켜 주고 있었던 것이다.

늦은 밤, 곽기풍과 하우영과 막여청은 야화루의 그 몸살나는 접대를 몸소 체험하고 있었다.

좁고 냄새 나는 방 안으로 술상을 들고 들어온 세 명의 기녀는 일단 입고 있던 옷부터 훌훌 벗어 던져 버렸다. 완전 알몸의 상태에서 기녀들은 거문고를 타고, 창가를 부르고, 역시나 알몸이 된 세 손님 옆에 젖통과 엉덩이를 밀착시키고 붙어 앉아 술을 치고 또한 스스로 술잔을 비우기에 바빴다. 며칠째 잠 한숨 못 자고 깊은 시름에 잠겨 있던 세 남자로선 참으로 제대로 된 술집을 찾은 셈이었다.

술상이 세 번이나 갈리고, 열두 개의 술동이가 비워질 때까지 곽기풍과 하우영과 막여청은 걸신들린 듯 술을 퍼마시고 돼지 멱따는 소리로 꽥꽥 노랠 불러 젖혔다.

곽기풍이 갑자기 술잔을 높이 쳐들며 호기롭게 소리쳤다.

"참으로 유쾌한 밤이다! 내일 새벽이면 여린, 그 후레자식의 목이 잘린다니 이보다 기쁜 일이 또 어디에 있겠나?"

하우영과 막여청이 맞장구를 치며 곽기풍에게 건배를 청했다.

"당연히 축하해야 할 일이지요."

"너무 기뻐서 덩실덩실 춤이라도 추고 싶습니다."

세 사람이 단숨에 술잔을 쭈욱 비웠다.

곽기풍 옆에 앉은 기녀가 수박만 한 젖통을 팔뚝에 비비며 반쯤 풀린 눈으로 물었다.

"여린이 누구예요, 오라버니?"

"여린? 여린이 누구냐고?"

순간 곽기풍의 두 눈이 기묘하게 번들거리기 시작했다.

지글지글 타오르는 눈으로 기녀를 돌아보며 곽기풍이 열에 들뜬 목소리로 씹어뱉었다.

"여린이 어떤 인간인지 똑똑히 알려줄 테니 귀를 씻고 잘 듣거라, 이년아. 여린은 일단 눈이 세 개, 귀가 네 개, 입이 두 개 달린 괴물이다. 이 괴물이 남보다 하나 더 많은 눈으로 사악한 것만 보고, 남보다 두 개 더 많은 귀로는 사악한 소리만 듣고, 남보다 하나 더 많은 입으로 사악한 말만 뱉어내니 주변 사람들에게 어찌 좋은 영향을 미치겠느냐? 기근 뒤에 찾아온 역병처럼 놈은 제 곁에 있는 사람들을 깡그리 불행하게 만드는 힘이 있지. 정숙한 아내 창녀로 만들기, 성실한 남편 색마로 만들기, 부모가 자식 팔아먹기, 자식이 부모 찔러 죽이기가 여린이란 놈의 주특기라고 할 수 있다."

"에이, 설마. 세상에 그런 사람이 있겠어요?"

"있다마다. 그 악의 종자 때문에 여기 있는 우리 세 사람이 가족 모두를 잃었다는 걸 혹시 알고 있니?"

"정말이요?"

기녀가 취한 눈을 동그랗게 뜨고 믿기 힘들다는 표정으로 반문했다. 한동안 곽기풍과 하우영과 막여청의 얼굴을 찬찬히 살피던 기녀가 사내들에게서 풍기는 진한 절망의 냄새를 확인하고서야 농이 아님을 깨달은 듯했다.

술 한 잔을 쭉 들이켠 기녀가 술잔을 소리 나게 내려놓으며 말했다.

"그런 몹쓸 종자가 참수를 당한다니 참 잘된 일이네요."

나머지 두 기녀도 거들고 나섰다.

"맞아요. 그런 새끼는 골백번 죽어도 싸요."

"그냥 목을 자르는 것만으론 부족하죠. 손가락 마디마디를 자르고, 온몸에 꼬챙이를 꽂아 핏물을 모조리 뽑아낸 후 한여름 땡볕 아래 내걸어 천천히 말려 죽여야 마땅해요."

술에 잔뜩 취한 기녀들은 손님들의 기분을 맞춰줘야 한다는 소명감까지 보태져 생전 본 적도 없는 여린에 대해 신이 나서 저주를 퍼부어대기 시작했다.

"아니야, 아니야. 그것도 좀 약해. 일단 산 채로 거죽을 벗기는 게 좋겠어. 그런 다음 살에 소금을 뿌리는 거지."

"그거 괜찮은 방법이다. 그렇게 한 다음 사지를 차례로 자르는 게 좋겠어."

"그런 놈은 혼자만 죽여선 안 돼. 부모가 있으면 자식을 잘못 키운 책임을 물어 목을 쳐야 하고, 아들이 있으면 못된 씨가 퍼져 나가지 못하도록 고자를 만들어야 해."

한참을 떠벌리던 기녀들이 문득 입을 다물었다. 박자를 맞춰주던 세 남자가 어느 순간부터 입을 굳게 다물고 무서운 표정을 하고 있었기 때문이다.

"아이, 왜 그래, 오라버니? 우리가 너무 무서운 말을 했더니, 입맛이 떨어졌어?"

곽기풍 옆의 기녀가 그의 사타구니를 슬슬 쓰다듬으며 콧소리를 냈다.

그런 기녀의 얼굴을 돌아보며 곽기풍이 취기가 싹 가신 음성으로 물었다.

"묻자. 너 혹시 여린이란 놈에게 피해를 당한 일이 있냐?"

"에이, 오라버니도 참. 만난 적도 없는 사람에게 어떻게 피해를 당해요?"

"그런데 왜 욕해?"

"그야 오라버니들이 하도 나쁜 놈이라고 욕을 해대니까……."

철썩!

"꺄악!"

곽기풍이 다짜고짜 기녀의 뺨을 후려갈겼다. 뺨을 감싸 쥔 기녀가 황당한 눈으로 곽기풍을 쳐다보았다.

"왜, 왜 때려요?"

철썩철썩철썩!

대답도 없이 곽기풍이 기녀의 뺨을 연달아 후려치며 악을 썼다.

"우린 그 새끼한테 당한 게 있어! 그 새끼 때문에 여우 같은 마누라를 잃고, 토끼 같은 자식 놈들이 꼬치에 꿰인 고기산적이 됐단 말이다! 넌 아니잖아? 넌 아무것도 잃은 게 없잖아? 그런데 무슨 자격으로 그 새낄 욕하는 거야, 앙?"

나머지 두 기녀가 딱딱하게 굳어 있는 하우영과 막여청을 돌아보며 비명을 질러댔다.

"꺄악! 저러다 사람 잡겠어요."

"보고만 있지 말고 말려줘요."

우장창!

"시끄러워, 잡년들아!"

하우영이 갑자기 술상을 들어 엎어버렸다. 그리고 옆에 앉아 있던 기녀의 머리채를 우악스럽게 움켜잡았다.

"왜, 왜 이래 미친 새끼들아? 우리가 뭘 잘못했다고 이래?"

악에 받쳐 소리치는 기녀의 얼굴을 노리고 솥뚜껑만한 주먹을 어깨너머로 천천히 젖히며 하우영이 씹어뱉었다.

"방금 우리 총관님이 하신 말씀을 못 들었냐? 네년들에겐 여린, 그 새끼를 저주할 자격이 없어. 그건 우리만 할 수 있는 일이야. 알겠냐?"

뻐억!

"꾸웩!"

하우영의 무지막지한 주먹이 쑤셔 박히며 기녀의 콧잔등이 함몰돼 버렸다. 그것을 신호로 곽기풍과 하우영과 막여청은 기녀들을 복날 개처럼 두들기기 시작했다. 기녀들의 자지러지는 비명 소리가 좁은 방을 너머 복도까지 길게 울려 퍼졌다.

"어떤 개후레자식들이 술집에 와서 술은 안 처먹고 계집년들을 타작하는 거야?"

복도 끝 쪽, 야화루 안에서 가장 넓고 제법 호사스럽게 꾸며진 방 안에서 역시 야화루에서 가장 야들야들하게 생긴 기녀들만 옆에 끼고 술잔을 기울이던 젊은 미공자의 미간이 험악하게 일그러졌다.

네 명의 건장한 호위무사와 둘러앉아 술을 마시던 미공자의 이름은 충요. 사천지방에서 성주 다음가는 고관대작이자 오천 위군의 수장인 대도독(大都督) 충선의 아들이었다.

학문에는 일절 관심이 없고, 잘난 아비를 둔 덕분에 일찍이 주색잡기에 몰두해 젊은 시절을 호호탕탕하게 즐기던 충요가 야화루를 찾은 이유는 딱 한 가지였다. 야화루와 같은 삼류 홍루가 그와 격이 맞을 리는 만무했으나, 좋은 고기도 매일 먹으면 질리기 마련. 밤이면 밤마다 사천성에서 유명하다는 최고급 주루만을 찾아다니던 그가 오늘은 특별히 기녀들의 접대가 질펀하기로 유명한 야화루를 기대 반 호기심 반으로 찾아왔던 것이다.

야화루는 그의 기대를 저버리지 않았고, 술이 한 순배 돌고 나자마자 알몸이 된 기녀들의 아찔한 접대에 꿈속을 거니는 듯한 기분이 되었다. 홍이 오른 충요는 자신은 물론 호위무사들까지 한사코 아래 속곳 한 장만 남긴 부끄러운 몰골로 만들어놓고 술을 퍼마시던 중이었다. 그때 어느 방에선가 갑자기 기녀들의 절박한 비명 소리가 들려와 홍을 깨버린 것이다.

"꺄아악! 살려줘요! 누가 좀 살려주세요!"

양옆에 앉은 계집들의 희멀건한 젖통을 주무르며 애써 홍을 살려보려는데, 다시 기녀의 비명 소리가 들려왔다. 울화가 치민 충요가 자릴 박차고 일어섰다.

"이 후레자식들을 그냥 두면 내가 충요가 아니다!"

격분한 충요가 방문을 박차고 나갔고, 호위무사들이 재빨리 바닥에 놓아둔 검을 집어 들고 뒤따랐다.

"그만두지 못해, 육시럴 놈들아!"

방문을 박차고 뛰어드는 순간, 그야말로 개난장이 벌어진 방 안의 전경이 닥쳐들었다. 술상이 박살나 안주 찌거기가 지저분하게 깔린 방 안에 알몸의 기녀들이 거품을 물고 혼절해 있었고, 그런 기녀들을 자근자근 짓밟고 있던 역시 알몸의 세 사내가 험악한 눈초리로 충요 등을 돌아보았다.

쉰을 갓 넘겼을 듯한 너구리처럼 생긴 중늙은이와 꼭 산도적처럼 생긴 거인과 삶아놓은 쥐새끼처럼 생긴 앳된 청년의 얼굴을 충요가 죽일 듯 노려보며 씹어뱉었다.

"나는 사천성 오천 위군의 총사령인 대도독 충선님의 독자 충요라고 한다. 이 시러베 개잡놈들아, 홍루에 왔으면 곱게 술이나 처먹다 갈 것이지 왜 개난장을 부리고 지랄이냐, 엉?"

아버지 충선의 이름을 거론하는 충요의 목소리에 절로 힘이 들어갔다. 그에게 있어 아버지의 이름은 자신의 힘과 권위를 상징하는 영원불멸의 신물 같은 것이었기 때문이다.

곽기풍과 하우영과 막여청은 한동안 눈을 껌뻑껌뻑하며 갑자기 뛰어든 충요와 그 어깨 너머에서 시위하듯 안광을 내뿜고 있는 네 명의 호위무사를 바라보았다.

충요는 곽기풍 등의 반응이 아버지의 이름에 겁을 집어먹은 때문이라고 착각했다. 지금까지 그가 상대해 온 대부분의 사람들이 그랬기에 이번에도 마찬가지일 것이라고 판단해 버린 것이다. 그런데 아니었다. 곽기풍 등은 어느 미친 새끼가 불난 집에 기름을 끼얹어주나 하는 심정으로 충요를 주시하고 있었다.

하우영의 머리카락을 쓸어 넘기며 충요를 향해 성큼 다가섰다.

"히야, 이거 무서워서 죽겠네. 그러니까 네가, 아니, 공자님께서 대도독님의 자제라 이 말씀이지요? 히야, 이거 너무 무서워서 생오줌이 다 나오려고 그러네, 응? 무서워, 너무너무 무서워."

목 하나쯤 더 큰 하우영의 얼굴을 충요가 고갤 갸웃하며 올려다보았다. 입으로는 무섭다고 하는데 표정은 전혀 그렇지가 않았다. 실실 웃으며 연신 무섭다고 뇌까리는 하우영의 얼굴은 묘하게도 자신을 비웃고 있는 것 같았다. 그것이 충요를 화나게 만들었다.

"살고 싶으면 무릎 꿇고 내 발바닥을 핥으면서 용서를 빌어, 인마. 물론 그런다고 해서 네놈들을 순순히 용서해 준다고는 장담할 수 없지만 말이다."

"히야, 우리 공자님 말씀도 험악하게 잘하시네그랴. 그러니까 발바닥을 핥으라, 이 말씀이지요? 그런다고 해도 살려줄지는 장담 못한다는 말씀이시고, 응?"

여전히 이죽거리며 하우영이 커다란 손으로 충요의 어깨를 움켜잡았다.

충요의 입에서 분노의 일갈이 터져 나왔다.

"이 미친 새끼가 감히 누구의 몸에 더러운 손을……."

와드득!

충요가 채 말을 끝맺지 못하고 눈을 흡떴다. 하우영의 손아귀에 힘이 들어가면서 어깨뼈가 통째로 으스러져 버렸기 때문이다.

"크아악! 어깨! 내 어깨가!"

충요의 입에서 살아오면서 단 한 차례도 내뱉은 적이 없는 처절한 비명이 터져 나왔고, 그와 동시에 호위무사들이 일제히 검을 뽑아 들며 튀어나왔다.

"이놈!"

"물러서지 못할까?!"

네 개의 검광이 일제히 하우영의 얼굴을 노리고 날아들었다. 하지만 언뜻 보기에도 무사들의 수준은 삼류를 벗어나지 못했다. 그 정도 수준으론 아무리 만취한 상태라지만 혈부의 상대가 될 수 없었다.

"어유, 무서워라. 어유, 무서워라. 무사님들이 칼을 뽑아 개 떼처럼 덤벼드니 정말정말 무서워지네."

하우영이 오른손으로 충요의 어깨를 붙잡은 채 왼손을 가볍게 휘둘러 검광들을 튕겨냈다.

"이놈, 한가락 믿는 구석이 있었구나!"

무사 한 명이 훌쩍 날아오른 상태에서 하우영의 정수리를 노리고 검을 후려쳐 왔다.

"천하디천한 놈이 믿는 구석이 뭐가 있겠어? 그냥 까무러치지 않으려고 몸부림칠 뿐이지. 어유, 무서워라."

쩌어엉!

하우영이 계속 엄살을 떨며 검날을 향해 주먹을 쳐올렸고, 하우영의 주먹에 얻어맞은 검신이 동강 나 날아가 버렸다.

"우웨엑!"

하우영이 그대로 오른발을 쭉 쳐올렸고, 하우영의 발에 턱을 강타당한 무사가 핏물을 길게 게워내며 날아갔다.

"우왁!"

"커헉!"

"케헤헥!"

더 이상 상대하기도 귀찮다는 듯 하우영이 왼주먹을 연달아 내질렀다. 피할 새도 없이 날아든 주먹에 안면이 박살난 호위무사들이 차례로 튕겨 나갔다.

"너, 너 인마… 내가 누군 줄 알고 감히… 우리 아버지가 널 그냥 둘 것 같아……."

전혀 예상치 못한 하우영의 신위에 기가 질린 충요가 아래턱을 덜덜 떨며 간신히 중얼거렸다. 하우영의 큼직한 손이 그런 충요의 턱을 움켜잡았다.

"아이고, 또 무섭게 하시네. 대도독님이라면 당연히 무섭지요. 너무 무서워서 생똥이 나오려고 하네요, 공자님."

까득!

"끄아악!"

하우영의 손아귀에 다시 힘이 들어가면서 턱뼈가 부서졌고, 충요의 입에선 끔찍한 비명이 터져 나왔다.

"우워억! 우워어억!"

방바닥을 구르며 충요가 작살에 꽂힌 물고기처럼 파닥거렸다.

방바닥에 엎드려 감당할 수 없는 고통에 눈물을 줄줄 흘리고 있는 충요의 눈앞에 하우영의 커다란 발이 닥쳐들었다. 간신히 고갤 쳐들고 올려다보자 이죽거리는 하우영의 얼굴이 보였다.

"무서운 공자님, 제 발바닥 좀 핥아주세요. 그래야 무서움이 가실 것 같으니 깨끗이 핥아주셔야 해요. 알았죠?"

충요는 이제 하우영이 저승사자처럼 보였다. 비정상적으로 번들거리는 하우영의 눈에선 여기서 아주 조금이라도 삐딱하게 나가면 자신을 벌레처럼 밟아 죽여 버리겠다는 단호한 의지가 읽혀졌다.

"으흑… 으흐흑……."

분루를 삼키며 충요가 혓바닥을 길게 내밀었다. 오직 살아야겠다는 일념으로 충요는 하우영의 지저분한 발바닥을 정성스럽게 핥아주었다.

하우영이 마침내 발을 거두며 시원스럽다는 표정으로 말했다.

"좋네요. 공자님의 혓바닥 덕분에 무서움이 조금 가신 것 같군요."

"후우……."

모든 고통이 끝났다는 안도감에 충요가 짧은 한숨을 내쉬었다. 하지만 끝이 아니었다.

"우리도 무서워요, 공자님."

"어서 발을 핥아주세요."

어느새 다가온 곽기풍과 막여청이 하우영보다 더욱 냄새 나는 발을 내밀고 있었던 것이다. 충요는 다시 피눈물을 머금고 두 사람의 발도 핥아줄 수밖에 없었다.

손과 손에 몽둥이를 꼬나 쥔 십여 명의 장한을 거느리고 소란이 일어난 방 안으로 뛰어들던 야화루의 루주는 방 안에서 펼쳐진 진풍경에 그만 입이 떡 벌어지고 말았다.

지난밤 용꿈이라도 꾸었는지 파락호로 유명한 대도독의 아들 충요가 야화루를 찾아준 것이 오늘 해질녘이었다. 충요는 화류계의 거물로 통하는 인물로, 술버릇이 고약하기로도 유명했지만 그만큼 씀씀이도 헤퍼서 그를 단골로 들어앉히려는 일류 기루들의 경쟁이 대단했다. 그런 충요가 야화루 따위의 삼류 홍루로 제 발로 걸어 들어왔으니 루주가 어찌 기쁘지 않았겠는가?

아끼고 아껴두었던 젊은 기녀들을 깨끗이 꽃단장을 시키고 점소이 놈들을 풀어 싱싱한 해산물과 야채를 급히 공수해 와 한 상 그득히 차려 내놓는 등 정성을 아끼지 않았다. 충요를 단골로 삼을 수만 있다면 천화루나 백화루 못지않은 일류 기루로 도약할 수도 있다는 생각에 저녁 내내 루주는 들뜬 기분이었다.

그런데 웬 시러베 잡놈들이 산통을 깨뜨렸다. 아니, 이건 그 정도가 아니다. 턱뼈가 으스러진 듯 얼굴이 요상하게 뒤틀린 채 땅바닥에 엎드려 잡놈들의 발바닥을 핥아주는 충요의 모습을 발견하는 순간, 루주는 어쩌면 대도독의 분노를 사 야화루가 하루아침에 풍비박산날지도 모른다는 공포심에 부르르 치를 떨어야 했다.

격노한 루주가 손가락으로 곽기풍 등을 가리키며 빽 소리쳤다.

"밟아!"

성난 장한들이 몽둥이를 휘두르며 세 남자를 향해 돌진했다.

야화루가 조금만 더 규모가 있는 주루였다면 현청의 총관인 곽기풍이나 포두인 하우영을 못 알아볼 리 없었다. 하지만 야화루는 관과 결탁할 만큼 세력이 있는 주루가 아니었고, 그것이 야화루의 비극이었다. 희번덕하게 눈을 빛내며 곽기풍과 하우영과 막여청이 몸을 돌려세웠고, 그것이 후일 '야화루의 참극'으로 불리게 될 취중난동의 서막이었다.

우적!

"우웩!"

선두에서 기세롭게 달려들던 장한의 콧잔등을 박살 내며 곽기풍의 주먹이 쑤셔 박혔다. 곽기풍도 여린과 함께 산전수전을 겪으면서 이런 시정의 무뢰배 몇 놈쯤은 가볍게 퇴치할 수 있는 실력을 갖추게 된 것이다.

"크아악!"

뒤이어 달려들던 장한의 사타구니를 막여청이 냅다 내지르자 장한이 방바닥을 데구르르 굴렀다.

울화통이 치민 루주가 고래고래 악을 써댔다.

"이 밥버러지 같은 것들아, 저런 허수아비들조차 말끔히 처리 못하냐? 당장 저것들을 요절내지 않으면 내 손에 맞아 뒈질 줄 알아!"

루주의 독려는 오히려 역효과를 일으켰다. 그때까지 손을 놓고 앉아 있던 하우영이 나선 것이다. 하우영이 주인의 독려에 힘입어 몽둥이를 휘두르며 덮쳐 오는 장한들의 앞을 막아섰다. 그리고 첫 번째로 달려드는 장한의 턱을 노리고 오른 주먹을 강하게 내질렀다. 하우영의 주먹이 턱을 으깨는 순간 장한이 피를 한 됫박씩이나 쏟으며 날아갔다. 하우영이 커다란 양손 주먹을 풍차처럼 붕붕 휘두를 때마다 장한들이 천장까지 튕겨 올랐다가 형편없이 곤두박질쳤다.

"어어……."

순식간에 믿었던 수하들이 방바닥에 즐비하게 나뒹굴자 혼자 남게 된 루주가 당혹스런 신음성을 흘리며 주춤주춤 뒷걸음질을 시작했다. 사태의 심각성을 깨달은 루주는 재빨리 몸을 돌려 달아나려고 했다. 하지만 그럴 수 없었다. 하우영이 앞발을 내딛는 순간, 단숨에 두어 장의 공간을 지우며 눈앞으로 닥쳐들었기 때문이다.

"너, 이 홍루를 사들인 지 얼마나 되었냐?"

루주의 멱살을 옹골지게 움켜잡은 하우영이 술 냄새를 팍팍 풍기며 물었다.

"무… 무슨……?"

하우영의 말을 제대로 알아듣지 못한 루주가 기어 들어가는 목소리로 되물었다.

철썩철썩!

"이 홍루에서 장사를 시작한 지 얼마나 되었냐고, 병신아?"

루주의 뺨을 두어 번 후려갈기며 하우영이 재차 물었다.

쌍코피를 주르륵 흘리며 루주가 울음 섞인 음성으로 대답했다.

"한 삼 년쯤 되었습니다."

"삼 년이면 대충 본전은 뽑았겠군. 그럼 되었다."

"되었다니요? 뭐가 말입니까?"

"오늘부로 야화루는 폐업을 하게 되었단 말이다, 병신아!"

루주의 얼굴에 주먹을 처박으며 하우영이 일갈했다. 얼굴이 움푹 패인 루주가 방문 밖까지 튕겨 나갔다가 복도 벽에 굉렬히 등을 처박고는 주르륵 미끄러졌다. 그대로 혼절해 버린 것이다.

등 뒤의 쌍도끼를 뽑아 들며 하우영이 으스스하게 내뱉었다.

"이놈의 술집 더럽게 기분 나빠. 이참에 아주 박살을 내버려야겠다."

콰앙!

"으악!"

"까악!"

"다, 당신 뭐야?"

하우영이 쌍도끼를 폭풍처럼 휘둘러 방 옆쪽 벽면을 후려치자, 벽이 통째로 무너지며 알몸으로 뒤엉켜 술을 마시던 옆방 기녀들과 서너 명의 중년인이 질겁하여 비명을 내질렀다. 장한들이 떨어뜨린 몽둥이를 꼬나 쥐고 뚫린 벽 안으로 뛰어든 곽기풍과 막여청이 불문곡직하고 중년인들과 기녀들을 후려패기 시작했다. 곽기풍과 막여청에게 쫓긴 중년인들과 기녀들이 죽는다고 소릴 내지르며 방 밖으로 뛰쳐나가는데, 하우영은 그 방의 옆쪽 벽면으로 다시 성큼성큼 걸음을 옮겼다.

콰아앙!

또 하나의 벽이 무너졌다. 이번엔 알몸의 기녀 둘을 침상에 눕혀놓고 한창 노익장을 과시하던 늙은이가 날벼락을 맞은 사람처럼 기겁하며 튀어 일어났다. 그런 늙은이의 면상을 주먹등으로 후려치며 하우영이 또다시 옆쪽 벽면을 향해 다가갔다.

하우영은 그렇게 야화루의 벽면을 차례로 까부쉈고, 몽둥이를 꼬나 쥔 곽기풍과 막여청이 뒤따라 들어와 방 안에서 술을 마시거나 계집을 품고 있던 사내들을 요절냈다. 어디선가 또 몇 명의 장한들이 이번에 칼을 뽑아 들고 몰려왔지만 하우영의 도끼에 얻어맞고 순식간에 피곤죽이 돼버렸다.

불과 한 식경 만에 번듯한 이층 전각에 총 열여섯 개의 객실을 가진 야화루는 나무 기둥과 진흙으로 엮은 외벽만 남기고 내부는 온전히 서 있는 탁자 하나 남지 않고 폭삭 주저앉고 말았다.

웬 미친놈들이 대서문로에서 난동을 부리고 있다는 신고를 접하고 달려온 장숙과 단구는 그만 입이 떡 벌어지고 말았다. 경험이 풍부한 두 포두는 지금껏 숱한 취객들을 상대해 왔지만 이렇듯 끝장나게 난동을 부린 경우는 처음이었다.

일단 널찍한 야화루의 일층에 놓여 있던 오십여 개의 이르는 탁자와 의자가 박살이 나 장작개비처럼 흩어져 있었다. 이층으로 통하는 계단은 폭삭 주저앉아 버렸고, 직사각형 형태의 회랑을 따라 자리잡은 십수 개의 밀실은 모조리 방문이 박살나고 벽이 허물어졌다. 한마디로 외형만 남기고 속은 큰 화재라도 난 것처럼 완전히 박살난 상태로 바깥쪽에서 강한 바람만 불어도 견디지 못하고 와르르 무너져 내릴 것만 같았다.

움푹움푹 패인 일층 바닥 한복판에 술이 떡이 된 곽기풍과 하우영과 막여청이 고개를 푹 숙인 채 등을 맞대고 주저앉아 있는 게 보였다. 누가 따로 일러주지 않아도 저들이 난동의 주범들임을 단번에 알아차릴 수 있었다.

혀를 끌끌 차며 장숙과 단구가 세 남자 쪽으로 걸어갔다.

장숙이 어깨를 힘주어 움켜잡자 곽기풍이 취한 눈을 들며 히쭉 웃었다.

"누군가 했더니, 장 포두와 단 포두였구만. 자네들이 여긴 웬일인가? 계집의 살 냄새가 그리워서 왔는가?"

"가십시다."

"가다니, 어딜?"

"파옥(破獄)을 하러 가자는 말이외다. 여 즙포님을 구해야 할 것 아닙니까?"

여린의 이름이 나오자 곽기풍이 대번에 도끼눈을 했다.

"그깟 놈을 구하자고 관원인 나보고 파옥을 하라고? 장숙, 네가 드디어 미친 게로구나."

장숙이 단호하게 고갤 가로저었다.

"이제 그만 자신에게 솔직해지십시오. 여러분도 여 즙포님이 살아남기를 간절히 바라고 있지 않습니까."

곽기풍이 어린애처럼 고개를 홱홱 저으며 이빨 문 소리로 중얼거렸다.

"아니다, 아니야. 내가 왜 그 원수 놈이 살길 바라겠니? 내가 왜 그 교활하고도 비열한 놈이… 으흐흐흑~"

곽기풍이 더 이상 말을 잇지 못하고 울음을 터뜨렸다. 어깨를 들썩이며 어린애처럼 펑펑 눈물을 쏟는 곽기풍을 장숙과 단구가 처연히 내려다보았다. 하우영과 막여청도 닭똥 같은 눈물을 뚝뚝 흘리고 있었다. 그 눈물 속에는 여린에 대한 세 사람의 진한 애증이 녹아 있는 듯했다.

장숙은 비로소 세 사람이 그토록 여린을 저주했던 이유를 알 것도 같았다. 너무도 소중한 존재를 한꺼번에 잃고 마음을 갈피를 잡지 못하던 세 사람에겐 저주의 대상이 절실했으리라. 가족을 지키지 못하고, 연인을 지키지 못한 스스로를 자책하지 않기 위해서라도 반드시 필요했으리라. 그런데 그 대상이 막상 죽어버린다면? 그처럼 끔찍한 악몽은 없을 것이다. 그 순간부터 그 모든 원망과 자책을 고스란히 자신에게 되돌려야 할 것이기 때문이다.

왠지 눈시울이 뜨끈해지는 것을 느끼며 장숙이 어금니를 깨물고 말했다.

"갑시다. 시간이 별로 없소."

단구도 거들었다.

"이제 한 시진만 지나면 동이 틀 거요."

곽기풍이 바보처럼 웃으며 천천히 일어섰다.

"그래… 그래, 가야지. 어차피 그놈 때문에 벌어진 사단이니, 죽이 되든 밥이 되든 그놈과 함께 끝장을 보자."

하우영과 막여청도 손등으로 눈가를 슥슥 문지르며 뒤따라 일어났다.

그날 밤 자정이 지날 무렵 장숙과 단구를 필두로 곽기풍, 하우영, 막여청은 무언가 큰 결심을 한 표정으로 현청을 향해 빠르게 걸음을 옮기기 시작했다.

第十六章

여린, 탈출하다

여린, 탈출하다

화인산… 화인산…
화전민촌으로… 가자……

곽기풍 등이 현청으로 바삐 걸음을 옮기던 그 시각, 한 군데도 성한 구석이 없어 마치 하나의 고깃덩이처럼 보이는 여린이 속곳으로 아랫도리만 간신히 가린 채 위군 장수들의 우악스런 손길에 의해 현청의 작은 광장으로 끌려 나왔다. 땅바닥에 죽은 개처럼 엎드려 있는 여린의 주변에서는 흉흉한 인상의 위군 장수들이 받쳐 든 횃불이 어지럽게 일렁였다.

"죄인 여린은 고개를 들라."

"끄으으……."

낮익은 목소리에 여린이 피 섞인 침을 질질 흘리며 고개를 쳐들었다. 여린의 눈에 시비정 안 태사의에 좌정해 있는 북궁연과 그 아래 허리를 굽히고 서 있는 상관흘의 모습이 들어왔다.

북궁연은 얼음덩이라도 삼킨 듯 냉막하기 그지없는 얼굴이었고, 상관흘은 애써 여린의 시선을 피하며 손수건으로 연신 흐르는 땀방울을 찍어내고 있었다.

'이제야 끝장이 나려나 보군.'

여린은 죽음을 예감했다. 순간 고통스럽던 그의 표정이 조금은 편안해졌다. 온몸이 걸레쪽이 될 정도로 고문당한 사람에겐 죽음이 오히려 구원처럼 느껴지는 게 어쩌면 당연했다. 문득 북소소의 얼굴이 떠오르자 여린의 눈빛이 조금은 흔들렸다.

'그녀도 내 마음을 알 것이다.'

그녀의 마지막이나마 자신이 책임지려고 끝까지 최선을 다했다고 자위하자 마음은 다시 고요히 가라앉았다.

"네 죄를 네가 알렷다!"

북궁연의 입에서 추상같은 추궁이 떨어졌다.

대답할 기운도 남아 있지 않은 여린이 간신히 고개만 끄덕였다.

여린의 순순한 태도에 일말의 희망을 품고 북궁연이 상체를 기울이며 한 번 더 물었다.

"자술서에 서명하겠느냐?"

여린이 퉁퉁 부어터진 입술을 일그러뜨리며 히쭉 웃었다.

"소소의 마지막을 맡겨주신다면 기꺼이……."

"내 딸은 살아 있어! 그 아이는 내 옆에서 건강하게 살아 숨 쉬고 있단 말이다, 병신 같은 놈아!"

격분하여 자리를 박차고 일어선 북궁연을 여린이 이해할 수 없다는 눈초리로 올려다보았다. 씩씩거리는 북궁연을 한동안 멍하니 바라보던 여린이 알 것도 같다는 표정으로 고갤 끄덕였다.

"그렇군요. 그렇게 된 거였군요."

아마도 받아들이기 힘들었을 것이다. 사람들은 때때로 도저히 받아들일 수 없는 사실과 직면하게 되었을 때, 사실에 자신만의 환상을 섞어버린다는 걸 여린은 알고 있었다. 북궁연의 경우는 딸이 살아 있다는 간절한 환상이 현실로 둔갑했으리라.

마치 모든 걸 알고 있다는 듯한 여린의 태도가 마음에 안 들었든지 북궁연이 손가락으로 여린을 가리키며 씹어뱉었다.

"참수하라."

스르릉!

칼 뽑히는 소리와 함께 발자국 소리가 들려왔다. 힘겹게 고개를 돌리자 커다란 장검을 뽑아 들고 다가서는 호랑이처럼 생긴 위군 장수가 보였다.

서늘한 눈으로 여린을 내려다보던 장수가 짧게 물었다.

"남기고 싶은 말은?"

여린이 고갤 가로저었다. 장수가 양손으로 잡은 장검을 머리 위로 천천히 들어올렸다. 장수의 머리 위로 똑바로 세워진 검신이 달빛을 받아 파랗게 빛났다. 동공을 파고드는 그 빛에 눈살을 찌푸리면서도 여린은 웃었다. 이제 정말 모든 것이 끝장나는 것이다.

가슴을 활활 태우던 증오도, 원망도, 후회도, 자책까지도… 갑자기 눈앞이 환해지는 듯했다. 저 멀리 눈부신 빛의 터널 끝에서 어서 오라며 반갑게 손짓하고 있는 사람들이 보였다. 그중에는 아버지도 있었고, 어머니도 있었고, 북소소도 있었다.

"조금만 기다려요… 이제 조금만……."

자신의 목을 노리고 떨어지는 칼바람 소릴 들으며 여린이 희열에 들뜬 음성으로 나직이 중얼거렸다.

타아앙—!

하지만 뒤이어 들려온 것은 자신의 살과 뼈가 갈라지는 소리가 아닌 총포의 굉음이었다. 이마에 바람구멍이 뚫린 채 자신의 발밑으로 처박히는 장수의 얼굴을 내려다보며 여린은 무언가 일이 이상하게 돌아가고 있음을 깨달았다. 장수의 이마에 뚫린 상흔이 병참수 반철심의 역작 오안수포에 의한 것임을 여린은 한눈에 알아보았다. 현청에 소속된 누군가가 자신을 구하러 왔음을 직감했지만 여린은 전혀 반가워하는 표정이 아니었다. 오히려 영원한 안식의 기회를 빼앗긴 것에 대해 화를 내고 있는 듯했다.

"웬 놈이 감히 공무를 집행하는 관원을 살해하느냐?"

태사의를 박차고 일어선 북궁연이 노호성을 터뜨렸다.

타아앙!

퍼억!

다시 총성이 울리는 것과 동시에 움찔하는 북궁연 바로 옆 정자 기둥에 구멍이 뚫렸다.

"어떤 견자놈들이 감히……!"

이를 갈아붙이는 북궁연의 눈에 고개를 처박고 엎드려 오뉴월 개처럼 벌벌 떨고 있는 상관흘의 산만한 엉덩짝이 닥쳐들었다.

뻐엉!

"뭣들 하고 있어? 어서 역도들을 붙잡아!"

상관흘의 엉덩짝을 있는 힘껏 걷어차며 북궁연이 소리쳤다. 스무 명도 넘는 위군 장수가 일제히 검을 뽑아 들고 여린 주변을 에워쌌다.

잠시 후, 현청 대문이 천천히 열리면서 가는 포연이 피어오르는 오안수포를 꼬나 쥔 곽기풍을 필두로 하우영, 장숙, 단구, 막여청, 반철심이 천천히 들어섰다. 여섯 사람 모두 전쟁에 임하는 장수처럼 비장한 표정이었다.

"저놈들은 현청 소속의 관원들이 아니냐?"

곽기풍 등을 알아본 북궁연이 도끼눈을 뜨고 노려보자 상관흘의 목이 자라처럼 움츠러들었다.

'돌았군. 저것들이 완전히 돌아버렸어.'

불안하게 눈알을 굴리는 상관흘의 얼굴은 어느새 식은땀 범벅이 되어 있었다.

어떻게든 살아남아야겠다는 일념으로 상관흘이 손가락으로 곽기풍 등을 겨누며 북궁연에 한발 앞서 소리쳤다.

"역도들이 저기 있다! 모조리 주살하라!"

"와아아아—!"

그것을 신호로 위군 장수들이 일제히 검을 휘두르며 짓쳐 나갔다. 장수들은 모두 실전 경험이 풍부한 백전의 용장들로, 지방 현청에 소속된 하급 관원들 따윈 애초 자신들의 상대가 될 수 없다고 굳게 믿었다. 당연히 한 놈이라도 더 목을 베어 손쉽게 공을 세우고 싶은 욕심에 발길이 빨라질 수밖에 없었다.

그러나 장수들이 모르는 게 있었다. 감히 지엄한 성주대인을 정면으로 들이받겠다며 나선 곽기풍, 하우영, 반철심, 장숙, 단구, 막여청은 자신들이 지금껏 보아온 비굴하고 무능한 지방 관원들과는 질적으로 다르다는 사실을 말이다.

"물러서지 않으면 죽는다."

곽기풍이 포연이 피어오르는 오안수포를 겨눈 채 나직이 위협했다. 그러나 그의 경고를 귀담아듣는 장수는 없었다.

"군바리 새끼들은 도무지 말귀를 못 알아듣는단 말씀이야. 주둥이를 처박아봐야 똥인지 된장인지 아는 똥파리 새끼들."

타앙!

꽤 멋들어진 대사를 날리며 곽기풍이 오안수포의 방아쇠를 힘껏 당겼다.

"커헉!"

선두에서 달려들던 장수의 이마에 구멍이 뚫리며 부웅 튕겨 나갔다. 하지만 나머지 장수들은 내처 달리기만 했다. 공과에 눈이 뒤집힌 그들은 동료에게 무슨 일이 벌어졌는지 알아차리지 못했다.

타앙! 타앙!

오안수포가 연달아 불을 뿜었고, 그때마다 한 명씩의 장수들이 피를 뿌리며 날아갔다. 그제야 장수들은 현청의 늙은 총관 손에 쥐어진 조그만 쇳덩이가 아주 위험한 물건이란 사실을 깨달았다. 그래도 그들은 멈추지 않았는데, 이미 곽기풍과의 거리가 두어 장 안으로 좁혀졌기 때문이다. 칼질 한 번으로 목을 날려 버릴 수 있는 거리.

"타합!"

장수 하나가 우렁찬 기합일성을 내지르며 수평으로 검을 휘둘렀다.

타아앙!

"끄아악!"

오안수포가 여지없이 불을 뿜었고, 가슴 한복판이 관통당한 장수가 팽팽한 줄에 잡아당겨진 사람처럼 부웅 튕겨 날아갔다.

철컥철컥!

"이런 썩을!"

방아쇠를 계속 당겨봤지만 이미 다섯 발을 모조리 발사한 오안수포는 더 이상 위력을 발휘하지 못했다. 좌우편에서 곽기풍의 목을 노린 장수들이 검을 찌르고 휘둘러 왔다. 곽기풍을 뒤쪽으로 재빨리 밀쳐 놓으며 하우영이 나섰다.

찌걱! 찌걱!

하우영이 쌍도끼를 한 번 크게 휘두르자 머리통이 잘 익은 수박처럼 쪼개진 두 장수가 비명조차 지르지 못하고 고꾸라졌다.

"끄흑!"

"우웩!"

"끄어억!"

하우영이 마치 허공중에 내걸린 커다란 천을 재단하듯 가로로 세로로 도끼를 휘둘렀고, 그때마다 장수들의 목이 허공으로 튀어 올랐다.

"죽여!"

"저 새끼를 붙잡아!"

동료들의 피에 눈이 뒤집힌 몇몇 장수가 사방에서 하우영을 노리고 일제히 검을 찔러왔다. 하우영이 신형을 크게 휘돌리며 쌍도끼를 휘두르자, 거대한 도끼날에 부딪친 검날이 뚝뚝 부러지며 검의 주인들까지 목을 날려 버렸다.

"으으으……!"

"저, 저게 사람이냐, 지옥의 야차냐?"

장수들이 비로소 겁을 집어먹고 후퇴하기 시작했다. 다행히 하우영은 추적할 의사가 없는 듯했다. 대신 하우영의 양옆으로 군도를 꼬나쥔 장숙과 단구가 튀어나왔다.

이건 또 웬 놈들인가 하여 눈을 껌뻑껌뻑하며 지켜보는 장수들을 향해 장숙과 단구가 가차없이 군도를 내찔렀다. 순간 두 자루의 군도 끝에서 포달랍궁의 비전검법인 구주환상검이 펼쳐졌다.
"쳐!"
"죽여!"
별로 강해 보이지도 않고 흐느적거리는 검식에 장수들이 다시 기운을 차리고 돌진했다. 하지만 단순해 보이던 검식이 순식간에 기기묘묘한 변화를 일으키며 단숨에 수십 가닥으로 불어난 검광이 장수들의 사방을 옥죄며 덮쳐들었다. 예리한 검광에 목이 잘리고, 가슴이 꿰뚫리며 하우영의 쌍도끼로부터 살아남은 최후의 장수들마저 피를 쏟고 쓰러졌다.
"딸꾹~"
광장 바닥에 즐비하게 널브러져 있는 장수들의 시체를 내려다보며 상관흘이 저도 모르게 딸꾹질을 했다. 장수들의 시체를 스쳐 곽기풍등이 천천히 다가오는 게 보였다. 그들은 이미 상관흘이 알고 있는 지방 관아의 하급 관원들이 아니었다. 사천성에서 제일 높은 성주대인 앞에서도 전혀 주눅이 들지 않고, 의복 군데군데 피 얼룩을 묻힌 채 사나운 안광을 내뿜는 그들은 이미 강호인이었다. 오직 힘으로 말할 뿐, 관습이나 제도 따윈 한 줌 모래알처럼 우습게 여기는 광오한 무법자들.
무엇이 저들을 저렇게 만들었나?
당연한 의문을 품으며 상관흘의 시선이 검붉은 핏덩이가 되어 정자 아래 엎드려 있는 여린에게로 쏠렸다. 저 젊은 즙포사신에게 과연 어떤 힘이 숨겨져 있기에 평생 안락한 삶과 노후가 보장돼 있는 늙은 총관까지 저런 이해할 수 없는 모습으로 변모시켰단 말인가?
"후우……."
깊은 한숨을 내쉬며 상관흘이 고갤 설레설레 흔들었다. 자신은 아마 죽었다 깨어나도 알 수 없는 일이고, 알고 싶지도 않았다. 이때 뒤쪽에서 들려온 성주대인의 낮게 가라앉은 목소리가 상관흘을 상념에서 깨어나게 만들었다.

"단매에 쳐 죽여도 시원찮을 놈들! 구족이 참수를 당해 목이 저자에 내걸려야 정신을 차리겠구나!"

상관흘이 힐끗 돌아보자 범처럼 눈을 치뜨고 숨 막히는 살기를 내뿜고 있는 성주대인의 얼굴이 보였다. 성주대인은 역시 성주대인답다고 상관흘은 생각했다. 자신을 호위할 장수 한 명 남아 있지 않은 상황에서 흉포한 무법자들을 향해 저렇듯 당당하게 말할 수 있는 사람은 아마도 저 고위 관리밖에는 없으리라.

여린을 등에 업고 긴 무명천을 칭칭 휘감아 단단히 고정시킨 하우영이 피식 웃으며 성주대인을 올려다보았다.

"당신도 참 답답한 사람이구려. 나는 피붙이 하나 없는 천애고아요. 얼마 전 세상에서 유일하게 정을 주고 있던 여자마저 죽었소. 그런 내게 구족을 참수한다는 둥 협박을 하다니, 당신은 참으로 멍청한 사람이오."

한동안 이글거리는 눈으로 하우영을 쏘아보던 성주대인의 시선이 이번엔 곽기풍에게로 쏠렸다.

"그럼 다른 놈들은 어떠냐? 너희 모두 천애고아는 아니겠지?"

곽기풍이 히쭉 웃으며 답했다.

"말씀 한번 잘하셨소, 성주님. 물론 나는 고아가 아니오. 일찍이 양친을 여의었으나, 그분들이 줄줄이 싸질러 놓은 형제자매가 무려 열둘을 헤아리오. 또한 그 형제자매들이 모두 혼인하여 서넛씩 자식을 싸질렀으니 일가 피붙이만 해도 최소 오, 육십은 넘을 거요."

"오호라, 네놈은 이제 큰일 났구나. 그놈들이 모두 참수를 당한다고 생각해 보거라. 그래도 여린을 비호할 생각이 드느냐?"
생각할 필요도 없다는 듯 곽기풍이 크게 고갤 끄덕였다.
"물론이오."
"어째서냐?"
"내 나이 열여섯에 양친이 약속이라도 한 듯이 한 달의 시차를 두고 돌아가셨소. 그때 내게 남은 것이 다 쓰러져 가는 모옥 한 채와 찌그러진 밥솥 한 개, 그리고 둥지 속의 제비새끼들처럼 삐악삐악 울어대는 열한 명의 동생뿐이었소. 어머님을 앞세우고 상심으로 시름시름 앓다가 돌아가시기 직전, 우리 아버님이 내 손을 꽉 잡고 말씀하시길 장남은 아비 대신이라고 하셨소. 무슨 일이 있어도 동생들 굶기지 말고, 반듯하게 키워 시집장가 보내라는 당부셨소. 나는 물론 그 당부를 철저히 따랐지요. 아직 뼈도 여물기 전부터 나뭇짐을 해서 내다 팔고, 품팔이를 하고, 나중엔 어느 토호 집안에 마름으로 들어가 그야말로 등골이 휘어지도록 일해서 동생들을 먹이고, 또한 한 놈도 빼놓지 않고 시집장가를 보냈소. 덕분에 이 몸은 나이 서른이 넘도록 수중에 땡전 한 닢 없는 떠꺼머리 신세였소. 그즈음 목돈을 마련해 장가라도 들 욕심에 벌목공으로 들어갔다가 쓰러지는 나무에 얻어맞고 한쪽 다리가 똑 부러져 방구들을 짊어지고 드러눕는 신세가 되었지요. 그때 나는 당연히 동생들이 달려와 이 불쌍한 형을 도와줄 것이라 믿었소. 한데 형 덕분에 일찍이 시집장가도 가고, 나름대로 자리를 잡은 동생들은 이 몸을 철저히 외면했소. 어둑한 방구석에 옴짝달싹 못하고 드러누워 굶어 죽어가고 있는 형에게 단 한 놈도 얼굴을 비치지 않더란 말이오. 그때 곰팡내 나는 방 안에서 피눈물을 줄줄 흘리며 맹세했소. 내게 피붙이란 없다. 그런데 내가 왜 그놈들의 목이 잘리는 걸 두려워해야 한단 말이오?"

"크흐흠……."

곽기풍의 긴 사설이 끝나자 북궁연이 절로 침음을 흘렸다. 곽기풍 등에겐 협박 따위가 먹혀들 여지는 없어 보였다. 사실 북궁연도 협박이 통할 거라고 기대하지는 않았다. 다만 시간을 끌고 싶었을 뿐이다. 현청에서 사오 리쯤 떨어진 곳에 자신을 호위해 왔던 수백 명의 위군 본대가 주둔하고 있었다. 장수들이 도륙당하는 사이 북궁연은 재빨리 주둔지로 전령을 급파했던 것이다. 이제 조그만 더 시간을 끌면 저 무도한 놈들은 깡그리 육젓이 되리라.

"와아아아아!"

때마침 위군 장졸들의 함성 소리가 울려 퍼졌다. 북궁연이 여린을 들쳐 업은 하우영을 가리키며 웃어젖혔다.

"으하하하! 너희는 이제 죽은 목숨이다, 버러지 같은 놈들아!"

하우영이 스윽 고갤 돌리자 대문을 박차고 창검을 휘두르며 뛰쳐 들어오는 수백 명의 위군 병사가 보였다.

"북궁연, 너를 살려두면 내가 혈부가 아니다."

어금니를 깨물며 북궁연을 향해 다가가는 하우영의 소매를 곽기풍이 잡았다.

"시간을 끌어서 좋을 것은 없네. 일단 빠져나가세."

하우영이 못내 아쉽다는 듯 핏발 선 눈으로 북궁연을 쏘아보는데, 장숙과 단구도 곽기풍을 거들었다.

"총관님 말씀이 옳소."

"일단은 여 즙포님을 무사히 빼내는 게 목적이오."

"좋다, 가자!"

여린을 들쳐 업은 하우영을 호위하듯 에워싼 채 곽기풍, 장숙, 단구,

반철심, 막여청이 노도처럼 밀려오는 병사들의 중앙으로 뛰어들었다.

"으악!"

"크아악!"

"우웨에엑!"

하우영의 쌍도끼가 공기를 찢어발기고, 장숙과 단구가 신묘하게 춤출 때마다 위군 병사들이 썩은 짚단처럼 붕붕 튕겨 올랐다. 단숨에 백여 명의 병사를 도륙 낸 일행은 온몸에 피칠을 한 채 현청 대문을 뛰쳐나가고 있었다.

"헉헉… 헉헉헉……."

현청 외곽 황량한 갈대 숲 사이로 난 오솔길을 달리며 곽기풍 등은 가쁜 숨을 몰아쉬고 있었다. 곽기풍은 물론 하우영과 장숙, 단구, 그리고 막여청과 반철심까지 전신이 검붉은 핏물에 절어 있었다.

곽기풍이 문득 이를 꾹 다물고 자신 바로 옆에서 달리는 반철심을 돌아보았다.

'참으로 이해할 수 없는 친구야.'

오늘 밤 현청으로 돌아오자마자 곽기풍은 일단 반철심부터 찾았다. 반철심은 화톳불이 벌겋게 타오르는 병참간에 틀어박혀 그 시간까지 쇠를 두드리고 있었다.

늦은 시간에 웬 담금질이냐고 묻는 곽기풍에게 반철심은 씨익 웃으며 '그냥 무엇이든 하지 않으면 미칠 것 같아서요' 라고 대답했다. 그 허허로운 말투 속에 곽기풍은 곧 목이 잘릴 여린에 대해 깊은 동정과 안타까움이 배어 있음을 알았다. 솔직히 그가 반철심을 찾은 것은 파옥에 도움이 될 만한 폭구라도 몇 개 얻을까 해서였다. 그러나 여린을 구해낼 작정이란 얘기를 듣자마자 반철심은 망치, 정, 작은 끌 등 몇 가지 손때가 묻은 연장을 챙겨서 따라나섰다. 이 좁은 현청은 이제 지긋지긋하다는 말과 함께.

곽기풍이 아는 한 반철심은 그의 아비인 반구심처럼 그저 쇠와 병기에 미친 남자였다. 내일 당장 하늘이 무너진다 해도 오늘 밤엔 쇳덩이를 두드릴 남자가 바로 반철심이었다. 그런 그가 무슨 연유에서 여린을 따라나서겠다고 했는지 곽기풍은 알지 못했다.

'사람을 끌어당기는 마력이 있는 게지. 그러지 않고서야 이 많은 사람들이 저 친구 하날 살리자고 목숨을 초개처럼 던질 까닭이 없지 않은가?'

새삼 하우영의 등에 업혀 눈을 감고 있는 여린의 얼굴을 돌아보며 곽기풍은 생각했다.

사실 곽기풍이 이처럼 혼자만의 감상에 젖을 수 있는 것도 어느 정도 여유가 생겼기 때문이다. 호굴 같은 현청을 빠져나와 악귀처럼 따라붙는 위군들을 따돌리고 현 외곽으로 탈출하는 데 성공했고, 일행은 이제 구강 변의 포구에서 배를 잡아타고 장강을 거슬러 올라가 아예 사천성을 빠져나갈 작정이었다. 그리고 이 갈대밭만 지나면 포구였다.

"자, 조금만 더 힘을 내자고. 이 갈대밭만 지나면 목적지인 포구가 나타난다."

현청을 빠져나올 때부터 여린을 들쳐 업고 있는 하우영의 어깨를 두드리며 곽기풍이 말했다. 하우영이 그 자리에 우뚝 멈춰 섰다. 곽기풍과 나머지 일행도 우뚝우뚝 걸음을 멈추고 의아한 눈으로 하우영을 돌아보았다.

"무거워서 그래? 내가 대신 업어줄까?"

"……."

하우영이 여린을 업고 오느라 힘들어서 그러는가 보다고 생각한 곽기풍이 넌지시 물었다. 그러나 하우영은 긴장 어린 시선으로 전방 갈대밭을 쏘아볼 뿐이었다. 순간 퍼뜩 떠오르는 생각이 있어 곽기풍도 하우영을 시선을 좇아 갈대밭을 보았다.

하우영이 낮고 확신에 찬 음성으로 내뱉었다.

"매복이오."

검병을 고쳐 잡으며 장숙과 단구도 낮고 긴장 어린 음성으로 말했다.

"새까맣게 몰려왔군."

"족히 백 명은 넘겠어."

곽기풍이 두 사람을 돌아보며 다급히 물었다.

"위군들인가?"

"아닙니다."

"이번엔 무림인들 같군요."

곽기풍이 어금니를 질끈 깨물었다.

"빌어먹을……!"

가장 우려했던 일이 현실로 나타난 것이다. 곽기풍도 현 내에 일단의 철기방도들이 주둔해 있다는 걸 알고 있었다. 그리고 여린을 탈출시키는 데 있어 그들의 개입이 가장 큰 걱정거리였다.

곽기풍이 소태 씹은 얼굴로 나직이 웅얼거렸다.

"재수없는 새낀 앞으로 자빠지면 두엄밭이요, 뒤로 자빠져도 시궁창이라더니만."

하우영이 갈대밭을 쏘아보며 우렁차게 소리쳤다.

"쥐새끼처럼 숨어 있지 말고 모습을 드러내라! 네놈들의 가쁜 숨소리 때문에 고막이 따가울 지경이다!"

하지만 사위는 쥐 죽은 듯 고요하기만 했다.

"새끼들이 숨바꼭질을 하자는 것도 아니고……."

울화가 치민 하우영이 으드득 이를 갈아붙일 때, 반철심이 앞으로 나섰다. 그가 품속에서 작은 죽통 하날 끄집어내더니 주둥이를 밤하늘로 향했다.

"내가 한번 해보지요."

푸슝!

반철심이 밑동에 달린 줄을 힘껏 잡아당기자 죽통 주둥이에서 작은 폭발이 일어나며 휘황한 꼬리를 길게 끄는 작은 공 같은 것이 허공으로 치솟았다. 허공중에서 공이 터지며 눈부신 빛무리가 분수처럼 퍼져나가 갈대밭을 환하게 물들였다.

순간 갈대밭 사이사이에 몸을 웅크린 채 혈랑처럼 안광을 내뿜고 있는 철기방도들의 모습이 확연히 시야에 들어왔다.

하우영이 피식 웃으며 말했다.

"누군가 했더니, 철기방의 개들이었구만. 기껏 숨었는데 꼴사납게 되었구나, 이놈들아!"

막여청이 놀란 표정으로 반철심의 소매를 잡아끌었다.

"그 물건은 대체 무엇이오?"

"야명탄(夜明彈)이라고, 내가 이번에 새로이 개발한 잡다한 병기 중 하나라네."

반철심은 잡다하다고 말했지만 막여청의 눈에는 결코 잡다해 보이지 않았다. 사실 야밤에 행군하는 병사들에게 있어 가장 무서운 것이 적의 매복이었다. 이제 저 야명탄만 있으면 그 어떤 매복도 무용지물로 만들 수 있는데, 어찌 잡다하다는 말로 폄하할 수 있단 말인가.

매복이 완전히 발각되었음에도 불구하고 철기방도들은 낮은 숨을 몰아쉴 뿐 꿈쩍도 하지 않으려고 했다. 기다리기에 짜증이 난 하우영이 제일 가까이에 있는 철기방도를 노리고 오른손 혈부를 쳐들었다.

"너희가 오지 않겠다면 이쪽에서 먼저 가주지."

하우영의 손을 떠난 혈부가 갈대 줄기를 부러뜨리며 주인이 찍은 철기방도를 노리고 날아갔다.

쩌걱!

"우악!"

도끼가 정확히 이마를 쪼개자 철기방도의 입에서 처절한 비명이 터져 나왔다. 길게 호선을 그리며 되돌아온 도끼를 움켜잡으며 하우영이 눈을 치떴다.

"이래도 안 올래?"

그런데도 철기방도들은 움직이려 하질 않았다. 그제야 하우영은 적들이 누군가의 명령을 기다리고 있다는 사실을 간파하고, 새삼 긴장의 강도를 높였다. 동료의 죽음을 목도하고도 숨소리조차 내지 않을 정도로 거칠디거친 철기방도들을 다스릴 수 있는 자라면 철기방 내에서도 몇 손가락 안에 꼽히는 고위층이 와 있는 게 분명했기 때문이다.

"호호호! 이제 보니 안면이 있는 녀석이로구나."

갈대밭 위로 솟구치는 중년 미부인의 신위를 확인하는 순간, 하우영은 온몸의 피가 모조리 역류하는 듯한 분노를 느꼈다.

사박.

흰색 장화를 신은 여인의 작은 발이 힘없이 휘어지는 갈대를 밟고 섰다. 전설적인 초상비(草上飛)의 신법을 펼쳐 보이며 도도한 눈빛으로 하우영을 쏘아보고 있는 중년 미부인은 백옥수 화소영이었다. 화소영의 얼굴을 노려보는 하우영, 그의 머리카락이 빳빳이 곤두섰다. 이글이글 타오르는 눈으로 화소영을 노려보는 하우영의 머리 속은 온통 목이 잘린 유진영의 얼굴로 가득 찼다. 그 눈… 그 서글픈 듯 가련한 사슴의 눈… 하우영이 어금니가 뽀개지도록 깨물며 부르르 진저리를 쳤다.

화소영이 그런 하우영을 손가락으로 가리키며 가슴에 불을 질렀다.

"그날 밤 죽은 줄 알았는데, 이렇듯 멀쩡히 살아 있다니 너무 참 끈질긴 중생이로구나. 정인의 목은 잘 간수하고 있니? 그때 분명히 너와 함께 강가로 떠내려간 것으로 알고 있는데?"

하우영이 말없이 무명천을 풀고 여린을 곽기풍에게 넘겨주었다.

여린을 등에 업으며 곽기풍이 물었다.

"저 여편네가 하 포두의 정인을 죽인 장본인이야?"

"그렇소."

"썩을 년."

"일단 싸움이 벌어지면 곽 총관님은 나머지 친구들을 데리고 무조건 포구로 뛰시오. 그리고 내가 오지 않더라도 무조건 배를 타고 출발하시오."

"자넨 어쩌려고?"

"나는 오늘 밤 저년을 죽일 거요. 내가 죽게 되더라도 저년만은 데리고 갈 작정이오. 그러니 먼저 가라는 거요. 나의 개인적인 복수 때문에 모두를 곤경에 빠뜨리고 싶진 않소."

그 말을 끝으로 돌아서려는 하우영의 팔을 곽기풍이 붙잡았다.

힐끗 돌아보는 하우영을 향해 곽기풍이 눈물을 글썽이며 말했다.

"그래도 노력은 할 거지? 같이 가려고 노력은 할 거지, 응? 우리 모두 여린, 이 친구와 함께 끝까지 가보자고 맹세했잖은가? 나 역시 마누라와 애새끼들을 따라가고 싶었지만 그 맹세 때문에 여기까지 왔네. 내 말 무슨 뜻인지 알겠지, 응?"

"……."

한동안 침묵하던 하우영이 피식 웃으며 대답했다.

"맹세는 마땅히 지켜져야 하오. 나도 맹세를 지키기 위해 최선을 다할 거요."

"됐네, 그럼 됐어."

곽기풍이 왠지 모를 서글픔에 눈물을 주르륵 흘릴 때, 하우영은 이미 화소영을 향해 성난 들소처럼 쇄도하고 있었다.

숨죽이고 있던 철기방도들이 갈대 숲을 허물며 사방에서 덮쳐들었다.

"날파리 같은 것들은 비켜라! 나는 저 마귀 년과 싸우고 싶다!"

하우영의 혈부가 진한 혈광을 뿌리며 허공을 수놓았고, 그때마다 철기방도들의 목이 분분히 튀어 올랐다. 파죽지세. 끊임없이 밀려드는 적들의 목을 쳐내며 일직선으로 돌진하는 하우영의 신위는 그야말로 파죽지세였다.

"제법이구나."

후우우우……!

화소영이 미간을 좁혔다. 허리 아래로 늘어뜨린 양손이 하얗게 변하며 손등 위로 흰색 연기와 같은 기류가 가닥가닥 피어올랐다. 유진영의 목을 자르고 격장지계를 이용해 하우영을 치던 그날 밤, 그녀는 하우영의 진정한 실력을 확인하지 못했다.

그날 하우영은 정인의 죽음 때문에 눈이 뒤집혀 앞뒤 가리지 않고 선

불 맞은 멧돼지처럼 길길이 날뛰기만 했다. 그래서 그녀가 하우영에게서 받은 느낌은 살거죽이 철갑처럼 단단하다는 것뿐이었다. 그런데 지금 보니 아니었다. 정확히 도끼질 한 번에 수하들의 목 서너 개를 동시에 날려버리는 하우영은 단단할 뿐 아니라 예리하기까지 했다. 오랜만에 적다운 적을 만났다고 생각하며 온몸을 팽팽히 긴장시키는 화소영이었다.

"오너라, 이놈. 혈채를 받고 싶거든 실력부터 보여라."

화소영이 양손을 가슴 앞에 모았다가 활짝 펼치자, 손바닥과 손바닥 사이로 순식간에 십수 개의 백색 장영이 그려졌다.

"네놈도 유진영이란 년처럼 목 없는 귀신을 만들어주마!"

화소영이 내뱉는 것과 동시에 하우영이 피에 절은 쌍도끼를 치켜들고 그녀의 머리 위로 튀어 올랐다.

"섬섬옥수!"

화소영이 그런 하우영을 노리고 가슴 앞에 늘어놓았던 장영들을 내쏘았다.

카카카카캉!

쌍도끼를 마구잡이로 휘둘러 장영들을 박살 내며 하우영은 쏟아져 내렸다.

"선불 맞은 멧돼지가 따로 없구나! 내 오늘 네놈의 배를 갈라 창자를 구워 먹고 말 테다!"

빠르게 교차되며 내뻗어지는 화소영의 손짓을 따라 새로운 백색 장영이 그려지며 하우영에게로 밀려갔다.

퍽!

퍼억!

"끄흡!"

미처 쳐내지 못한 두 개의 장영이 하우영의 어깨와 가슴을 두드렸다.

"모기한테 물린 줄 알았다, 늙은 화냥년아!"

입 안 가득 고여오는 핏물을 퉤엣 뱉어내며 하우영이 화소영의 정수리를 노리고 도끼를 무지막지하게 후려쳤다.

콰광!

"꺄악!"

화소영이 공력을 불어넣은 양손을 재빨리 들어올려 도끼날을 받아냈다. 도끼는 막았지만 그 안에서 흘러나오는 기류까지 막아낼 순 없었다. 압력을 견디지 못한 양팔 옷소매가 갈가리 찢어지는 순간 화소영이 고통스런 비명을 내지르며 부웅 튕겨났다.

촤촤촤촤착!

갈대밭을 등으로 밀치며 정신없이 뒷걸음질치는 화소영의 시야에 살인 욕구에 눈을 벌겋게 물들인 채 갈대밭을 산산이 무너뜨리며 돌진해 오는 하우영의 모습이 한가득 들어왔다.

'망할, 방심했다.'

그랬다. 하우영의 범상치 않은 신위를 확인한 후에도 그녀는 약간이나마 방심을 하고 있었다. 변두리 현청에서 포두질이나 해먹고 사는 하급 관원 놈에게 자신의 최후 절학까지 내보일 필요가 없다는 고수로서의 자존심 같은 것이었다. 그 잠깐의 방심이 자신을 이런 꼴사나운 상황으로 몰아넣었다는 자각이 들자 새삼 자책과 분노가 치밀었다.

허리에 찰싹 붙인 그녀의 양손이 하얘지다 못해 투명해지고 있었다. 그녀의 별호를 백옥수로 만들어준 탈혼십이수(脫魂十二手)의 최후 절초 백학비천(白鶴飛天)이 펼쳐지려는 순간이었다.

"아무리 날뛰어도 돼지는 돼지일 뿐!"

화소영이 일갈을 내지르며 양손을 쭉 내찌르는 순간, 두 가닥의 눈부신 장영이 돌진해 오는 하우영의 미간을 노리고 날아갔다. 장영에서 뿜어지는 눈부신 신광에 눈살을 찌르며 하우영이 도끼 자루를 고쳐 잡고는 가슴팍으로 날아온 장영의 줄기를 노리고 혼신을 다해 후려쳤다.

콰콰!

맹렬한 폭음과 함께 장영과 장영이 하우영의 옆구리를 슬쩍 비껴 지나갔다. 그 틈을 놓치지 않고 하우영이 더욱 빠르게 쇄도해 화소영과의 간격을 순식간에 지워 버렸다.

"진영의 혼백을 달래기 위한 제물로 네 목을 원한다!"

콧김이 느껴질 정도로 닥쳐든 화소영의 얼굴을 핏발 선 눈으로 노려보며 하우영이 씹어뱉었다. 그러나 화소영은 전혀 당황하지 않고 비릿한 웃음을 배어 물었다. 이상한 낌새를 눈치 챈 하우영이 눈알만 굴려 뒤를 돌아보았다. 그러자 허공중에서 크게 호선을 그리며 되돌아오는 장영들이 보였다. 마치 두 마리 커다란 학이 날개를 펴고 날아드는 것 같았다. 짧은 순간 하우영은 망설였다.

장영부터 막을 것인가, 아니면 이대로 화소영의 목을 노릴 것인가?

망설임은 길지 않았다. 죽음에 대한 두려움보단 복수의 일념이 절실했기 때문이다.

"우워어억!"

"이런 미친놈! 동귀어진이라도 하겠다는 것이냐?"

짐승 같은 포효성과 함께 하우영이 양손 도끼를 교차시키며 휘둘렀고, 찢어질 듯 벌어진 화소영의 입을 비집고 경호성이 터져 나왔다.

퍼펑!

도끼날이 화소영의 목을 날리기 직전 뒤쪽에서 날아든 강맹한 장력이 하우영의 등짝을 두들겼다. 그 틈을 놓치지 않고 화소영이 재빨리 뒷걸음질쳐 하우영과의 거리를 벌렸다. 그러면서 화소영은 양손에 공력을 팽팽히 주입하고 있었다. 하지만 그녀는 두 번째 공격을 감행할 수 없었다. 등을 난타당한 하우영이 공력을 끌어올려 내장을 보호하는 대신 그 반동력을 이용해 자신을 향해 시위를 떠난 살처럼 쏘아오고 있었기 때문이다.

서거억!

"꺄악!"

도끼날에 가슴이 길게 베어지며 화소영이 비명을 질렀다.

흠칫 고갤 쳐드는 화소영의 시야는 온통 번뜩이는 도끼날로 가득 찼다. 그녀의 미간이 절망으로 일그러졌다.

하우영과 화소영이 혈투를 벌이고 있는 틈을 이용해 곽기풍 등은 죽어라 갈대밭을 헤치며 내달리고 있었다. 여린을 들쳐 업은 곽기풍을 장숙과 단구, 반철심과 막여청이 방원진을 형성하여 호위하는 형국이었다.

슈슈슉— 슈슈슈슉—!

장숙과 단구가 허공을 가득 수놓은 구주환상검의 검광들이 기기묘묘한 변화를 일으키며 사방에서 주린 이리 떼처럼 덤벼드는 철기방도들의 목을 꿰뚫었다. 무공이 전무한 반철심도 한몫을 톡톡히 하는 중이었다. 널찍한 소맷자락 안으로 손이 들어갔다 나올 때마다 작은 폭구가 던져졌다.

콰앙! 콰아앙!

"으아악!"

"끄아악!"

폭구는 정확히 철기방도들의 머리 위에서 폭발했고, 폭구에서 쏟아진 날카로운 파편들에 네댓 명씩의 철기방도가 피를 뿌리며 고꾸라졌다. 문제는 막여청이었다. 막여청은 현청 정문지기의 독문병기라 할 수 있는 장창을 옹골지게 움켜잡고 있었는데, 현청을 들락거리는 백성들의 눈엔 저승사자의 육모방망이처럼 무섭던 창이 철기방도들 앞에선 어린애가 가지고 노는 나무 막대기처럼 무기력하기만 했다.

"죽여 버리겠다, 이놈들!"

막여청의 우측 편 갈대 숲을 뚫고 시커먼 낯빛의 방도 하나가 양손으로 잡은 낭아곤을 휘두르며 덮쳐들었고, 막여청은 기합 소리만은 요란하게 방도의 아랫배를 노리고 창을 내찔렀다.

따캉!

낭아곤에 얻어맞은 창날이 힘없이 튕겨 나갔다.

"요놈!"

"으허헉!"

동시에 텅 빈 막여청의 안면을 노리고 쇠침이 삐죽삐죽 돋은 낭아곤이 날아들었다.

빠아악!

둔탁한 타격음에 막여청이 질끈 눈을 감아버렸다. 자신의 머리통이 쪼개지는 소리로 들렸던 탓이다. 하지만 아무런 고통도 느껴지지 않은 것을 이상하게 생각한 막여청이 천천히 눈을 떴을 때, 어느새 좌수를 뻗어 낭아곤을 수수깡처럼 부수고 있는 곽기풍이 보였다. 곽기풍의 왼손에는 반철심의 역작 중 하나인 파암수가 착용돼 있었던 것이다.

우드득!

낭아곤을 부순 곽기풍의 왼손이 이번엔 낭아곤 주인의 목을 비틀어 버렸다.

비명조차 지르지 못하고 혀를 길게 빼물고 죽어버리는 철기방도의 얼굴을 바라보며 물정 모르는 막여청이 소리쳤다.

“몰랐습니다, 곽 총관님! 곽 총관님이 강호의 숨은 고수인 줄은 정말이지 꿈에서조차 몰랐습니다!”

“헛소리 치우고 뛰어, 인마! 너 때문에 우리 모두 목 없는 귀신이 되게 생겼어!”

곽기풍의 다급한 외침을 신호로 일행은 다시 갈대밭을 헤치고 미친 듯 달리기 시작했다. 피에 굶주린 파리 떼처럼 끈덕지게 들러붙는 철기방도들을 죽이고, 또 죽이며 일행은 숨이 턱에 차도록 달렸다. 그들에겐 여린을 살려야 한다는 일념뿐이었고, 하나의 목적 의식으로 동화된 그들은 가진바 능력 이상의 힘을 발휘하고 있었다. 하물며 막여청조차 창을 힘차게 내찔러 옆쪽에서 튀어나온 철기방도의 가슴팍을 꿰뚫어 버렸으니 더 이상 말해 무엇 하겠는가.

마침내 갈대밭의 끝자락과 그 너머에서 넘실거리는 구강의 강물이 보이기 시작했다. 드디어 목적지가 눈앞에 다다른 것이다.

“후우우~ 이제 거의 다 왔군.”

촤아앗!

강물을 바라보며 곽기풍이 안도의 한숨을 내쉬는 바로 그 순간, 전방 갈대밭을 박차고 큼직한 방태극을 움켜쥔 노인 하나가 솟구쳐 올랐다. 강맹한 인상의 노인은 바로 철기방 내원 장로 중 한 명인 화염극왕 독보광이었다. 독보광을 알아본 막여청의 눈에서 불똥이 튀었다.

"저 늙은이야! 저 늙은이가 초랑일 죽였어!"

"물러서, 인마! 화염극왕 독보광이다!"

이를 갈아붙이며 나서려는 막여청의 뒷덜미를 곽기풍이 낚아챘다. 그런 곽기풍을 스쳐 장숙과 단구가 달렸다. 그들 두 사람도 독보광이란 이름은 익히 들어 알고 있었고, 자신들의 탈출로에 가장 위험한 방해물이 등장했음을 깨닫곤 얼굴 가득 긴장감을 피워 올린 채였다.

'시간을 끌면 절대적으로 불리하다!'

빠르게 눈짓을 교환한 두 사람은 여린에게 구주환상검의 후 삼식을 전수받은 이후, 부단히도 연마했던 합격진을 시전하기로 마음을 굳혔다.

"무얼 뜯어먹을 게 있다고 야심한 시각에 외진 강변까지 달려왔느냐, 노마야!"

"노마의 껍질을 벗겨 던져 주면 구강의 물고기들이 좋아서 춤을 추겠구나!"

장숙이 단구보다 한 걸음 앞서 내디디며 검을 내찔렀고, 약간 뒤처진 상태에서 단구가 양손으로 잡은 검을 후려쳤다.

장숙의 검봉에서 천변만화를 일으키는 수십 가닥의 검광이 쏟아졌다. 단숨에 곽기풍 등의 머리통을 쪼개려고 덤벼들던 독보광이 시야를 가로막는 검광의 벽을 발견하곤 멈칫했다.

"흥! 포달랍궁의 구주환상검이냐?"

그러나 독수리처럼 예리한 독보광의 눈매는 때론 일직선으로, 때론 구불구불 휘어지며 어지럽게 날아드는 검광들 속에 숨겨진 허초를 단번에 간파했다.

"어린놈들이 운 좋게 사술 한 자락을 배웠구나. 하지만 오늘은 상대가 나빴다."

떠어엉!

현란한 신법을 이용해 허초들 틈으로 파고든 독보광이 딱 한 번 방태극을 쳐올려 정확히 장숙의 진검을 튕겨내 버렸다.

"끄윽!"

검병을 잡은 손아귀가 터져 나가는 고통을 느끼며 장숙의 양팔이 활짝 벌려졌다. 그 공간을 뚫고 초생달 모양의 날이 달린 방태극이 무섭게 찔러왔다.

콰아앗!

이때 또 하나의 묵직한 파공음을 듣고 독보광이 멈칫했다. 놀란 눈으로 올려다보자 자신의 정수리를 노리고 쏟아지는 거대한 검광 하나가 보였다. 독보광은 장숙과 단구의 합공을 진즉 간파했다. 그런 이유로 장숙이 날린 숱한 검광 속에 단구의 검광도 섞여 있으리라고 확신했다. 그런데 그게 아니었다. 단구는 장숙의 검광 속에 교묘히 숨어 있다가 장숙과는 전혀 다른 기세를 내뿜는 검광을 내리찍고 있었던 것이다. 정확히 말하면, 여린에 의해 새로운 경지를 눈뜬 구주환상검의 후삼식 중 거력담도(巨力潭刀)가 그것이었다.

"여우 같은 놈들!"

콰앙!

독보광이 장숙을 향하던 방태극을 황급히 회수하여 단구의 검광을 쳐올리는 순간 굉렬한 폭음과 함께 시퍼런 경기가 사방으로 비산했다. 그 여파에 밀려 독보광이 순식간에 대여섯 걸음이나 뒷걸음질쳤다. 순간의 빈틈을 놓치지 않고 장숙이 검을 휘둘렀고, 날카로운 검날에 가슴이 베이며 핏방울이 튀었다.

"이 찢어 죽여도 시원찮을 버러지 같은 것들이……!"

핏물이 번지는 가슴팍을 내려다보며 독보광이 으득 이를 갈아붙였다. 힘 하나만큼은 그 누구에게도 뒤지지 않는다고 자신했던 그였기에 현청의 한낱 포두들에게 속절없이 밀렸다는 사실이 분하고 억울했다.

"명년 오늘을 나란히 네놈들의 제삿날로 만들어주마!"

노호성을 터뜨리며 독보광이 쇄도했다. 하지만 싸움의 양상은 독보광의 호언처럼 되지 않았다. 구주환상검의 선 삼식과 후 삼식을 교묘히 섞으며 때론 현란한 허초로, 때론 묵직한 진초로 협공을 가해오는 장숙과 단구를 독보광은 쉽사리 제압하지 못했다. 아니, 오히려 가슴 앞섶에 새로운 상처 서너 개가 생기면서 핏물이 흘렀다.

"좋다… 살을 내어주고 뼈를 가른다는 독한 심정으로 네놈들을 상대해 주겠다……."

수십 개의 허초가 섞여 날아오는 장숙의 검광들을 노려보며 독보광은 어금니를 사려물었다.

"으하압!"

포효성을 내지르며 독보광이 우박처럼 쏟아지는 검광을 향해 뛰어들었다. 그의 방태극은 옆구리에 찰싹 달라붙은 채였다. 독보광은 애초부터 장숙의 공세를 막아내기 위해 독문병기를 사용하지 않으리라 굳게 결심해 두고 있었다. 그가 장숙과 격돌하는 동안 숨어 있던 단구가 번번이 공세를 가해왔고, 그때마다 공격의 흐름이 끊기며 튕겨 나가곤 했기 때문이다.

"으흡!"

장숙의 검이 독보광의 어깻죽지를 관통했다. 그래도 독보광은 멈추지 않고 계속 안쪽으로 파고들었다. 그의 예상치 못한 행보에 놀란 장숙이 순간적으로 멈칫할 때, 그 짧은 틈을 놓치지 않고 독보광이 장숙의 목을 노리고 방태극을 길게 휘둘렀다. 장숙이 반사적으로 몸을 날려 피하는 순간 막 양손으로 잡은 검을 치켜들고 있는 단구의 텅 빈 상반신이 드러났다. 방태극이 갑자기 방향을 바꾸어 단구를 노리고 쏘아졌다.

퍼억!

"끄르륵……!"

방태극이 아랫배에 커다란 구멍을 뚫으면서 단구의 입에서 가래 끓는 신음이 새어 나왔다.

입가로 핏물을 줄줄 흘리며 단구는 천천히 눈을 까뒤집고 있었다. 피의 색깔이 선홍색인 것으로 보아 치명적인 내상을 입은 것이 분명했다.

"크흐흐!"

단구의 아랫배에 방태극을 더욱 깊숙이 찔러 넣으며 독보광이 비릿하게 웃었다. 그 상태에서 독보광이 방태극을 빠르게 휘돌리자 단구의 뒷등에 구멍이 뚫리며 핏물과 내장의 파편이 한데 뒤섞여 튀어 올랐다.

"단구—!"

친구의 이름을 처절하게 부르짖으며 장숙이 독보광의 옆구리로 달려들었다.

"어림없다, 이놈!"

단구의 몸에서 방태극을 뽑아낸 독보광이 신형을 돌려세우며 장숙의 검을 튕겨냈다.

"죽인다! 죽인다! 죽인다!"

캉캉캉!

장숙이 미친 듯 검을 휘둘렀지만 독보광은 침착하게 막아냈다. 하나 더하기 하나가 둘이 아니라 셋도, 넷도 될 수 있는 것처럼 오랜 세월 단짝 친구로 지내온 장숙과 단구의 합공은 일신의 무위를 훨씬 상회하는 위력을 발휘했고, 그런 단구가 사라져 버린 장숙의 마구잡이식 칼질은 더 이상 위협적이지 못했다. 만약 어깨에 뚫린 상처만 아니었다면 독보광은 진작 장숙의 목을 날려 버렸으리라.

쉬이익!

고개만 살짝 비틀어 장숙의 칼날을 어깨 너머로 흘려보내며 독보광이 순식간에 장숙의 텅 빈 가슴 안으로 파고들었다.

"우왁!"

독보광이 휘두른 방태극 자루에 옆얼굴을 얻어맞고 장숙이 피를 쏟으며 너울너울 날아갔다. 땅바닥에 엎어진 채 입과 코로 핏물을 질질 게워내고 있는 장숙을 노리고 방태극을 고쳐 잡은 독보광이 천천히 다가왔다.

"까아악!"

이때 화소영의 다급한 비명 소리가 들려왔다. 독보광이 황망히 돌아보자 온몸에 피칠을 한 야차와도 같은 모습의 하우영이 쌍도끼를 미친 듯 휘두르며 무방비의 화소영을 공격하고 있는 게 보였다.

"으음……."

독보광이 침음을 흘리며 장숙과 화소영을 번갈아 쳐다보았다. 짧은 망설임 끝에 그는 일단 동료를 구하기로 마음먹었다. 장숙의 목쯤은 언제라도 취할 수 있다는 믿음 때문이었다.

장숙이 네 발로 엉금엉금 기어 갈대 숲에 처박혀 있는 친구의 시체를 향해 다가갔다.

"어이구~ 병신아! 어이구~ 병신아! 그냥 현청에 쥐 죽은 듯 처박혀 살아가면 그만인 것을 뭣 하러 여 즙포를 구하겠다고 나섰냐? 그러게 그냥 나 죽었소, 하며 살자고 하질 않았어? 우리 같은 삼류인생이 아무리 발버둥 쳐봤자 세상은 변하지 않는다고 타이르지 않았느냐고, 병신아? 꼴 좋다! 이런 엿 같은 몰골로 뒈져 버렸으니 아주 꼴이 우습게 돼버렸구나, 엉?"

단구의 시체를 끌어안은 장숙이 마치 원수라도 되는 양 친구의 뺨을 철썩철썩 때리며 목 놓아 울었다. 사실 여 즙포를 구하자고 장숙을 충돌질한 사람은 단구였다. 단구는 두루뭉술한 장숙에 비해 의협심이 강한 편이었고, 그의 그런 성격이 결국 그를 죽음으로 이끈 것이다. 장숙의 가슴속으로 감당하기 힘든 자책이 밀려들었다. 단구는 그의 친구이기 이전에 형제요, 스승 같은 존재였던 것이다.

"으허허헝~ 미안하다, 친구야. 내가 피하지만 않았어도 네가 이렇게 덧없이 죽지는 않았을 텐데. 정말 미안하다, 친구야! 미안해!"

단구의 시체를 으스러져라 끌어안고 오열하는 장숙을 향해 상처 입은 사냥감을 노리는 이리 떼처럼 안광을 번뜩이며 철기방도들이 천천히 다가오고 있었다. 살기를 느낀 장숙이 순간 멈칫했다.

단구의 시체를 조심스럽게 내려놓으며 장숙이 억지로 웃었다.

"친구보다 한발 앞서 뒈졌다고 억울해하지는 말거라, 이놈아. 머지않아 나도 네 뒤를 쫓아갈 것인즉, 먼저 가서 자리잡았다고 괄시나 말란 말이다."

자신을 포위하고 있는 철기방도들을 향해 짓쳐 나가며 장숙이 울음 섞인 목소리로 소리쳤다.

"저승과 이승을 가른다는 통곡의 강가에서 찬 술이라도 한잔 기울이며 나를 기다리고 있어라, 친구야!"

분노는 때때로 사람에게 비정상적인 힘을 발휘하도록 만든다. 지금의 장숙이 꼭 그랬는데, 일 장이나 검광을 뽑아 올린 장숙이 망나니가 춤을 추듯 검을 휘두를 때마다 두세 명씩의 철기방도들이 피를 뿌리며 거꾸러졌다. 두 눈으로 벌건 혈광을 내뿜으며 날뛰는 장숙의 기세가 얼마나 무섭든지, 오직 투지만 있을 뿐 두려움이라곤 모르는 철기방도들마저 주춤주춤 뒷걸음질을 치기 시작했다.

그러나 분노는 또한 사람을 지치게 만든다. 세상을 오시해 버릴 듯한 악과 깡으로 철기방도들을 세차게 몰아붙이던 장숙은 어느 순간 급격하게 지쳐 버렸다. 그런 장숙의 변화를 오랜 실전 경험을 가진 철기방도들이 놓칠 리가 없었다.

"놈은 지쳤다!"

"죽여라!"

물러섰던 철기방도들이 이전보다 몇 배 강력한 기세로 장숙을 몰아붙였다.

"덤벼! 덤벼! 다 덤벼, 새끼들아!"

선두에서 달려들던 방도들이 장숙의 날카로운 칼질에 목이 떨어지고, 팔다리가 잘려 나갔지만 한 번 오른 기세를 누그러뜨릴 순 없었다. 피를 뿌리며 나뒹구는 동도들의 시체를 짓밟으며 철기방도들이 쉴 새 없이 덤벼들었고, 덕분에 미친 듯이 검을 휘두르는 장숙 앞에 작은 시체의 산이 만들어졌다.

"죽어라, 독종!"

빠각!

시체의 산을 짓밟고 날아든 방도 하나가 낭아곤으로 장숙의 어깨를 후려쳤다. 살점이 튀며 허연 뼈가 드러났다. 장숙이 마지막 남은 기력을 쥐어짜 방도의 아랫배에 검을 쑤셔 박고, 그 검을 지렛대 삼아 죽은 시체를 어깨 너머로 던져 버렸다.

빠악! 빠아악!

연이어 날아든 두 명의 철기방도가 장숙의 양쪽 어깨를 동시에 내려쳤다. 장숙이 다시 휘청거렸다. 이제 검을 들어올릴 기력조차 남지 않은 장숙이 정신없이 뒷걸음질을 쳤고, 기어이 끝장을 보겠다며 철기방도들이 밀려들었다.

퍼어억!

"으헉!"

선두의 철기방도가 막 낭아곤으로 장숙의 옆얼굴을 후려치려는 순간, 불현듯 날아든 창날이 방도의 목을 꿰뚫었다.

"끄어어… 네깟 놈에게 내가……."

핏물을 줄줄 게워내며 억울하다는 눈으로 노려보는 방도의 시야에 얼결에 창을 내찌르고 있는 막여청의 모습이 들어왔다. 장숙의 위기를 목격한 막여청이 앞뒤 가리지 않고 달려나온 것이다.

"이 새끼!"

"죽고 싶어 환장했구나!"

분노한 철기방도들이 이번엔 막여청에게로 덤벼들었다.

"어어……."

막여청은 어찌할 바를 모르고 멍하니 서 있을 뿐이었다.

"죽이겠다고 덤벼드는 놈들 앞에 나 잡아잡숴 하고 서 있으면 어쩌자는 것이냐?"

여린을 업은 곽기풍이 막여청의 뒷덜미를 잡아 뒤쪽으로 밀쳐 내며 황급히 나섰다. 그리고 우박처럼 쏟아지는 낭아곤들을 향해 파암수를 착용한 왼손을 마구 휘둘렀다.

까가가강!

파암수와 부딪친 낭아곤들이 조각조각 동강나 튕겨 나갔다. 하지만 아무리 파암수라 해도 공력이 실린 공격을 무한정 막아낼 순 없었다.

쩌억!

"끄흑!"

낭아곤에 파암수의 손등 부분이 찢어지는 순간 끔찍한 통증을 느낀 곽기풍이 주르륵 밀려났다.

"뼈를 갈아 마셔주마, 늙은이!"

자신을 향해 늑대의 이빨 같은 낭아곤을 휘두르며 덮쳐 오는 철기방도들을 바라보며 곽기풍이 절망으로 눈을 부릅떴다. 더 이상 적들을 막아낼 수단이 곽기풍에겐 남아 있지 않았다.

"지금부턴 제가 책임지겠습니다!"

이번엔 반철심이 곽기풍의 앞을 가로막고 나섰다. 반철심이 움켜쥔 주먹을 활짝 펼치며 검은 콩처럼 생긴 작은 구슬 이십여 개를 땅바닥에 뿌렸다. 저깟 게 뭐라고 겁도 없이 나서길 나서나 그래? 반철심의 수단이란 것이 하도 보잘것없어 보여 위기의 순간에도 곽기풍은 고소를 금할 수 없었다. 그러나 반철심은 역시나 천재적인 병참수였다.

콰앙! 콰앙! 콰아앙!

철기방도들이 콩알처럼 생긴 구슬을 짓밟는 순간 맹렬한 폭발과 함께 십여 명의 방도가 볶은 콩처럼 튀어 올랐다. 질풍처럼 달려들던 철기방도들이 이 급작스런 사태에 기가 질려 버린 듯 제자리에 우뚝우뚝 멈춰 섰다. 반철심이 이번엔 소맷자락 속에서 앞면이 널찍한 죽통을 끄집어냈다. 방금 전 사용했던 야명탄처럼 죽통의 끝면에는 기다란 끈이 달려 있었다.

곽기풍은 잠시 두려움도 잊고 반철심의 저 소맷자락 속에는 과연 어떤 물건들이 들어 있는지 옷을 벗겨 확인하고픈 충동을 느꼈다.

반철심이 죽통의 앞면을 철기방도들에게로 향한 채 끝면의 끈을 단단히 움켜잡고 위협했다.

"이 죽통으로 말할 것 같으면, 일만척살통(一萬擲殺桶)이라고 불리는 아주 무시무시한 병기다. 그 위력이 너무 파괴적이고, 살상력이 너무도 끔찍한지라 웬만하면 사용하지 않으리라 다짐에 다짐을 거듭했다. 이 상황에서도 나는 이 병기만은 사용하고 싶지 않다. 그러니 좋은 말로 할 때 물러섬이 어떠하냐?"

반철심이 최대한 으스스한 표정을 지으며 철기방도들을 설득했다. 하지만 반철심은 원래 상대방을 겁주거나 하는 일에 익숙하지 않은 인물이었고, 그가 무서운 표정을 지으면 지을수록 오히려 허세를 부리는 것처럼 보였다.

반응은 즉각적으로 나타났다. 잠시 주춤했던 철기방도들이 별것도 아닌 죽통 하나에 겁을 집어먹었다는 분노까지 더해져 반철심을 밟아 죽일 듯 달려들었던 것이다.

"크아아아! 어디 그 일만척살통이라는 병기의 맛 좀 보자!"

"일만은커녕 그 작은 죽통으로 우리 중 열 명만 죽일 수 있어도 너를 형님이라고 부르마!"

가늘게 떨리는 손으로 죽통 끝에 매달린 끈을 천천히 잡아당기며 반철심이 탄식처럼 중얼거렸다.

"정말이야. 적어도 일만척살통만은 사용하고 싶지 않았어. 진짜라고."

펑!

쏴아아아악!

줄이 완전히 잡아당겨지는 순간 죽통의 앞면에서 풀썩 폭연이 피어오르는가 싶더니, 수십 개의 빛살선이 폭죽처럼 터져 나갔다.

"으악!"

"크악!"

"커허헉!"

"꾸웨에엑!"

가는 빛살선에 얻어맞은 수십 명의 철기방도들이 끔찍한 비명을 내지르며 일제히 튕겨 나갔다. 약 십 초가량 죽통에선 은빛 빛살선들이 뿜어졌지만 옆에서 지켜보고 있는 곽기풍은 그 짧은 시간이 꼭 억겁처럼 길게만 느껴졌다.

아마도 찰나지간에 너무도 많은 사람이 죽어 나자빠지는 상황이 그런 느낌이 들도록 만드는 것 같았다. 철기방도들은 마치 빛에 끌린 부나방들처럼 줄줄이 반철심을 향해 덤벼들었다가 불꽃에 몸이 터져 버린 벌레처럼 분분히 튕겨 나가고 있었다.

마침내 죽통에서 쏟아지던 불꽃이 잦아들었다. 짧은 고요가 찾아왔다. 찢어질 듯 부릅뜬 눈으로 곽기풍은 아직도 포연이 피어오르는 죽통을 멍하니 들고 첩첩이 쌓여 있는 철기방도들의 시체를 내려다보고 있는 반철심의 옆얼굴을 보았다.

"그러게 위험한 병기라고 했잖아. 진작 내 말을 믿고 물러섰으면 좋았잖아."

반철심은 충격을 받은 것 같았다. 왜 아니겠는가? 평생 쇳덩이나 주무르며 사람은커녕 닭 모가지 한 번 비틀어본 적이 없는 그가 하루아침에 자신의 손으로 수백의 인명을 살해했으니 충격을 받는 것은 어쩌면 당연한 일이었다. 그러나 지금은 감상에 젖을 때가 아니었다.

"빨리 가자! 지금이 마지막 기회다!"

곽기풍이 반철심의 손을 잡고 돌아섰다.

"장숙, 그놈부터 일으켜라! 지금 안 가면 영영 배를 타기는 글러 버린다, 이놈아!"

역시나 멍하니 서 있는 막여청의 옆을 빠르게 스쳐 지나며 곽기풍이 버럭 고함을 질렀다. 막여청이 팔을 잡아당겼지만 장숙은 단구의 시체를 끌어안고 한사코 버텼다.

"안 된다! 안 돼! 친구의 시신을 버려두고 나 혼자 떠날 수는 없는 노릇이다!"

할 수 없이 막여청은 장숙에게 창을 맡기고, 단구의 시체를 끌어안고 달릴 수밖에 없었다.

마침 포구에 묶여 있는 거룻배 한 척이 곽기풍의 시야에 들어왔다.

"저 배를 향해 전속력으로 달려!"

손가락으로 배를 가리키면서 곽기풍이 힐끗 고개를 돌려 하우영 쪽을 일별했다. 하우영은 철기방 내원의 장로들인 화소영, 독보광과 그야말로 처절한 사투를 벌이는 중이었다. 좀 더 정확히 표현하면 중상을 입은 화소영을 하우영이 한 번 물면 결코 놓지 않는 사나운 개처럼 뒤쫓고 있었고, 그런 하우영을 멈추게 하려고 독보광이 배후에서 끊임없이 공격을 가하는 형국이었다.

콰아악!

독보광의 혼신의 힘이 실린 방태극이 등에 꽂히자 하우영도 견디지 못하고 덜컥 전신을 진동했다. 오직 화소영을 죽이겠다는 일념으로 일체의 방어를 도외시한 단순무식한 공격 덕분에 하우영은 이미 적지 않은 상처를 입고 있었다. 이미 하우영의 맹목적인 저돌성에 혀를 내두르고 있던 독보광도 이번만은 하우영이 추적을 포기하고 자신을 향해 돌아설 것이라고 확신했다.

실제로 하우영의 어깨가 자신을 향해 반쯤 비틀리는 순간 독보광은 마음을 단단히 먹고 방태극을 대각으로 비스듬히 세우며 수비식을 취했다. 그러나 그건 하우영의 속임수였다.

"그만 포기하고 머리통을 내놓으란 말이다, 추잡한 할망구야!"

하우영이 다시 홱액 돌아서더니 한숨 돌리고 있던 화소영의 목을 노리고 쌍도끼를 교차시키며 휘둘렀다.

"이, 이놈!"

크게 놀란 독보광이 하우영의 등짝을 방태극으로 후려쳤지만 꿈쩍도 하지 않았다.

쉬이잇!

자신의 목을 노리고 날아드는 도끼의 파공음을 들으며 철기방의 장로 화소영은 그만 정신이 아득해지는 것 같았다. 그녀의 동공에 문득 죽은 유진영의 얼굴이 떠올랐다. 자신의 독수에 가슴이 꿰뚫리면서도 정인을 살려달라고 애원했던 몸과 마음이 모두 고왔던 아이.

수십 년 강호의 풍상을 헤치며 원하든, 원하지 않든 숱한 사람을 죽여왔던 백옥수 화소영이었지만 유진영을 죽일 때만은 왠지 마음이 개운치 않았다. 그리고 그 이유를 이제야 알 것 같았다. 오늘과 같은 불길한 일이 닥칠 것을 예감했기 때문은 아닐까?

'목은 자르는 게 아니었어. 목만은…….'

콰아악!

피분수와 함께 찢어질 듯 눈을 부릅뜬 화소영의 머리통이 허공으로 치솟았다. 머리를 잃고 잠시 멈칫하던 그녀의 몸뚱이가 하우영 쪽으로 천천히 쓰러져 왔다. 그러나 하우영은 그녀의 몸이 편하니 눕는 것마저 허락하지 않았다.

하우영이 상도끼를 대각으로 크게 내질렀고, 그 궤적을 따라 화소영의 몸뚱이가 갈라지며 끈적한 핏물이 왕창 쏟아졌다.

"후우우……!"

얼굴과 상반신에 화소영의 핏물을 뒤집어쓴 하우영이 마치 오랫동안 추적하던 사냥감을 포획한 사냥꾼처럼 하늘을 올려다보며 깊은 숨을 내쉬었다.

"크아아! 죽여 버릴 테다, 개자식!"

순간 하우영은 왼쪽 어깨에 강한 통증을 느끼며 앞쪽으로 부웅 튕겨나갔다. 땅바닥에 얼굴을 대고 엎드린 하우영의 눈에 아직도 애병 혈부를 움켜쥔 채 뭍으로 끌어 올려진 물고기처럼 파닥거리고 있는 자신의 잘린 왼팔이 보였다.

"흐흐흐……."

하우영이 마치 재밌는 장면을 구경한 사람처럼 허허롭게 웃으며 몸을 일으켰다.

"일어설 필요 없다, 이놈아! 그냥 죽어라!"

정수리에 방태극이 내리꽂히며 하우영이 무릎을 꿇었다.

"죽어! 죽어! 죽어! 죽어버려라, 천한 놈아!"

하우영의 얼굴과 몸뚱이를 방태극으로 미친 듯이 후려 패며 독보광이 악을 써댔다. 공력이 주입된 방태극이 쑤셔 박힐 때마다 하우영이 울컥울컥 핏물을 토했다. 그 상태에서도 하우영은 웃고만 있었다. 그는 저항을 포기하고 있었다. 한쪽 팔이 잘린 충격도 충격이지만 마침내 복수를 완수했다는 허탈감이 그를 무력하게 만들었다.

"야, 이 병신 같은 새끼야! 너 하나 때문에 우리 모두를 죽일 작정이냐?"

이때 하우영의 귓전으로 곽기풍의 낯익은 고함 소리가 파고들었다. 이마를 타고 줄줄 흘러내리는 핏물에 가려 흐릿해진 눈으로 바라보자, 저기 갈대밭 너머 강변에서 배를 출발시키지 않고 꾸역꾸역 밀려드는 철기방도들을 힘겹게 막아내고 있는 곽기풍 등이 보였다. 숱한 검광을 흩뿌리며 힘겹게 철기방도들을 튕겨내는 장숙 옆에 서서 곽기풍이 입나팔을 만들어 꽥꽥 소리를 질러댔다.

"이놈들이 말하길, 네가 오지 않으면 절대 배를 출발시키지 않겠다고 한다! 결국 네놈이 거기서 뒈져 버리면 여린을 포함해 우리 모두 불귀의 객이 돼! 그러니까 한주먹 거리도 안 되는 늙은이일랑은 단매에 쳐 죽이고 빨리 튀어오란 말이다, 썩을 놈아!"

입술 한 귀퉁이를 비틀며 하우영이 낮게 웃었다.

"너구리 같은 총관이 사람을 감동시키는군. 그래, 가야지. 일단은 여린부터 살려놓고 볼 일이다."

하우영이 다시 거구를 일으키기 시작했다.

"그냥 앉아서 죽으라니까!"

독보광이 아예 끝장을 보려는 듯 혼신이 실린 방태극을 후려쳤다. 동시에 하우영이 두 눈을 번쩍 빛내며 독보광의 텅 빈 턱을 노리고 오른손 도끼를 쳐올렸다.

쩌거억!

도끼등이 턱에 제대로 박히면서 곽기풍의 주문대로 철기방 내원의 장로이자 강호 백대 고수 안에 당당히 이름 석 자를 올려놓고 있는 화염극왕 독보광은 단매에 죽지는 않았지만 단매에 기절을 하고 말았다.

"그래, 가야지. 가서 여린이란 놈에게 앞으로 어떻게 살아갈지 물어는 봐야지. 어차피 저놈이 우리의 대장이었으니까 말씀이야."

아직도 도끼 자루를 움켜잡고 있는 자신의 잘린 왼팔을 주워 들고 하우영이 포구를 향해 휘적휘적 걸음을 옮기기 시작했다.

"우와악!"

"와아악!"

이제 몇 남지도 않은 철기방도들이 괴성을 내지르며 달려들었다 하우영의 도끼질에 목 없는 귀신이 되어 날아갔다.

"자, 이렇게 왔으니 그만 출발하자!"

하우영이 뱃전으로 올라서며 덤덤히 말했다.

"오냐… 오냐. 잘 왔다, 이놈아."

눈물을 글썽이며 곽기풍이 하우영의 넓은 등을 기특하다는 듯 쓰다듬어 주었다.

막여청이 기다란 노로 포구의 뚝방을 힘차게 밀어 배를 출발시켰다. 애절한 사연을 품은 여섯 사람을 태운 배가 시커먼 강물을 헤치고 천천히 떠내려가기 시작했다.

장정 서넛이 나란히 서면 통과하기도 힘들 것 같은 좁은 협곡은 달빛조차 스며들지 않아 어둡기만 했다. 게다가 양쪽 벽면에서 치렁치렁 뻗쳐 나온 넝쿨들이 서로 뒤엉켜 있어 한층 을씨년스런 분위기를 풍겼다. 정체를 알 수 없는 사이한 연기가 흐르는 질척한 바닥으로부터 이장 정도의 높이에 거미줄에 걸린 벌레처럼 넝쿨들에 휘감겨 대롱대롱 매달린 사람은 바로 청해일이었다.

대충 일별하기에도 청해일의 상태는 심각했다. 온몸을 가득 덮은 크고 작은 자상과 천애의 낭떠러지에서 떨어지면서 부러진 양팔과 양쪽 다리는 물론이거니와, 마지막 순간 철기련이 날린 월영검법에 당한 등짝은 깊게 갈라져 척추 뼈가 내비칠 정도였다. 최후의 공력을 끌어올려 출혈을 막아내곤 있었지만 정신이 가물가물해져 그나마 얼마나 버틸 수 있을지 장담하기 힘들었다.

'살아야 한다… 무조건 살아야 해…….'

자신을 위해 기꺼이 노구를 던진 스승의 마지막을 떠올리며 청해일은 약해지려는 마음을 독려하고 또 독려했다.

"큭큭큭."

그러다 청해일이 실성한 사람처럼 웃기 시작했다.

"생각해 보면 참 웃기는 일이야. 내가 왜 이렇게 살려고 발버둥을 치지? 보아하니 내공은 모조리 흩어졌고, 전신 열여덟 곳의 심맥이 가닥가닥 끊어져 무공을 익히기는커녕 기적적으로 살아난다 해도 불구가 될 게 분명해. 그런데 왜 이러냐고? 사부와의 약속을 지키기 위해서? 서까래까지 불타 버린 사문을 재건하기 위해서?"

청해일의 자조적인 웃음소리가 좁은 협곡 안으로 음산하게 퍼져 나갔다.

"웃기는 소리야. 암, 웃기는 개소리고말고. 이미 죽은 사부가 약속을 지키는지 안 지키는지 알 게 무엇이며, 병신이 된 이 몸으로 사문을 되살린다는 것 또한 도저히 불가능한 일이지. 그런데 왜 살려고 하니, 해일아? 왜 이처럼 지지리 궁상맞게 몸부림을 치느냔 말이다, 어리석은 중생아."

청해일은 지쳐 있었다. 좀 더 정확히 말하면 짜증이 나 있었다. 죽고 싶어도 죽을 수조차 없는 자신의 지랄맞은 처지에 부화가 치밀어 올랐다. 그가 갑자기 거미줄에 걸린 파리처럼 몸부림치기 시작했다.

"왜? 왜? 도대체 왜냔 말이다, 병신 같은 새끼야!"

쿠웅!

격한 몸부림 때문에 넝쿨이 끊어지면서 청해일이 질척한 바닥에 얼굴을 처박고 떨어졌다.

"큭큭… 큭큭큭… 미안합니다, 사부. 아무래도 이 못난 제자는 사부와의 약속을 지킬 수 없을 것 같군요. 그렇다고 너무 억울해 마시구랴. 삶이란 어차피 공수래공수거라고 하지 않습디까? 옛 성현의 말씀이니 아마 틀린 말은 아닐 겁니다."

진창에 얼굴을 박은 채 청해일이 뜨거운 눈물을 줄줄 흘렸다.

"아직 뒤꼭지에 피딱지도 안 떨어진 어린놈이 감히 삶에 대해 논하다니? 겁이 없는 아이로구나."

이때 갑자기 여인의 차가운 음성이 들려왔다. 놀란 청해일이 간신히 고개를 쳐들고 목소리의 주인공을 찾아 눈알을 바삐 굴렸다. 청해일의 시선에 먼저 들어온 건 칠흑 같은 어둠 속에서 희미하게 빛나고 있는 뼛조각들이었다. 처음엔 미처 몰랐는데 안력을 돋우고 자세히 살펴보니 진창 바닥은 온통 크고 작은 짐승들의 뼈로 뒤덮여 있었다. 청해일은 처음엔 그것이 짐승들의 뼈일 것이라고 생각했다. 하지만 간간이 보이는 해골들이 이 많은 뼈가 모두 인골들이라는 사실을 말해주고 있었다.

"도대체 누가……?"

아래턱이 덜덜 떨리는 것을 느끼며 청해일이 인골들 너머 어둠 저편을 응시했다. 한동안 뚫어지게 쳐다보자 어둠의 장막이 서서히 걷히면서 작은 산처럼 생긴 바위 위에 걸터앉아 있는 한 여자의 신형이 흐릿하게 보이기 시작했다. 아직 어린 계집아이 같았다. 양쪽으로 길게 땋은 갈래 머리가 그랬고, 울긋불긋한 색동저고리에 색동 치마를 입고 있는 행색이 그랬다.

마른침을 꿀꺽 삼킨 청해일이 계집아이를 향해 조심스럽게 물었다.

"넌 누구니, 아이야? 이런 곳에서 혼자 무얼 하고 있니?"

"이제 보니 겁이 없을 뿐만 아니라 예의도 모르는 녀석이로군. 내가 먼저 널 발견했으니, 질문도 당연히 내가 먼저 해야 순서 아니겠니?"

청해일이 다시 고갤 갸웃했다. 겉모습은 분명 어린 계집아인데 들려오는 목소리는 중년 여인처럼 들렸기 때문이다. 게다가 그 목소리란 것이 한없이 사이했다. 온갖 의구심과 불안감을 동시에 떠올리며 청해일이 다시 한 번 계집아이 쪽을 뚫어지게 바라보았다. 어둠의 장막이 조금 더 엷어지면서 비로소 계집아이의 모습이 확연히 보이기 시작했다.

"어헉!"

계집아이의 모습을 온전히 확인한 청해일이 저도 모르게 경호성을 내질렀다. 그의 예상처럼 열서너 살 정도의 계집아이가 맞긴 맞았다. 하지만 계집아이가 걸터앉아 있는 것은 바위가 아니었다. 그것은 숱한 사람들의 뼈와 해골로 쌓아 올린 인골의 탑. 그 위에 걸터앉아 계집아이는 독 오른 암고양이처럼 눈을 파랗게 빛내며 청해일을 주시하고 있었다.

'위험하다.'

청해일은 직감적으로 위기감을 느꼈다. 인골들 때문이 아니었다. 계집아이의 입가에 그려진 미소. 상대에 대한 적의도, 호의도 담고 있지 않은 무심한 그 미소가 청해일의 본능을 자극했다. 웃으면서 만인(萬

人)을 죽인다는 말이 있다. 저런 미소를 가진 사람이 바로 그런 사람일 거라고 생각하며 청해일이 부르르 진저리를 칠 때, 계집아이가 사뿐히 인골의 산에서 내려와 그를 향해 다가왔다.

청해일 바로 앞에 서서 계집아이가 히쭉 웃었다.

"다쳤네."

"……."

청해일은 대답하지 않고 긴장 어린 눈으로 계집아이를 올려다보았다. 굉장히 예쁜 얼굴이었다. 저대로 성장한다면 분명 천하 사대미녀니, 강남제일봉이니, 경국지색이니 하는 찬사들로 강호 호사가들의 입에 오르내릴 것이 분명했다. 그러나 계집아이의 그 아름다운 얼굴마저도 청해일의 눈에는 불길하게만 보였다.

꽃에도 여러 종류가 있다. 한여름 뙤약볕 아래서 화려하게 피어난 붉디붉은 장미도 있고, 가을날 연못가에서 고즈넉하게 피어난 수국도 있다. 겉모습은 화려하지만 향기가 나지 않는 꽃도 있고, 가시가 사나운 꽃도 있으며, 또한 손가락이라도 스쳤다간 단숨에 사람의 생목숨을 끊어놓는 독화도 있는 법이다.

독화(毒花).

청해일은 지금 자신 앞에 서 있는 계집아이가 한 방울의 즙액으로 천 인을 독살할 수 있는 무서운 독화라고 생각했다.

"내가 물었잖아? 왜 대답이 없지?"

"……."

청해일은 대답하지 않았다. 아니, 대답할 수 없었다. 감당하기 힘든 공포심에 턱이 덜덜 떨려 말소리를 입 밖으로 내뱉을 수 없었다.

"아흑!"

계집아이가 예고도 없이 냅다 청해일의 콧잔등을 걷어차자 코피가 쏟아졌다.

"지금 날 무시하는 거지? 그렇지? 그런 거 맞지, 응?"

격하게 소리치며 계집아이가 코뼈가 주저앉을 때까지 계속 콧잔등을 걷어찼다.

"그, 그만 해라."

입 언저리가 피범벅이 된 청해일이 간신히 내뱉었다. 순간 계집아이가 우뚝 발길질을 멈췄다. 청해일 앞에 쪼그리고 앉아 한 손으로 턱을 들어올리며 계집아이가 히쭉 웃었다.

"벙어리는 아니었네. 자, 그럼 지금부터 삶에 대해 진지한 대화를 나눠볼까? 아이야, 넌 삶이 무엇이라고 생각하니?"

"삶… 삶이라고 했냐……?"

청해일이 피식 웃으며 계집아이의 얼굴을 쏘아보았다. 공포가 사라지면서 묘한 오기가 솟구쳤다. 이건 재수가 없어도 너무 없지 않은가. 무작정 뛰어내린 천 길 낭떠러지 아래서 이런 괴물 같은 계집을 만나다니. 아마 죽어도 곱게 죽진 못할 것이다. 유리알처럼 반질거리는 계집아이의 동공이 그의 모진 운명을 예견해 주고 있었다.

어차피 이판사판이란 심정으로 청해일이 비웃음을 가득 담아 내뱉었다.

"삶이란 개떡 같은 것이다."

"개떡? 삶이 개떡이란 말이지? 흐음, 괜찮아. 상당히 호감이 가는 정의야. 그런데 왜 삶이 개떡이니?"

"사람들은 하나같이 돈을 벌고, 명예를 얻고, 이성을 차지하기 위해 미친 듯이 바쁘게 삶을 살아간다. 하지만 그들 모두는 언젠가는 죽는다. 그러나 참으로 신기하게도 사람들은 이 엄연한 사실을 까맣게 잊고 살아간다. 그러다 어느 날 갑자기 죽음의 시커먼 그림자가 엄습할 때서야 깨닫는 것이다. 삶이란 결국 죽음으로 연결되는 하나의 과정일 뿐이라는 걸. 삶은 결국 죽음의 이면이고, 죽음으로 가는 길에 잠시 스치는 신기루 같은 것이기에 삶은 개떡이라는 것이다."

청해일이 울분과 자포자기의 심정으로 쏟아낸 개똥철학이 계집아이의 마음에 상당히 들었던 모양이다. 계집아이가 턱을 어루만지며 눈을 별처럼 빛냈다.

"흐음, 삶을 얘기하랬더니 죽음을 논한단 말이지. 너는 제법 세상 사는 이치를 아는 것 같구나. 솔직히 널 다시 보게 되었다. 자, 그럼 이제 죽음에 대해 얘기해 볼래?"

"죽음 역시 개떡이다."

계집아이가 흠칫 놀란 표정을 지었다.

"삶에 이어 죽음마저도 개떡이라고? 그건 또 왜 그렇지?"

"사람들은 흔히 죽으면 모든 게 끝난다고 말하지. 과연 그럴까? 호랑이가 죽으면 가죽과 뼈가 남고, 사람이 죽으면 그 자취가 남는 법이다. 어떤 사람은 장례식에 구름 같은 문상객들이 몰려들어 통곡하고 살아생전 고인의 업적을 기리지만, 어떤 사람은 개미새끼 한 마리 없이 휑뎅그렁하고 그놈 참 잘 죽었다는 악담이나 듣기 십상이지. 결국 죽음은 삶과 연결되어 있고, 끝이 아니라 삶에 대한 평가의 시작이라는 점에서 죽음 또한 개떡일 수밖에 없는 것이다."

계집아이의 표정이 더욱 흥미진진하게 변했다.

"흐음, 죽음을 얘기하랬더니 이번엔 삶을 논한단 말이지. 너 정말 기가 막히게 재밌는 녀석이로구나. 우리 통성명이나 하자. 난 염화수라고 해."

한동안 차가운 눈으로 계집아이를 올려다보던 청해일이 툭 내뱉었다.

"청해일. 그게 내 이름이다."

"좋아, 청해일. 마지막으로 하나만 더 물어보자. 방금 우리가 논한 삶과 죽음의 이치를 거스르며 반대로 살아가는 여자가 있어. 이 여자는 세월이 지날수록 늙는 것이 아니라 점점 더 어려지지. 그러면서 점점 강해지는 거야. 이 여자는 행복할까, 불행할까?"

그것도 모르냐는 표정으로 청해일이 대답했다.

"행, 불행을 떠나 그 여자의 삶이란 것도 개떡이다."

"왜 그렇지?"

"화수? 네 이름이 염화수라고 했지? 너야말로 삶과 죽음이 무엇이라고 생각하냐, 염화수? 난 그걸 기억이라고 생각한다. 삶이란 기억이 이어지는 것이고, 죽음이란 기억이 끊어지는 것을 의미하지. 그런데 네가 말한 여자는 점점 어려진다며? 그럼 그녀는 살아오는 동안 차곡차곡 쌓아 올린 기억마저 조금씩 잊혀질 게 분명해. 결국 그녀는 살아 있으면서도 기억을 잃어가고 있으니, 살아도 산 것이 아니고 죽어도 죽은 것이 아니야. 그녀의 삶이 개떡일 수밖에 없는 이유가 바로 여기에 있다."

"아아……."

계집아이 염화수의 입에서 감탄인지 신음인지 모를 소리가 새어 나왔다.

짝짝짝!

한동안 경탄 어린 시선으로 청해일의 얼굴을 빤히 들여다보던 염화수가 천천히 박수를 치기 시작했다.

"넌 너무도 완벽하게 삶과 죽음은 물론 재수없는 여자의 운명에 대해서 알고 있구나. 넌 살려주마. 넌 내가 이 땅 위에서 만난 유일하게 살아 있을 가치가 있는 사람이다."

"날 살리겠다고? 지금 날 살리겠다고 했냐, 엉?"

청해일의 입가에 노골적인 비웃음이 그려졌다.

핏발 선 눈으로 염화수를 노려보던 그가 악다구니를 질러대기 시작했다.

"보자보자 하니까 어린 년이 말하는 싸가지가 똥 싸고 밑 안 닦은 것처럼 더럽구나! 눈구멍을 똑바로 뜨고 봐라, 이년아! 네 눈엔 내가 살아날 수 있을 것처럼 보이냐? 피를 한 말이나 쏟고, 내장은 토막났으며, 전신의 심맥이 가닥가닥 끊어졌다! 네년이 대라신선도 아닌데, 무슨 용빼는 재주로 날 살리겠다는 것이냐?"

염화수의 눈꼬리가 대번에 허공을 향했다.

입술을 지그시 깨물며 그녀가 나직이 물었다.

"살리면 어쩔래?"

"네년 발이라도 씻어주마."

"평생 그럴 수 있어?"

"뭐?"

"평생 내 종이 되어 살 수 있겠느냐고?"

"좋아. 어차피 덤으로 얻은 인생 종 노릇이 대수냐?"

"분명히 약속했다."

콰콱!

다짐을 받으며 염화수가 오른손으로 청해일의 머리통을 움켜잡았다.

"끄흑! 무, 무슨 짓을 하려는 거냐?"

염화수의 기다란 손톱이 머리 거죽을 뚫고 박히자 청해일이 신음을 흘렸다. 그런 청해일을 염화수가 한 손으로 천천히 들어올려 얼굴을 들여다보는 자세가 되었다. 마지막 남은 진기로 간신히 출혈을 억누르고 있던 청해일의 전신 상처에서 다시 핏방울이 터져 나오기 시작했다.

"아파, 아파. 아프단 말이다, 이년아!"

"죽음과 삶에 대해 훤히 꿰뚫고 있는 녀석이 고통에는 한없이 약하구나. 참아. 고통을 참아야 살 수 있다."

후우우웅—

순간 염화수의 갈래 머리가 허공으로 치솟고 색동저고리와 치마가 깃발처럼 펄럭이기 시작했다. 독 오른 살쾡이처럼 시퍼렇게 빛나는 염화수의 두 눈을 마주하며 청해일은 그만 정신이 아득해짐을 느꼈다.

"이, 이게 무슨 사술이냐?"

"사술? 네 눈에는 천하 사대비문 중 일문인 환가의 술법이 사술 따위로밖에 보이지 않는단 말이냐? 삶과 죽음을 통찰하는 네놈의 언변이 마음에 들어 살려주는 것은 물론 가문의 힘까지 빌려줄 터인즉, 평생 동안 내 옆에 머물며 나를 봉양하도록 하거라."

"사, 사대비문… 그럼 네가, 아니, 당신이 환문의 수장 묘후(猫后)……?"

"어린놈의 식견이 제법이구나. 오냐, 내가 바로 묘후다. 지금의 세수가 정확히 백하고도 스물두 살이지만 열서너 살의 어린 계집아이로 어려지고 있는 재수없는 할망구가 바로 나다."

청해일은 묘후 염화수의 말을 더 이상 듣고 있지 않았다. 온몸의 기력이 쇠한데다 갑작스런 충격으로 그만 의식의 끈을 놓쳐 버리고 만 것이다.

"흥! 제법 강단있는 녀석인 줄 알았더니, 순 허세였구만."

실소를 머금던 염화수가 천천히 입을 벌리기 시작했다. 마치 악어처럼 귀 밑까지 쭉 찢어진 그녀의 입 안에서 끈끈한 빛덩이가 꾸물꾸물 기어 나오기 시작했다. 꼭 뱀의 몸통처럼 생긴 빛덩이가 청해일의 입술을 헤집고 천천히 들어가는가 싶더니, 청해일이 갑자기 번쩍 눈을 부릅떴다.

"으윽… 으으윽……."

얼굴 전체에 푸른 핏줄이 툭툭 불거지며 찢어질 듯 눈을 부릅뜬 청해일이 푸득푸득 경련을 일으키기 시작했다.

염화수 역시 온몸의 핏줄이 불거진 채 낮고 음산하게 중얼거렸다.

"거부하지 말고 밀려드는 힘에 순응해라, 이놈. 재수없으면 너와 나 둘 다 불귀의 객이 될 수도 있다."

"크아아악!"

염화수의 입에서 청해일의 입으로 밀려 들어가는 빛덩이의 양이 점점 증가하면서 고통을 이기지 못한 청해일이 허리를 활처럼 젖히며 고통에 찬 절규를 내질렀다.

후우우우웅—

동시에 염화수가 청해일의 허리를 와락 끌어안으면서 두 사람의 신형 주위로 거대한 공 모양의 신광이 피어올랐다. 진창이 터져 오르고, 사방에 깔려 있던 뼛조각들이 어지럽게 날아다녔다. 두 사람은 그렇게 신광 속에 갇혀 약 일각 동안 꼼짝도 하지 않았다.

청해일 본인은 잘 모르고 있겠지만 그는 지금 엄청난 행운을 잡은 셈이다. 천하 사대비문 중 환문의 무공을 단 일각의 짧은 시간 만에 전수받을 수 있는 사람은 천하에 그리 흔하지 않을 것이기 때문이다. 지금껏 그런 행운을 누린 사람이 딱 한 명 있긴 있었다. 바로 딸 금영주의 복수를 위해 묘후의 힘을 빌린 황금전장의 장주 금복황이 그였다. 하지만 그는 그 대가로 스스로 욕이라는 환충(幻蟲)의 숙주가 되는 것을 자처했던 반면, 청해일은 그런 제약 없이 염화수의 순수한 진원진기를 나누어 받고 있으니 금복황에 비해 몇백 배 큰 행운이라 아니할 수 없었다.

철퍼덕!

거짓말처럼 신광이 사라지고 청해일이 진창에 다시 얼굴을 박았다. 아직도 팔과 다리를 푸들푸들 떨며 청해일은 한동안 얼굴을 처박은 채 가쁜 숨을 몰아쉬었다.

"이 망할 년을 그냥……."

울화가 치민 청해일이 양 손바닥으로 땅바닥을 짚고 천천히 상체를 일으켰다. 그러다 청해일은 퍼뜩 깨달았다. 온몸을 아리게 하던 아픔이 씻은 듯 사라진 것이다. 그는 조심스럽게 오른팔을 휘돌려 보았다. 부러졌던 팔이 순순히 돌려졌다. 왼팔도 마찬가지였다. 일어나서 껑충껑충 뛰어보았지만 두 다리도 통나무처럼 튼튼했다. 청해일은 재빨리 오른손을 등 뒤로 돌려 철기련에 당한 자상 부위를 더듬었다. 언제 상처를 입었느냐는 듯 깨끗이 아물어져 있었다.

"이럴 수가… 어떻게 이런 일이……?!"

양팔을 활짝 벌린 청해일이 작은 상처 하나 없이 멀쩡한 자신의 몸을 경탄과 의혹의 시선으로 훑어보았다.

"약속 지킬 거지?"

갑작스런 음성에 청해일이 흠칫 고개를 돌렸다. 거기 열서너 살 정도의 평범한 계집아이로 돌아와 장난기 어린 미소를 머금고 서 있는 염화수가 보였다. 청해일이 가늘게 떨리는 손가락으로 염화수를 가리켰다.

"너는… 아니, 당신은 대체 어떻게 이런 일이 가능한 겁니까?"

"환혼대법(幻魂大法)을 극성까지 익힌 환문의 수장에게 불가능한 일이란 없단다, 아이야."

대답은 염화수가 아니라 청해일의 등 뒤에서 들려왔다. 놀란 청해일이 재빨리 몸을 돌려세웠다.

"영감은 누구야?"

청해일이 땅바닥에 떨어져 있던 애병 협봉검을 주워 십여 걸음 앞쪽에서 뒷짐을 진 채 도도히 서 있는 노인을 향해 겨누었다. 여유있게 웃으며 청해일을 지그시 바라보는 노인의 두 눈에서 감당하기 힘든 정광이 뿜어져 나왔다. 직감적으로 노인이 위험한 인물이라고 판단한 청해일이 검병을 잡은 손아귀에 공력을 주입했다. 검봉을 뚫고 휘황한 검강이 삼 장이나 솟구쳤다.

"어… 어어……!"

자신이 끌어올린 검강에 청해일 본인이 놀라고 있었다. 멀쩡한 몸 상태일 때도 이만한 공력을 피워 올리지는 못했던 그였다. 하단전을 터뜨려 버릴 듯 요동치는 막중한 공력을 감지한 청해일이 의문과 불신이 어린 눈으로 염화수를 돌아보았다.

염화수가 배시시 웃으며 말했다.

"공력을 나누어주겠다고 하지 않았어? 아마도 넌 원래 가졌던 힘의 두 배쯤 강해졌을 거야."

"제게 왜 이런 과분한 호의를 베푸는 겁니까?"

"오늘부터 넌 내 종이잖아. 종이 너무 약하면 주인의 명성에 먹칠을 하는 법이지."

"그렇군요. 과연 일리가 있는 말입니다."

청해일이 고갤 주억주억하며 다시 노인 쪽을 응시했다. 휘황한 검강이 뻗쳐 오른 검봉으로 노인의 얼굴을 겨누며 청해일이 섬뜩하게 웃었다.

"종이 된 기념으로 일단 저 수상한 늙은이부터 베어드릴까요?"

"그건 안 돼."

미끄러지듯 청해일 옆으로 다가온 염화수가 그의 팔을 잡아 제지했다.

"왜요? 이유없는 살생은 안 된다, 이겁니까?"

염화수를 돌아보며 청해일이 따지듯 물었다.

기력이 회복되자 잊고 있던 분노가 치밀어 오르는 그였다. 비통하게 죽은 사부의 얼굴과 자신을 향해 살수를 펼치던 철기련의 얼굴이 동시에 떠오르며 사소한 트집이라도 잡아 누군가 한 놈 요절을 내놓지 않으면 미쳐 버릴 것만 같았다.

그런 그의 마음을 알고 있다는 듯 염화수가 말했다.

"네 상대가 아니기 때문에 섣불리 나서지 말라는 뜻이야. 피 같은 공력까지 나눠주며 키워놓은 종이 한 방에 죽어버리면 나만 손해 아니겠어."

"저 늙은이가 누구기에 제가 한 방에 죽는다는 겁니까?"

"검문의 수장."

"검문의 수장? 그럼 저 영감도 사대비문의 수장 중 한 명이라는 겁니까?"

"그래, 저 영감이 바로 사대비문 중 검문의 수장 당상학이다. 교활하기가 꼬리 아홉 달린 구미호 같고, 잔인하기가 피에 굶주린 혈랑 같은 저 늙은이를 무지한 세상 사람들은 검군자라 부르며 칭송하고 있다지, 아마? 지나가던 개가 웃을 노릇이지."

"검군자 당상학이라면 황제의 스승이자 태감대신을 맡고 있는 황실의 절대 권력자……?!"

청해일이 절로 경호성을 내질렀다. 이미 죽어 흙이 되었을 거라고 알려진 전대의 전설적인 고수 둘을 한자리에서 만났다는 것만으로도 경천동지할 노릇인데, 그중 한 명이 황실의 가장 막강한 권력자라는 사실까지 알게 되었으니 그의 놀라움은 어쩌면 당연한 것이었다.

"좀 비켜주겠나, 운 좋은 친구?"

어느새 지척까지 다가온 당상학이 얼굴을 들이밀며 빙긋 웃자 청해일은 황망히 검을 늘어뜨리고 한 걸음 물러섰다. 그런 청해일을 옆에 두고 염화수와 당상학은 한동안 서로의 얼굴을 뚫어지게 마주 보며 서 있었다. 두 사람의 세수는 엇비슷하겠지만 두 노고수의 만남을 흥미진진하게 지켜보는 청해일의 눈에는 두 사람이 꼭 다정한 조손(祖孫)처럼 보였다.

당상학이 빙긋이 웃으며 입을 열었다.

"오랜만이오, 묘후. 못 보던 사이에 더욱 아름다워지셨구려."

"더 어려지긴 했지. 그래서 짜증이 나."

"묘후께서 어려진다는 것은 환문의 비전신공인 환혼대법(幻魂大法)이 극성의 경지를 넘어 신의 영역에 들어섰다는 것을 의미하거늘, 어찌 짜증이 난다고 하시오?"

"저 어린 녀석도 아는 사실을 불여시 같은 영감이 몰라?"

염화수가 스윽 청해일을 돌아보았다. 그녀의 시선을 좇아 당상학도 청해일을 보았다. 그의 두 눈이 청해일에게 무엇을 알고 있는지 묻고 있었다.

"험험!"

긴장감을 풀기 위해 두어 번 헛기침을 한 청해일이 정색을 하고 말했다.

"기억이 잊혀지기 때문입니다. 나이가 어려질수록 살아온 기억이 지워진다면 무공이 아무리 고강해진들 무슨 소용이 있겠습니까?"

당상학이 놀란 표정으로 염화수를 홱 돌아보았다.

"그렇다면 역시 백 년 전 그날 소사청에게 당한 상처 때문에 얻은 주화입마로부터 벗어나지 못한 거요?"

"소사청… 소사청… 분명히 들어본 이름이긴 한데… 그게 누구지?"

염화수가 혼란스런 눈으로 묻자 당상학의 얼굴이 더할 수 없이 서글프게 변했다.

"오오……! 묘후의 상세가 이토록 심각한 줄은 몰랐구려. 모두가 나의 잘못이오. 그날 밤 소사청, 그 간악한 배신자의 습격을 조금만 미리 알아차릴 수 있었다면……."

당상학은 금방 눈물이라도 뚝뚝 흘릴 것 같은 표정이었지만 정작 염화수는 담담했다. 그녀의 차가운 음성이 당상학의 말을 싹뚝 잘랐다.

"쓸데없는 사설은 치우고 소사청이 누군지나 말해봐. 그날 누가 날 배신했고, 영감은 또 어떤 역할을 했는지 기억나지 않기는 마찬가지야."

"날 의심한단 말이오?"

"기억이 나지 않으니 누구도 믿을 수 없지."

"냉정하구려. 참으로 냉정하구려, 화수. 우리는 정혼까지 한 사이였소."

"정혼?"

염화수가 움찔했다. 염화수가 기억을 끌어올리려 애쓰는 듯 미간을 좁히고 한없이 서글픈 표정을 짓고 있는 당상학의 얼굴을 올려다보았다.

"후우……."

그러나 기억이 떠오르지 않은 듯 낮은 한숨과 함께 고갤 절레절레 흔들었다.

한편 청해일도 당상학의 얼굴을 뚫어지게 응시하고 있었다. 그는 왠지 당상학이 거짓말을 하고 있다는 느낌을 지울 수 없었다. 이유를 꼭 짚어 말할 순 없지만 왠지 당상학이라는 위인이 자신과 비슷한 면이 있다는 느낌이었다. 목적을 위해서라면 수단방법을 가리지 않고, 거짓말 따윈 얼굴색 한 번 변하지 않고 해내는 청해일이었기에 자신과 비슷한 느낌을 풍긴다는 이유만으로 당상학을 충분히 의심할 수 있었는지도 모른다.

한동안 안타깝게 염화수의 얼굴을 들여다보던 당상학이 나직이 말했다.

"군옥산 협봉이 정녕 생각나지 않는단 말이오?"

염화수가 나직이 되뇌었다.

"군옥산 협봉……?"

"그렇소. 사천의 광활한 황무지와 운남의 울창한 정글을 가로지는 협봉의 고척대(孤慽坮)에 올라 서녘을 물들이는 핏빛 노을을 바라보며 함께 시를 읊던 기억을 정녕 잊었단 말이오?"

당상학의 표정이 더욱 애잔해졌다. 그의 중후한 목소리는 묘하게 사람의 심금을 울렸다. 의심을 품고 지켜보는 청해일마저 왠지 코끝이 시큰해지는 느낌이었다.

"기억이 나지 않아. 머리 속이 하얀 백지처럼 아무런 기억도 떠오르질 않아."

혼란스런 표정의 염화수가 양손으로 제 머리카락을 움켜잡고 고개를 절레절레 흔들었다. 그런 염화수의 어깨를 다정하게 잡으며 당상학이 감정이 듬뿍 담긴 목소리로 천천히 시 한 수를 읊어 내렸다.

발길에 끄는 치맛자락은 구름을 생각한다.
얼굴은 꽃을 닮아 더 어여쁘구나.
봄바람 살며시 난간을 스치는데
이슬도 꽃처럼 짙어 곱더라.
군옥산 산머리에 못 만날 양이면
요대 휘영청 밝은 달 아래 거닐 때라도 만나보리.

큰 충격을 받은 듯 염화수가 눈을 홉뜨는가 싶더니, 그녀 역시 천천히 시를 읊기 시작했다.

다만 네가 농염한 게
흡사 향그러운 이슬 같아라.
무산에 비 머금은 구름만 떠돌아
홀로 애끓노니

한궁에 누가 널 닮았더냐.
비연… 그댄 물 찬 제비처럼
되레 가련하구나.

마지막으로 두 사람이 서로의 얼굴을 마주 보며 입을 모아 읊었다.

꽃도 너도 나는 좋더라.
임은 항상 그댈 보고 웃거니
봄바람엔 그지없는
원한도 풀리는 침향정 난간을
오고 가고 하리라.

시를 다 읊고 나서도 두 사람은 한동안 조용히 서로를 응시했다. 그런 두 사람을 지켜보며 청해일은 왠지 모를 불안감을 느꼈다. 그의 눈에는 염화수가 당상학의 농간에 넘어간 것으로 보였기 때문이다.

당상학에게 시선을 고정시킨 채 염화수가 나직이 입을 열었다.

"왠지 모르지만 이 시만은 기억이 나는군. 이 시가 기억이 난다는 건 당신의 말이 어느 정도 신빙성이 있다는 뜻이 되겠지. 자, 말해봐. 내게 대체 무슨 일이 있었지?"

"그날 당신과 나, 그리고 사대비문의 나머지 두 수장인 무적권왕 동태두와 백골염왕 소사청은 군옥산 협봉에서 회합을 갖기로 했소. 당시 우리는 이미 구파일방을 비롯한 강호의 제 방파들을 굴복시키고, 무림의 팔 할 이상을 복속시킨 상태였소. 정작 문제는 그때부터 발생했소. 우리 네 사람 중 과연 누가 천하제일인인 무천자(武天子)에 등극하느냐를 놓고 갈등이 벌어졌기 때문이오. 우리 네 사람이 혈투를 벌였다간 숨죽이고 있던 기존 방파들에게 뒤통수를 얻어맞을 것이 뻔한지라 우리는 결국 평화적인 방법으로 한 사람을 등극시키고, 나머지는 봉후가 되어 무림을 평화롭게 다스리기로 합의를 봤소. 그런데……."

귀를 쫑긋 세우고 당상학의 말을 주워들은 청해일이 요약한 사대비문의 비사는 대충 이렇다.

당상학과 동태두와 소사청, 세 사람 모두는 한 여인, 즉 환문의 수장 염화수를 사랑했다. 그녀의 마력적인 미모와 질풍노도와도 같은 무공에 세 남자가 일시에 흠뻑 빠져 버린 것이다. 무공 실력이 엇비슷했던 세 사람은 결국 염화수의 선택에 모든 걸 맡기기로 했다. 그녀의 남편이 되는 사람이 무천자에 등극하고, 나머지 두 남자는 충성스런 봉후가 되어 사이좋게 무림을 다스리기로 한 것이다. 결론부터 말하자면 염화수는 당상학을 선택했다. 두 사람은 진즉부터 연모하는 사이였기 때문이다.

그런데 문제가 발생했다. 우직한 동태두는 두 사람을 진정으로 축복하였으나, 간교한 소사청이 불만을 품고 계략을 꾸민 것이다. 소사청은 세 사람을 초대해 회합의 술잔을 기울이자고 해놓고는 술에 독을 타서 중독시킨 후, 지독한 살수를 펼쳐 세 사람에게 회복 불능의 내상을 입히고 만 것이다.

그 결과, 당시 환혼대법의 극성을 수련 중이던 염화수는 주화입마를 입어 이십 대쯤에서 어려지는 것이 멈추어야 정상인 대법이 계속 질주해 오늘날처럼 어린아이의 모습으로 변했다. 당상학 또한 중한 내상을 입었지만 우연한 기회에 황실로 들어가 소사청의 추적을 피하는 한편, 오늘날까지 내공이 완전히 회복되기를 기다린 것이다.

'정황은 대충 맞아떨어지는 것 같은데…….'

정황상 당상학의 설명은 상당히 신뢰가 갔다. 그래도 청해일은 의심을 지울 수 없었다. 너무도 완벽한 정황은 오히려 음모의 증거가 될 수도 있다는 것이 그의 평소 지론. 염화수도 청해일과 비슷한 표정이었다. 그녀도 당상학의 말을 믿어야 할지 말아야 할지 고민하는 기색이 역력했다. 그 때문일까? 당상학이 갑자기 등을 보이며 돌아서더니, 비단 장포를 화악 벗어젖혔다. 순간 당상학의 등 한복판에 낙인처럼 선명하게 찍힌 두 개의 작고 거무튀튀한 손자국이 선명하게 들어왔다.

손자국을 알아본 염화수가 눈을 치떴다.

"그건……."

"기억이 나시오? 백골염왕의 암천부골장(暗天腐骨掌)이오."

염화수가 가늘게 떨리는 손가락으로 손자국을 가리켰다.

"기억이 날 것도 같아. 그건 분명 소사청의 독수야."

"이 독수가 내 가슴이 아니라 등에 찍혔다는 게 무엇을 의미하겠소?"

"설마 암습을 가했다는……?"

"그렇소. 놈은 비겁하게도 중독이 된 와중에도 끝까지 당신을 보호하려고 했던 내 등에 독수를 처박았소. 그리고 모든 게 끝장났소. 평생을 쌓아온 공력을 일시에 잃어버린 난 당신을 버려두고 달아날 수밖에 없었소."

"그놈이었군. 누군가 날 배신했다는 건 어렴풋이 기억하고 있었는데, 결국 소사청, 그 쥐새끼 같은 놈이 흉수였어."

염화수가 독랄하게 눈을 빛내며 움켜쥔 주먹을 부르르 떨었다.

"만년영과(萬年靈果)는 어찌 되었소?

"만년영과? 만년영과가 뭐지?"

처음 들어보는 이름인 듯 염화수가 고갤 갸웃했다.

당상학이 염화수에게 얼굴을 바싹 들이밀며 은밀한 목소리로 속삭였다.

"운남의 정글에서 만 년에 한 번씩 피어난다는 만년영과를 잊었단 말이오? 만년영과는 운남 땅에 웅지를 튼 환문의 보물이오. 사실 소사청의 배신은 만년영과 때문이기도 하오. 천하제일의 영약이라는 그 열매를 먹으면 죽은 사람도 되살릴 수 있고, 만약 무인이 복용할 경우 순식간에 삼 갑자에 이르는 내공을 얻는다고 알려져 있소. 소사청은 그날 우리 세 사람을 죽이고 당신으로부터 그 만년영과를 빼앗으려고 했던 거요."

"만년영과… 만년영과… 기억이 날 듯도 하긴 한데……."

염화수가 불안정하게 눈알을 굴렸다.

그런 염화수의 어깨를 양손으로 힘주어 잡으며 당상학이 열에 들뜬 목소리로 말했다.

"반드시 만년영과를 되찾아야 하오. 그래야 당신의 주화입마를 완전히 치료하고, 더 이상 어려지는 것을 막을 수가 있소."

"더 이상 어려지는 걸 막을 수 있다고? 정말이야?"

염화수의 눈이 기대감으로 반짝였다. 그녀와 눈을 마주치며 당상학이 고개를 크게 끄덕였다.

"분명한 사실이오."

"찾아야지. 그렇다면 천하를 뒤집어서라도 그 만년영과라는 걸 찾아야 해."

"당신이 가지고 있지 않은 것으로 보아 만년영과는 분명 소사청의 수중에 떨어졌을 거요. 지금 당장 소사청을 찾으러 갑시다."
"백 년 동안이나 꼭꼭 숨어 있던 놈을 무슨 수로 찾아?"
"내게 방법이 있소."
자신만만하게 말하며 당상학이 손가락을 튕겼다.
히힝!
그러자 어둠 저편에서 말 울음소리가 들렸다. 청해일은 눈을 가늘게 뜨고 협곡 입구 쪽에서 꼬랑지를 살랑살랑 흔들며 걸어오는 말 한 마리를 바라보았다. 가까이서 보니 말이 아니라 늙은 당나귀였다.
"저, 저놈은 여린의 애마인 용마?"
용마를 알아본 청해일이 놀라 소리쳤다. 청해일이 알기로 용마는 상당히 까다로운 짐승이었다. 주인인 여린이 아니면 자기의 몸에 손끝 하나 대는 것조차 허락하지 않았다. 그런 용마가 당상학의 가슴에 콧잔등을 비비며 애교를 피우는 모습을 청해일은 뻥진 표정으로 지켜보았다.
용마의 콧잔등을 쓸어주며 당상학이 염화수에게 말했다.
"이 녀석의 젊은 주인이 소사청과 함께 있소. 이 녀석에겐 비록 천리가 떨어져 있어도 주인을 흔적을 찾아낼 능력이 있으니, 소사청을 찾아내는 것도 시간문제요."
"그럼 뭘 머뭇거리고 있어! 빨리 출발해야지!"
흥분한 염화수가 앞장서 걸어나갔다. 즉흥적인 결단과 일단 결단을 내리면 무작정 행동에 옮기는 모습이 영락없이 어린 계집아이였다.
"후우우……."
청해일이 답답하다는 듯 고갤 설레설레 흔들며 어린 주인을 쫓아 걸음을 옮기기 시작했다.
"우리 잠깐 얘기 좀 하지."

이때 당상학이 갑자기 청해일의 어깨에 팔을 두르며 나직이 속삭였다.

"무, 무슨 얘기를 말입니까?"

"자네는 아까부터 날 의심스런 눈초리로 쳐다보더군. 내 말의 진위를 의심하고 있는 게 맞지?"

"그, 그럴 리가 있겠습니까?"

"이런이런… 뭔가 잘못 알고 있군. 난 지금 자넬 추궁하려는 게 아니야."

청해일이 숨을 죽이고 당상학을 보았다. 그는 어느새 고고한 군자의 풍모를 매미의 허물처럼 벗어던지고 섬뜩한 살인자의 얼굴을 하고 있었다.

청해일이 어떤 남자인가. 그 역시 독기 하나만은 누구에게도 뒤지지 않을 자신이 있다고 자부하며 살아왔다. 하지만 당상학에게서 풍기는 독기는 청해일의 그것과는 질적으로 달랐다. 청해일은 이 영감이 자기의 목을 부러뜨려 죽여놓고 그 옆에서 가장 흠모하는 친우가 죽었다며 사흘 밤낮을 서럽게 통곡할 완벽한 이중인격자라는 사실을 간파했다. 청해일의 두 다리가 자신도 모르게 후들후들 떨리고 있었다.

당상학이 청해일의 귀에 좀 더 입을 붙이고 속삭였다.

"난 자네가 누군지 알아. 자네는 불타 버린 청성파의 마지막 장문인인 냉정검 청해일이 분명하지?"

"노, 노야께서 어떻게 그걸……?"

"자넨 내가 누구라고 생각하나? 내가 바로 황상을 가장 지척에서 모시는 태감부의 대신이야. 태감부 밑에 동창과 금의위라는 정보 조직이 있지. 세상 사람들은 개방이 천하제일의 정보통이라고 말하지만 웃기는 얘기야. 동창 하나만 하더라도 개방의 열 배, 스무 배가 넘는 정보를 수집해 두고 있다는 뜻이지. 결국 자네들, 강호인들의 움직임은 깡그리 내 손바닥 위에 올려져 있다고 보면 될 게야."

"그, 그렇군요."

청해일이 꿀꺽 마른침을 삼키며 말했다.

"자네의 생각은 틀린 것이 아니야."

"예?"

당상학이 눈매가 더할 수 없이 교활하게 변했다.

"내가 염화수, 저 멍청한 여자를 속이고 있다고?"

"예에… 예?"

무작정 고갤 주억이던 청해일이 놀라 눈을 흡떴다.

"내가 왜 이런 비밀을 자네에게 고백하는지 궁금하지? 이유는 간단해. 자네 역시 내게 협력하게 될 것이라고 확신하기 때문이야."

"왜 그렇게 확신합니까?"

공포심을 억누르고 청해일이 제법 날카롭게 물었다.

"내가 자네의 꿈을 알기 때문이지. 내게는 그 꿈을 이루어줄 능력이 있어."

"제 꿈이 뭡니까?"

"청성의 부활… 그리고 그에 앞서 철기련에 대한 철저한 복수… 아닌가?"

"……."

청해일이 할 말을 잃고 한동안 당상학의 얼굴을 멍하니 들여다보았다. 왠지 자신이 부처님 손바닥에서 놀아나는 손오공처럼 느껴졌기 때문이다. 손오공이면 어떻고, 저팔계면 어떠랴? 그에게 중요한 것은 복수와 사문뿐이었다.

청해일이 어금니를 지그시 깨물며 물었다.

"제가 무엇을 하면 됩니까?"

"핫하! 내 이럴 줄 알았지. 자네라면 말이 통할 줄 알았네, 이 친구야."

당상학이 청해일의 어깨를 두드리며 기분 좋게 웃었다.

구강을 따라 사천성 영내를 벗어나려던 곽기풍 일행은 갑자기 진로를 바꿨다. 새벽이 뿌옇게 밝아올 무렵, 일행을 태운 배는 흑수 변에 닻을 내렸다. 사하현으로부터 하루 거리이자, 흑수 변에서 한 시진 정도면 도착할 수 있는 화인산이 일행의 목적지였다. 목적지가 갑자기 바뀌게 된 이유는 자정쯤에 잠시 정신을 차린 여린의 한마디 때문이었다.

"화인산… 화인산 화전민촌으로… 가자……."

그 말을 끝으로 여린은 다시 혼수상태에 빠졌다. 곽기풍을 중심으로 일행은 잠시 숙의를 했다. 한시라도 빨리 사천성을 벗어나야 살 수 있다는 의견도 있었지만, 여린은 물론 한쪽 팔이 잘려 나간 하우영의 상세도 심각한지라 일단 화전민촌으로 가서 치료부터 하기로 결정을 보았다.

출발하기에 앞서 일행은 두 개의 작은 돌무덤을 만들었다. 하나는 단구를 위한 것이었고, 또 하나는 아직도 도끼를 움켜잡고 있는 하우영의 왼쪽 팔을 위한 것이었다. 장숙은 다시 한 번 처절한 울음으로 금방 뒤쫓아가겠다는 약속을 지키지 못한 미안함을 표했고, 하우영은 이제는 혼자가 된 오른손 도끼를 붕붕 휘둘러 오랫동안 고락을 함께했던 자신의 왼팔과 독문병기에 이별을 고했다.

그렇게 마음을 다잡은 후, 일행은 새벽 안개를 뚫고 화인산을 향해 출발했다.

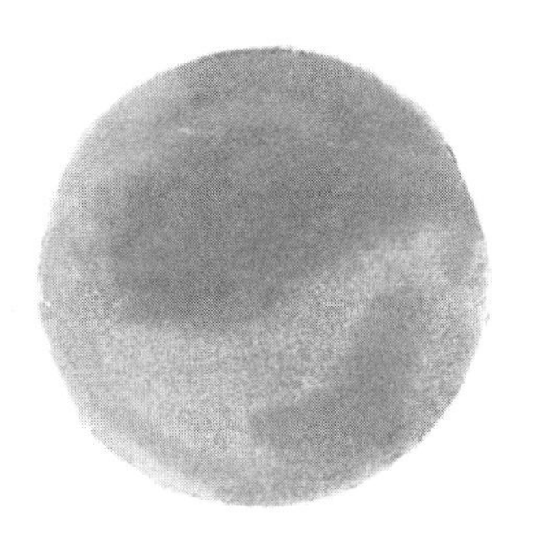

第十七章

여린, 고약한 사부를 만나다

여리, 고약한 사부를 만나다

은혜를 입었으면 갚아야 하고,
원한을 품었으면 풀어야 한다
그것이 세상사 이치이고, 남아의 도리이지

"와아! 잡아라!"

"저 개망나니 같은 영감탱이를 붙잡아!"

막 아침 햇살이 비추기 시작한 화전민촌이 마을 사람들의 성난 고함 소리로 떠들썩했다.

"우헤헤헤! 약 오르지? 약 오르지? 약 오르면 이리 와서 날 잡아보거라, 이놈들아!"

"저기 소 영감이 있다!"

"이번만은 절대 그냥 두지 않을 테다, 못된 소 영감!"

"다시는 못된 짓을 못하도록 다리몽뎅이를 분질러 버려요!"

마을 뒤편 높다란 언덕 위에서 깡충깡충 뛰며 양손을 약 올리듯 흔들어대고 있는 곱추 늙은이는 소사청이었고, 그런 소사청을 향해 몽둥이를 꼬나 쥐고 몰려가는 것은 남녀노소가 뒤섞인 마을 사람들이었다.

마을을 빼앗고 구리 광산을 독차지하려던 왕 대인의 수신위를 맡아 화전민촌에 들어왔다가 우연히 여린을 만났다 헤어진 소사청은 그날 이후 화전민촌에 눌러앉아 버렸다. 여린에게 도움을 청할 일이 생기면 이곳으로 자신을 찾아오라고 말했으니 떠나고 싶어도 떠날 수가 없었던 것이다.

그냥 눌러앉아 있으면 괜찮았을 텐데, 소사청은 하루가 멀다 하고 마을을 들쑤셔 놓았다. 마을 뒷산의 동굴 안에 수상한 관짝 세 개를 처박아놓고 동굴 안을 집 삼아 며칠을 얌전히 지내던 소사청은 어느 날부터인가 산고양이처럼 살금살금 마을로 내려와 온갖 패악을 부렸다.

잠든 아기 발등에 불침 놓기, 멀쩡한 장독 돌 던져 깨뜨리기, 밀밭에 불 지르기, 멧돼지 떼를 몰고 내려와 고구마 밭을 쑥대밭으로 만들기 등등. 소사청의 패악은 그 종류를 헤아리기 힘들었다. 처음엔 미친 늙은이겠거니 하며 불쌍히 여기던 마을 사람들도 시간이 지날수록 눈에 살기가 감돌았다. 그도 그럴 것이 소사청으로부터 당하는 물질적, 정신적 피해가 웃어넘길 수준이 아니었기 때문이다.

오늘 새벽에도 소사청은 큰 사고를 치고 말았다. 촌장인 양씨네 모옥 안으로 몰래 숨어 들어가 외양간에 묶여 있던 소란 놈의 꼬랑지에 불을 붙였던 것이다. 놀란 소가 우리를 뛰쳐나와 미친 듯 질주하다가 마침 밭일 나가는 구씨를 들이받아 자칫하면 생목숨이 날아갈 뻔했던 것이다.

"우헤헤! 나 잡으면 용치~"

그런 주제에 소사청은 혓바닥을 날름거리며 마을 사람들을 도발하고 있었다. 마을 사람들이 씩씩거리며 목전에 다다르자, 소사청이 냉큼 돌아서서 나무 숲을 향해 달아나기 시작했다. 그러나 그리 멀리 가지는 못했다.

"으헉!"

돌부리에 발이 걸려 꼴사납게 나동그라지고 만 것이다. 돌에 맞은 개구리처럼 벌러덩 드러누운 소사청 주변을 살기등등한 마을 사람들이 에워쌌다. 그러거나 말거나 소사청은 여전히 웃는 얼굴이었다.

"헤헤헤! 왜 그런 눈으로 사람을 쳐다보냐, 잡것들아? 내가 괜히 소란 놈의 꼬랑지에 불을 붙인 줄 알아? 매일 멀건 죽 한 그릇 먹고 등뼈가 휘어져라 일만 하는 네놈들에게 고기 맛 좀 보여주려고 그랬다, 왜?"

살려달라고 빌어도 시원찮은 판에 이렇게 뻔뻔스럽게 나오니 결과는 뻔할 뻔자였다.

"이놈의 영감탱이를 그냥!"

"말이나 못하면 밉지나 않지!"

마을 사람들의 성난 몽둥이가 소사청의 몸뚱이 위로 떨어졌다.

소사청이 머리통을 감싸 쥐고 데구르르 구르며 고래고래 소릴 질러댔다.

"아이고오~ 이놈들이 사람 잡는다! 촌무지렁이 개잡놈들이 늙은이를 후려 팬다! 아이고오~ 사람 살려!"

퍽퍽! 퍽퍽퍽!

"사지를 부러뜨려!"

"머리통을 박살 내!"

"이런 악귀 같은 영감탱이는 죽어 없어지는 게 나아!"

마을 사람들의 숱한 매가 소사청의 얼굴과 가슴과 허리에 우박처럼 쏟아졌다. 소사청은 막을 생각도 않고 입만 살아 악을 써댔다.

"아이고, 이마빡이야! 아이고, 턱이야! 아이고, 다리야! 죽여라! 죽여! 아예 이 늙은일 죽여라, 이 후레자식들아!"

묘하게도 소사청은 마을 사람들을 자극하고 있었다. 그의 말 한마디, 한마디가 마을 사람들의 살심을 자극했고, 오늘은 정말이지 무언가 사단이 벌어질 듯한 분위기였다.

"그만들 두시오!"

갑작스런 고함 소리에 경쟁적으로 몽둥이를 내려치던 마을 사람들이 멈칫했다. 마을 사람들이 당혹스런 눈으로 살인 충동 때문에 벌겋게 달아오른 이웃들의 얼굴을 보았다. 그제야 그들은 자신이 어떤 표정을 하고 있는지 상상이 되었고, 그 깨달음은 심한 부끄러움으로 이어졌다. 이유야 어쨌든 힘없는 늙은이를 떼로 달려들어 죽이려 하다니. 순박한 그들로선 생각조차 할 수 없는 일이었다.

촌장 양씨가 마치 더러운 물건이라도 되는 듯 양손에 쥐고 있던 몽둥이를 재빨리 내던져 버리곤 돌아섰다.

그의 눈에 기이한 몰골을 한 여섯 사내의 모습이 들어왔다. 사내들은 방금 지옥에서 빠져나온 듯 온몸에 피칠을 하고 있었는데, 그중에서도 뚱뚱한 중늙은이 등에 혼절한 채 업혀 있는 청년과 왼팔이 어깻죽지 부분부터 뎅강 잘려 나간 장한의 상태가 심각해 보였다. 화전민들을 놀라게 만들고 있는 사내들은 바로 여린과 곽기풍, 하우영과 장숙, 그리고 반철심과 막여청이었다.

한동안 질린 눈으로 여섯 사내를 바라보던 양씨가 꿀꺽 마른침을 삼키며 물었다.

"뉘, 뉘시오?"

곽기풍이 허리를 양씨 쪽으로 기울여 여린의 얼굴이 확실히 보이도록 만들었다.

"혹시 이 청년을 기억하시오?"

"글쎄요… 워낙 엉망으로 망가져서 통 알아볼 수가……."

미간을 좁힌 양씨가 어찌나 얻어터졌는지 썩은 호박처럼 부어터진 여린의 얼굴을 찬찬히 살폈지만 누군지 알아볼 수는 없었다.

이때 양씨의 어린 아들 철홍이 아비의 옆으로 나서서 여린을 손가락으로 가리키며 소리쳤다.

"얼마 전 왕가 일당을 마을에서 쫓아내 준 즙포사신이잖아요!"

"저 사람이 그때의 즙포님이라고?"

양씨가 다시 여린에게로 시선을 던지며 고갤 갸웃했다.

"확실하다니까요. 제가 그때 얼굴을 똑똑히 봐둬서 잘 알아요."

철홍이 침을 튀기며 소리쳤고, 양씨도 아들의 확언에 고갤 주억주억했다.

"그러고 보니 그때 그 즙포님이 맞는 것 같기도 하네."

"맞네, 맞아. 그때의 즙포님이 확실해."

"어이구~ 헌앙하시던 분이 어쩌다 저런 참혹한 몰골이 되셨을꼬?"

"쯧쯧~ 가엾어라. 우릴 위해 참 좋은 일을 해주셨는데."

마을 사람들이 여린을 알아보자 기운이 난 곽기풍이 양씨 쪽으로 다가서며 물었다.

"이분을 어찌 아십니까? 실은 저흰 사정이 있어 섬서 땅으로 가는 길이었는데, 즙포님께서 한사코 이리로 오자고 하셨습니다. 저희는 그 이유가 궁금합니다."

양씨가 험험, 목청을 가다듬더니 설명을 시작했다.

"즙포님께서 어떻게 우리 마을과 인연을 맺었냐 하면……."

"그놈은 날 만나러 온 것이다."

이때 양씨를 거칠게 밀치며 방금 전까지 매질을 당하고 있던 소사청이 언제 그랬냐 싶게 멀쩡한 얼굴로 앞으로 나섰다.

"이놈의 영감탱이가 아직도 정신을 못 차리고?"

양씨가 눈을 치떴지만 소사청은 전혀 개의치 않고 곽기풍을 향해 손을 내밀었다.

"내가 그놈에게 예상치 못한 위기를 만나 목숨이 경각에 달하거든 날 찾아오라고 했다. 그러니 놈을 나에게 넘기거라."

"노인장은 뉘시고, 우리 여 즙포님과는 어떤 사입니까?"

"네깟 놈이 그런 건 알아서 뭐 해? 숨이 꼴딱 넘어가 버리기 전에 어서 그놈을 본왕에게 넘기기나 해, 멍청아!"

소사청이 눈을 부라렸지만 곽기풍은 꿈쩍도 하지 않았다.

"노인장이 누군지 알기 전에는 절대 즙포님을 넘겨 드릴 수 없소. 이분은 우리에겐……."

"너희에겐?"

소사청이 미간이 좁히며 되물었다.

곽기풍이 어금니를 지그시 깨물며 자신이 내뱉는 단어 하나하나에 의지를 심듯 또박또박 내뱉었다.

"우리 모두에겐 살아야 할 의미이고, 살아가야 할 목적이기 때문이오."

"히야~ 이제 보니 여린, 저 자식 더럽게 재수없는 놈이로구먼. 제 한 몸 건사하며 살기도 힘든 세상에 다섯씩이나 되는 놈들의 인생을 고스란히 책임지게 되었으니, 이보다 재수없는 인사가 또 어디에 있겠냐, 엉?"

소사청이 손바닥으로 제 이마를 탁 때리며 너스레를 떨었다.

"본왕이 누구인지 그렇게 알고 싶으냐?"

"억!"

찰나의 순간 소사청이 앞발을 크게 내딛는가 싶더니, 순식간에 곽기풍과의 거리를 좁히며 얼굴을 들이밀었다.

"알면 후회할 텐데? 본왕이 진정한 정체를 알면 너무 무서워 혀를 콱 깨물고 자진하고 싶어질 텐데? 그래도 정말 상관없냐, 아이야?"

곽기풍이 덤덤하게 고개를 끄덕였다.

"상관없소."

"히야, 이놈 보게. 천둥벌거숭이도 아니고, 나잇살이나 처먹은 중늙은이 주제에 왜 이리 목숨을 함부로 굴리지? 목숨이란 생각보다 소중한 것이다, 이놈아."

"노인장의 말처럼 말장난이나 하고 있을 시간이 없소. 이대로 몇 시진만 지나면 여 즙포를 살릴 기회는 영영 사라지고 말 거요."

"좋다. 내가 누군지 알려줄 테니, 귀를 열고 똑똑히 들어라. 나로 말할 것 같으면……."

곽기풍은 물론 하우영과 장숙과 반철심과 막여청의 시선이 일제히 소사청의 입으로 쏠렸다.

"나는 바로 네놈이 업고 있는 여린이란 녀석의 사부 되는 사람이다."

"사부?"

곽기풍이 의외라는 듯 고갤 갸웃했다.

소사청이 천연덕스럽게 대답했다.

"그래."

"이상하군. 여 즙포에게 사부가 있다는 소리는 들어본 적이 없는데."

"이런 무식한 놈을 봤나? 천하에 어미 없이 태어난 자식이 없듯이 사부 없는 무인도 없는 법이다. 내 말이 틀렸냐?"

소사청이 곽기풍 뒤쪽에 장숙의 부축을 받으며 힘겹게 서 있는 하우영을 가리키며 침을 튀었다.

"너는 저놈이 제 어미 얘기를 하지 않았다고 해서 저놈에게 어미가 없다고 할 테냐? 저 곰같이 미련하게 생긴 놈이 어미도 없이 하늘에서 뚝 떨어졌다고 할 거냐고, 인마?"

"으음……."

할 말이 없어진 곽기풍이 침음을 흘렸다. 듣고 보니 틀린 소린 아니었다. 오랜 혼절 끝에 잠시 정신을 차린 여린이 화인산으로 가자고 했을 때, 곽기풍은 분명 이유가 있을 것이라고 생각했다. 그런데 여린이 자신을 만나러 왔다고 당당하게 주장하는 저 괴상망측하게 생긴 늙은이에겐 도무지 믿음이 가질 않았다. 그렇다고 마냥 기다릴 수만도 없는 노릇인지라 곽기풍은 여린을 조심스럽게 내려 소사청에게 건넸다.

여린을 받아 든 소사청은 마치 여린이 허수아비라도 되는 양 이리저리 몸을 뒤집어보며 툴툴거렸다.

"야, 이놈들아. 지금 송장을 데려와서 살려달라고 하는 거니? 온몸의 피란 피는 모조리 뽑혀 나가고, 몸속은 또 고약한 독기가 부글부글 들끓어서 내장이 썩어 들어가고 있는 산송장을 내가 무슨 수로 살려내? 에잇, 도로 가져가라!"

소사청이 여린을 패대기쳐 버렸다. 순간 곽기풍의 눈에서 불똥이 튀었다.

"육시럴 놈의 영감탱이가!"

곽기풍이 주먹을 말아 쥐고 달려나가려는데, 하우영이 한발 빨랐다.

"누구보고 시체라는 거냐, 미친 늙은이?"

장숙의 부축을 받으며 간신히 서 있던 하우영이 언제 그랬냐 싶게 오른손 도끼를 휘두르며 소사청에게 덮쳐들었다. 그런 하우영을 지켜보며 소사청이 코웃음을 쳤다.

"이런 미련한 놈을 봤나? 이놈아, 제 한 몸 건사할 기력도 없는 놈이 감히 누굴 치겠다고 덤벼들어? 에라잇, 이거나 처먹어라!"

파아앙!

소사청이 오른손을 활짝 펼치는 순간 시커먼 장영이 하우영의 가슴에 작렬했다.

"우왁!"

하우영이 핏물을 한 움큼 토해내며 부웅 튕겨 나갔다. 땅바닥을 몇 바퀴 구르는 하우영을 곽기풍이 질린 눈으로 돌아보았다. 하우영이 누군가? 아무리 한쪽 팔이 잘리는 중상을 입었다고는 하나, 초패왕 못지않은 신력을 타고난 장사였다. 그런 하우영을 손짓 한 번으로 날려낸다는 건 노인이 상상을 초월하는 고수임을 의미했다.

"이제 보니 즙포님의 목숨을 노리는 노괴였구나!"

장숙이 군도를 뽑아 대여섯 가닥의 검광을 흩뿌리며 소사청을 향해 달려나갔다.

"기다려!"

곽기풍이 재빨리 팔을 뻗어 장숙을 제지했다.

"왜 막습니까?"

"아무래도 이 노인은 여 즙포님이 만나고 싶어했던 인물이 맞는 것 같다."

소사청이 콧구멍을 후비적거리며 키득거렸다.

"늙은 생강이 맵다더니, 그래도 네놈의 눈썰미가 제일 낫구나. 오냐, 이놈아. 이제야 본왕이 얼마나 무서운 어르신인지 알아보았느냐?"

곽기풍이 소사청 앞에 털썩 무릎을 꿇었다.

"고인을 몰라뵙고 큰 실수를 범했습니다. 부디 노여움을 푸시고, 여 즙포를 살려주십시오."

"웬만하면 그러려고 했는데, 빈정이 상해 도저히 안 되겠다. 네놈들이 본왕을 의심하며 버르장머리없이 이 늙은이, 저 늙은이 하는데 너 같으면 고쳐 줄 마음이 생기겠느냐 이 말이다."

"저희가 어떻게 하면 마음을 푸시겠습니까?"

"글쎄다… 어느 한 놈이 팔이나 다리 한 짝을 잘라 바친다면 고려해 보마."

곽기풍의 안색이 대번에 핼쑥해졌다.

"그건 좀……."

"하겠소!"

순간 바로 옆에서 털썩 무릎을 꿇는 하우영을 곽기풍이 질린 눈으로 돌아보았다.

"자, 자네 어쩌려고?"

"자르면 살려주겠다고 하지 않소? 까짓것 잘라 버리면 그만이오."

하우영이 오른 다리를 앞으로 쭉 내뻗더니, 시퍼렇게 날선 도끼날을 허벅지 위에 갖다 댔다.

도끼를 머리 위로 치켜들며 하우영이 절규하듯 소리쳤다.

"이놈의 다리 한쪽을 받으시고, 여 즙포님을 살려주시오!"

"되었다, 이놈아!"

순간 소사청이 검은 지풍 한줄기를 내쏘아 도끼 면을 두드렸다. 도끼날이 비껴나면서 하우영의 허벅지 바로 옆 땅바닥에 꽂혔다.

"이놈들, 이거 상당히 무식한 놈들일세. 못 고치겠다고 끝까지 버티면 제놈들 목을 잘라 줄줄이 늘어놓을 놈들이구먼. 내가 졌다, 졌어. 지금부터 이놈을 고치러 갈 테니 따라들 오너라."

소사청이 여린을 번쩍 안아 들고는 돌아섰다. 곽기풍 등이 그 뒤를 따랐다. 마을 사람들은 도대체 무슨 일이 벌어지고 있는 것인지 몰라 멍한 눈으로 마을 뒤편 숲 속으로 들어가는 소사청과 곽기풍 일행을 바라보았다.

소사청이 숙소로 사용하는 동굴 안으로 여린을 데리고 들어갔다. 곽기풍 등은 동굴 안까진 따라 들어갈 수가 없었다. 소사청이 절대 들어오면 안 된다고 으름장을 놓았기 때문이다. 대신 소사청은 일행에게 여린의 치료에 꼭 필요하다며 몇 가지 물건을 구해오라고 주문했다. 커다란 가마솥, 사흘은 족히 불을 피워 올릴 수 있을 정도의 많은 장작, 말린 쑥 한 가마니, 역시 잘 말린 솔잎 한 가마니, 거름으로 쓰려고 푹 삭인 인분 한 통 등등이었다.

그 길로 곽기풍 등은 마을로 뛰어 내려가 필요한 물건들을 구하기 위해 동분서주했다. 그날 정오쯤 되어서야 필요한 물건들이 모두 구해졌고, 하우영까지 마을 의원 집에 맡긴 곽기풍과 일행이 동굴 앞으로 돌아왔을 때는 벌써 서녘 하늘로 해가 뉘엿뉘엿 넘어갈 무렵이었다. 필요한 물건들만 동굴 안으로 옮기게 하고 나서 소사청은 다시 곽기풍

등을 동굴 밖으로 몰아냈다.

한밤중까지 동굴 안에서 장작이 타 들어가는 매캐한 연기가 뭉클뭉클 뿜어져 나왔다. 곽기풍과 장숙과 반철심과 막여청은 동굴 앞에서 꿈쩍도 않고 앉아 있었다.

꼬르륵~

막여청의 아랫배에서 밥 달라는 아우성이 들려왔다. 하긴 지난밤부터 아무것도 먹지 못했으니 배가 고픈 것도 당연했다. 곽기풍이 막여청 등을 돌아보며 빙긋 웃었다.

"여긴 내가 지키고 있을 테니, 자네들 세 사람은 마을로 내려가서 요기부터 하고, 눈 좀 붙이고 올라오지."

막여청이 손사래를 쳤다.

"전 괜찮습니다. 여 즙포님이 깨어날 때까지 그냥 여기 있겠습니다."

"저도요."

"저도 남겠습니다."

장숙과 반철심까지 고집을 부리고 나서자 곽기풍이 설득조로 말했다.

"이 사람들아, 우리가 이런다고 즙포님이 일찍 깨어나시는 게 아니야. 더구나 즙포님이 깨어나셨을 때, 우리가 기운을 차리고 있어야 다음 일을 계획할 수 있을 것 아닌가."

막여청이 곽기풍을 향해 히쭉 웃으며 말했다.

"그럼 총관님 먼저 내려가십시오. 총관님이 저희 중 제일 연장자시니, 제일 먼저 쉬는 게 옳습니까?"

"난 안 돼."

휘휘 손사래를 치는 곽기풍을 향해 반철심이 빙긋 웃으며 물었다.

"왜 안 됩니까?"

한동안 뜸을 들이던 곽기풍이 고개를 푹 숙이며 뇌까렸다.

"난 즙포님이 깨어나자마자 꼭 해야 할 말이 있어."

"그렇군요."

곽기풍이 여린에게 하고픈 말이 무엇인지 알 것 같아 반철심은 더 이상 묻지 않고 고갤 주억였다.

"나도 총관님과 같은 입장이오."

갑작스런 목소리에 일행이 고개를 돌리자 잘린 어깻죽지에 붕대를 칭칭 휘감은 하우영이 걸어오고 있는 게 보였다.

자신 옆에 엉덩이를 붙이고 주저앉은 하우영을 향해 곽기풍이 물었다.

"자넨 왜 왔어? 설마 그 팔을 해가지고 노숙을 하겠다는 건 아니겠지?"

"나도 즙포님이 깨어나면 제일 먼저 달려가 하고픈 말이 있소."

"아무리 그래도……."

"더 이상 말시키지 마시오. 입만 아프오."

하우영이 아예 벌러덩 드러누워 버렸다. 한동안 눈을 끔뻑끔뻑하며 하우영을 내려다보던 곽기풍도 벌러덩 누워 버렸다.

"에라잇, 나도 모르겠다."

뒤이어 장숙과 반철심과 막여청도 드러누우면서 다섯 사람은 밤하늘을 가득 수놓고 있는 별들을 올려다보게 되었다.

저 하늘에 별들이 저리도 많았던가.

여린이 치유되고 있다는 생각에 모두들 마음이 편안해져 있었다. 가끔 은하수 사이로 얼마 전 서럽게 떠나보낸 사람들의 얼굴이 떠올라 눈 밑이 뜨뜻해지기도 했지만 일행은 오랜만에 참으로 달디단 잠 속으로 빠져들었다.

그러나 치료는 쉽게 끝나지 않았다.

다음날 날이 밝고, 또다시 밤이 찾아오고, 또 새로운 날이 밝았지만 동굴 안에선 참나무를 쪼개어 만든 장작을 태우는 구수한 연기만 흘러나올 뿐 어떤 기척도 느껴지지 않았다.

벌써 사흘째 물만 마시며 버티고 있었지만 곽기풍을 비롯한 일행 중 누구도 동굴 앞을 떠나려 하질 않았다. 무슨 고집인지 모르겠지만 깡마르고 꺼칠한 얼굴로 일행은 고집스럽게 동굴 입구만 주시하고 있었다.

나흘째 되는 날 새벽, 곽기풍은 심한 갈증 때문에 깨어났다. 졸린 눈으로 돌아보니 배고픔과 피곤에 지친 하우영, 장숙, 반철심, 막여청이 아무렇게나 쓰러져 자고 있었다. 한동안 애틋한 시선으로 그들을 내려다보던 곽기풍이 스윽 고갤 돌려 아직도 연기가 뭉클뭉클 새어 나오는 동굴 입구를 쳐다보았다.

"허락없이 들어오기만 해봐라. 다리몽뎅이를 뎅강 분질러 놓고 말 테니."

무섭게 눈을 부라리던 소사청의 얼굴이 떠오르자 오히려 꼭 한 번 들어가 보고 싶다는 유혹이 들불처럼 피어올랐다.

"끄응~"

곽기풍이 양손으로 무릎을 짚으며 힘겹게 일어섰다.

발소리를 죽인 곽기풍이 동굴 안쪽으로 살금살금 걸음을 옮겼다. 동굴은 생각보다 깊었다. 한참을 걸었는데도 좁은 통로만 꾸불꾸불 이어질 뿐, 소사청이 집으로 사용한다는 동부는 나타나지 않았다.

"저곳이군."

한참을 걷다 멈칫하는 곽기풍의 눈에 동굴 안쪽에서 스며 나오는 희미한 빛무리가 보였다. 아마도 소사청이 끈질기게 태우고 있는 장작불 불빛이리라. 곽기풍은 더욱 발자국 소릴 죽이며 천천히 전진했다.

"읍!"

동굴 벽에 등을 착 붙인 채 조심스럽게 동부 안쪽을 훔쳐보던 소사청이 저도 터져 나오려는 신음을 숨기려 입을 틀어막았다. 동부 안에선 참으로 기이한 광경이 연출되고 있었다.

동부 한복판 돼지 한 마리를 통째로 삶을 수 있을 만큼 널찍한 가마솥 안에서 온갖 약초와 인분까지 뒤섞인 시커먼 물이 부글부글 끓고 있었다. 그리고 그 안에 여린이 가부좌를 튼 자세로 들어앉아 있었다.

"빨리 좀 움직여라, 굼벵이 같은 것들아! 너희가 게으름을 피우니 고기가 푹 고아지질 않는 것 아니냐? 이놈이 다 익으면 너희에게도 한 점씩 나눠 줄 터이니, 제발 빨리 좀 움직여!"

솥 밑에서 활활 타오르는 장작불에 머리를 처박고 훅훅 입바람을 불어넣고 있는 사람은 바로 소사청이었고, 그런 소사청의 독촉에도 아랑곳하지 않고 시체처럼 느릿느릿 움직이며 동부 한쪽에 겹겹이 쌓인 장작을 날라 오는 것은 백짓장처럼 창백한 낯빛에 소사청만큼이나 피골이 상접한 사내들이었다. 이마빡에 '不生' 이란 두 글자가 새겨진 부적을 붙인 세 사내는 글의 뜻처럼 정말 살아 있는 사람으로 보이질 않았다. 특히 검은 자위는 보이지 않고 흰자위만 두드러진 채 푸르스름한 광채를 뿜는 사내들의 눈은 옛날얘기에나 나올 법한 강시의 그것처럼 보였다.

그러나 무엇보다 곽기풍을 질리게 만든 건 수증기가 자욱이 피어오르는 솥 안에 들어앉아 있는 여린의 모습이었다. 솥 안의 물은 끓어 넘치는 중이었고, 저 정도 온도에 알몸으로 들어가 있다면 사람이 아니라 돼지라도 한 식경이면 손가락이 푹푹 들어갈 정도로 삶아지는 게 당연했다.

'가만, 그러고 보니 저 영감이 고기를 삶아 나눠 준다고 했잖아.'

소사청이 장난처럼 내뱉은 말에 생각이 미치자 곽기풍은 갑자기 아래턱이 덜덜 떨리기 시작했다. 그 자신도 괴상망측해 보이는 소사청과 사이한 분위기를 물씬 풍기는 시체 같은 두 사내, 그리고 끓는 솥 안에 들어앉아 있는 여린의 모습이 머리 속에서 핑글핑글 회전하면서 끔찍한 상상을 불러일으켰다.

"이 호랑이가 물어갈 영감탱이! 사람을 살리랬지 누가 삶은 돼지고기로 만들랬어?!"

팔소매를 걷어붙이고 달려 들어오는 곽기풍을 발견하고 소사청이 소태 씹은 표정이 되었다.

"저 물건은 또 뭐야?"

"나오십시오, 즙포님. 아무래도 마귀의 소굴로 잘못 들어온 거 같습니다."

솥 앞으로 달려온 곽기풍이 여린의 팔을 덥석 잡았다.

"앗, 뜨뜨거!"

순간 불에 달군 쇳덩이라도 만진 듯 곽기풍이 질겁하며 손을 떼었다.

"후아… 후아… 후아……."

곽기풍이 벌겋게 부푼 양 손바닥에 정신없이 입바람을 불어넣었다.

가까스로 화기를 억누른 곽기풍이 성난 표정으로 다가선 소사청의 얼굴을 눈을 동그랗게 뜨고 쳐다보았다.

"이, 이게 어찌 된 영문입니까?"

"뭐가?"

"즙포님의 몸이 왜 이리 뜨겁습니가? 이건 마치……."

"마치 불에 달군 철판 같다, 이 말이지?"

곽기풍이 정신없이 고갤 주억주억했다. 소사청이 그런 곽기풍의 귓불을 세차게 잡아당겨 여린 바로 옆으로 끌고 갔다.

"딱 한 번만 설명할 테니, 잘 들어라, 응? 이 녀석은 외상도 외상이지만 정작 중요한 문제는 몸 안을 떠돌고 있는 지독한 독기야."

"중독되었단 말입니까?"

퍼억!

"아얏! 왜 때립니까?"

"딱 한 번만 설명한다고 했잖아. 질문 같은 거 하지 말고 얌전히 듣기만 해, 인마."

"아, 알겠습니다."

불만스런 기색이 역력한 곽기풍을 싹 무시하고 소사청이 다시 말을 이었다.

"이놈 몸 안을 미친 듯 질주하고 있는 독기는 외부의 독에 의한 것이 아니라 몹쓸 사공을 익힌 후유증 때문이다. 아마도 혈령신공이라는 지독한 사공을 익힌 거 같은데, 하단전이 파괴되면서 그 안에 고여 있던 독기가 고스란히 몸 안으로 퍼져 나가 이런 처참한 몰골이 된 것이지. 이 상태로 보름만 더 있었으면 전신의 내장과 힘줄이 녹아나 종국에는 한 줌 핏물이 되어 뒈져 버렸을 것이다."

"그렇다면 지금 노인장께서 하고 계시는 일은……?"

소사청이 고갤 크게 끄덕했다.

"독을 빼내는 작업 중이다. 다른 방법으론 핏줄에 엉겨 붙어 있는 독기를 뽑아내는 게 불가능하기에 이 미련한 놈의 몸을 최대한 덥게 해서 피부를 통해 분출되는 땀과 수증기로 독을 몰아내려는 게지."

"그런 힘든 일을 하고 계셨군요. 전 그런 줄도 모르고……."

곽기풍이 진정 감동받았다는 표정으로 소사청의 얼굴을 바라보았다. 갑자기 곽기풍이 소사청의 양손을 덥석 움켜잡았다.

"감사합니다. 감사합니다, 어르신. 이 은혜는 죽어 백골이 되어도 잊지 않겠습니다."

"그런데 왜 들어왔니?"

"예?"

"내가 이 안을 엿보거나 하면 어떻게 된다고 했지?"

"그, 그것이……."

"이리 와. 약속대로 다리를 똑 분질러 줄 테니."

"으아아! 다시는 엿보지 않을 테니, 이번 한 번만 용서해 주십시오."

으스스한 얼굴로 손을 내뻗는 소사청을 피해 주춤주춤 뒷걸음질을 치던 곽기풍이 홱 몸을 돌려 달아나기 시작했다.

"어이쿠!"

사흘을 굶어 다리에 힘이 풀린 곽기풍이 동부 출구 앞에서 힘없이 주저앉았다. 결국 네 발로 엉금엉금 기어 동부를 빠져나가는 곽기풍의 엉덩짝을 쳐다보며 소사청이 픽 웃었다.

"그놈들 참……."

소사청도 곽기풍 등이 곡기를 끊고 동굴 입구에서 여린만을 기다린다는 사실을 알고 있었다. 아마도 여린은 그들에게 정신적 지주일 것이고, 자신들이 따르는 지주가 느끼는 고통을 함께 느끼기 위해 고통을 자초하고 있으리라.

완벽한 동질감.

그들은 여린에게 그것을 바라고 있는지도 몰랐다.

소사청이 얼굴과 전신이 땀범벅이 된 여린의 옆으로 다가와 히쭉 웃으며 말했다.

"그래도 네가 복이 많은 녀석이다. 요즘처럼 각박한 세상에 저렇듯 우직한 물건들을 수하로 거느리는 게 어디 쉬운 일이냐?"

그러면서 소사청이 검지손가락으로 여린의 가슴팍에 흐르는 땀 한 방울을 찍어 입으로 가져갔다. 손가락을 빨아 땀의 맛을 음미하며 소사청이 신중하게 눈알을 굴렸다. 여린이 솥 안에 들어가 처음 흘린 땀은 빨간색이었다. 피땀을 줄줄 흘리며 여린은 지독한 고문으로 얻은 외상과 혈령신공의 후유증 때문에 퍼진 독기가 신체 내부를 벌레처럼 갉아먹는 고통 때문에 괴로워했다. 소사청으로서도 여린의 회생을 장담할 수 없을 정도로 상태는 심각했다. 다행히 지금 여린의 땀은 맑고 투명했다. 또한 맛도 보통 사람의 것과 흡사했다.

소사청이 만족스럽게 고갤 끄덕이며 이마에 '不生' 부적을 붙인 채 모닥불에 장작개비를 던져 넣고 있는 세 사내를 돌아보며 말했다.

"이제 그만 놈을 끄집어내라. 푸욱 삶아놨으니 이제 제대로 된 요리로 만들어야지."

세 사내가 느릿느릿 여린 쪽으로 움직였다. 세 사내가 손을 보태 알몸의 여린을 솥 안에서 끄집어내는데, 갑자기 한 사내가 흉흉한 살기를 풍기며 여린의 목을 물어뜯으려는 듯 날카로운 송곳니를 드러냈다.

"크르르……!"

"이 새끼가 주인님이 맛도 안 본 음식에 이빨을 들이대? 죽고 싶냐?"

득달같이 달려온 소사청이 사내의 뒤통수를 후려갈겼다.

"크르르르……!"

그래도 분이 안 풀린다는 듯 송곳니를 드러내고 있는 사내의 뺨을 소사청이 양손으로 마구 후려쳤다.

"어쭈! 어쭈! 눈 안 깔지? 눈 안 깔지, 응? 너 이 새끼, 잘하면 주인님한테 한판 붙자고 덤비겠다, 엉?"

살기를 풍기던 사내의 기세가 마침내 누그러졌다.

그런 사내의 어깨를 두드리며 소사청이 설득조로 말했다.

"안다, 알아. 내가 왜 네 마음을 모르겠냐? 하지만 너는 이미 이승의 사람이 아니다. 이미 명부에 적을 올린 생강시로서 이승의 은원에 집착한다는 건 참으로 부끄러운 일이다. 알겠지?"

소사청의 말을 알아들었다는 듯 고양이처럼 온순하게 가르릉거리는 사내는 분명 낯익은 얼굴이었다. 통통했던 볼이 움푹 들어가고, 낯빛이 반질거리는 흑빛으로 변해 곽기풍조차 못 알아보았지만 사내는 철기방의 전 당주 갈산악이 분명했다. 그러고 보니 여린을 번쩍 들어올리고 있는 나머지 두 사내도 여린과 관련이 있는 인물들이었다. 여린에 의해 죽임을 당한 전 산적 두목 두칠과 갈산악의 의제이자 사하현 부당주였던 사문기가 바로 그들이었다. 무슨 이유에선지 소사청은 여린의 독랄한 흉계에 의해 죽은 자들을 모두 생강시로 되살렸고, 또한 그들의 손을 빌어 여린을 살리는 작업을 진행 중이었다. 도대체 소사청의 진정한 의도는 무엇일까?

"크흐흐."

짚단이 푹신하게 깔린 동부 바닥에 알몸의 여린을 반듯이 눕히는 두칠과 갈산악과 사문기를 바라보며 소사청이 뜻 모를 미소를 지었다.

"자, 이제 지필묵을 대령해라! 지금부터 시문의 자랑인 역리불사대법(易理不死大法)을 시전해야겠다!"

짜악!

갈산악이 손뼉을 마주치며 호탕하게 소리쳤다.

"옴니반니반구메흠… 옴바니바라마흠… 사바라도리음… 바라바니도리문… 오오옴……."

가부좌를 튼 채 질끈 감은 눈앞에서 양손을 모은 소사청의 낮은 주문 소리가 동부 안에 음산하게 울려 퍼지고 있었다. 그런 소사청의 좌우편에선 갈산악과 사문기가 똑같은 자세로 주문을 외우고 있었고, 두칠은 소사청 바로 앞에서 커다란 먹을 갈아대고 있었다. 소사청의 발밑에는 수북이 쌓인 백지와 붉은 수실로 만든 큼직한 붓 한 자루가 놓여 있었다.

한동안 주문을 외우던 소사청이 천천히 눈을 떴다. 어느새 흰자위만 남은 그의 눈에서 흑광이 뿜어졌다.

그 눈으로 좌우편에 앉은 갈산악과 사문기를 보며 소사청이 나직이 내뱉었다.

"묵혈(墨血)을 섞어라."

무릎걸음으로 다가온 갈산악과 사문기가 스스럼없이 새끼손가락을 이로 으스러뜨려 뚝뚝 흐르는 검은 피를 두칠이 갈아대고 있는 벼루 안에 섞었다.

순간 염산이라도 섞은 듯 먹물이 부글부글 끓어오르며 검은 연기 몇 가닥이 피어올랐다. 그와 동시에 검버섯과 쭈글쭈글한 주름으로 뒤덮여 있던 소사청의 살갗이 온통 흑빛으로 변하며 반질반질 윤기를 발하기 시작했다. 그의 전신에서 범접하기 힘든 기세가 풍겼다.

꾹꾹!

소사청이 오른손으로 붓을 잡아 벼루에 힘차게 눌러 먹물을 묻혔다.

"후우우……."

붓을 가슴 높이로 치켜든 채 긴장된 표정으로 호흡을 가다듬던 소사청이 일필휘지의 수법으로 백지 위에 부적을 적는가 싶더니, 왼손을 이용해 그 부적을 빠르게 허공으로 흩뿌렸다.

"만물 생성의 근원인 목(木), 화(火), 토(土), 금(金), 수(水)!"

"만물 생성의 방향인 동(東), 남(南), 중앙(中央), 서(西), 북(北)!"

"만물 생성의 계절인 춘(春), 하(夏), 사계(四季), 추(秋), 동(冬)!"

"만물 생성의 빛깔인 청(淸), 적(赤), 황(黃), 백(白), 흑(黑)!"

보통 사람의 눈썰미로는 도저히 따라잡을 수 없는 전광석화 같은 속도로 소사청이 오른손으로 부적을 적고, 왼손으로 부적을 허공으로 뿌려댔다. 소사청의 머리 위에선 木, 火, 金, 東, 南, 西, 夏, 東, 靑, 赤, 黃 등의 부적이 바람에 휩쓸린 눈발처럼 어지럽게 떠돌았다.

다시 눈을 감고 합장을 취한 소사청과 그 앞에 반듯이 누운 여린을 중심으로 두칠, 갈산악, 사문기가 정삼각형의 꼭지점처럼 둘러앉아 소사청과 똑같이 주문을 외우고 있었다.

휘류류류류류—

주문 소리를 높이는 소사청과 갈산악과 사문기와 두칠의 정수리로부터 검은색 기류가 사납게 뻗쳐 올랐다. 하나의 커다란 동심원을 형성하여 핑글핑글 회전하는 기류를 따라 부적들이 너울너울 춤추기 시작했다. 죽은 듯 잠들어 있는 여린의 바로 머리 위에서였다.

다음 순간 소사청이 번쩍 눈을 부릅뜨고 깍지 낀 양 검지손가락을 여린에게로 겨누며 대갈했다.

"모든 생기의 근원은 생(生)! 모든 생기의 종착지는 사(死)! 생기는 바람을 만나 흩어지고, 물을 만나 응결된다! 생기여, 수룡(水龍)과 조우하여 풍룡(風龍)을 물리치고 대해로 흐를지어다!"

파라라라락—!

동시에 동부의 천장을 떠돌던 수백 장의 부적이 거대한 용의 몸통처럼 꿈틀거리며 여린을 향해 쏟아져 내리기 시작했다. 여린의 몸뚱이는 순식간에 부적으로 빽빽이 뒤덮였다.

한동안 부적에 뒤덮여 꼼짝도 안 하고 누워 있던 여린의 전신으로부터 희미한 빛이 새어 나오기 시작했다. 처음엔 단단한 껍질 같은 부적을 뚫고 몇 가닥의 빗살선이 뻗쳐 나오는가 싶더니, 맹렬한 신광의 폭발과 함께 부적들이 산산이 흩어지며 여린의 신형이 둥실 떠올랐다.

반듯이 누운 자세로 여린의 몸이 천천히 회전하기 시작했다. 여린이 점점 빠르게 회전하면서 마치 폭죽이 터져 나가듯 휘황한 신광이 폭포수처럼 뿜어졌다.

소사청은 물론 갈산악과 사문기와 두칠도 주문을 멈추고 여린이 뿜어낸 신광에 얼굴을 환하게 물들이며 조용히 올려다보고 있었다. 마침내 빛이 사그라지고 여린이 천천히 소사청 앞으로 내려왔다.

바닥에 드러누운 채 여린이 한동안 멍한 눈으로 소사청을 올려다보았다. 소사청이 히쭉 웃었다.

"살아났구나, 이놈."

"……."

"내가 누군지 알아보겠느냐?"

"소 영감님이시군요."

"클클! 정신만은 온전한 것 같구나. 맞다. 너랑 두어 번 마주친 적이 있는 소사청이다."

"영감님께서 절 살리셨습니까?"

"척 보면 모르겠냐? 내가 지난 사흘간 식음을 전폐하고 고생한 끝에 네 녀석을 지옥의 강 입구에서 데리고 돌아왔다."

여린이 한동안 의구심을 담은 눈으로 소사청을 올려다보았다. 소사청의 눈에도 여린의 깊어진 눈매에 담긴 숱한 의혹과 질문들이 보였다.

따악!

소사청이 손바닥으로 여린의 이마를 때리며 말했다.

"묻고 싶은 게 있으면 참지 말고 물어봐, 인마. 젊은 놈이 왜 이리 참는 게 많아. 참는 게 많아지면 변비에 걸리기 십상이고, 원활하지 않은 통변은 만병의 근원이 되는 법이니라."

여린이 엷게 웃으며 물었다.

"왜 절 살리셨습니까?"

"그 질문에 대답하기 전에 내가 먼저 딱 한 가지만 물어보자. 넌 왜 나를 만나러 오자고 했느냐? 듣자 하니 네 동도들은 널 업은 채 산서성 밖으로 줄행랑을 칠 생각이었던 모양인데, 네놈이 이쪽으로 오자고 했다며?"

"연전에 북 즙포와 함께 이 화전민촌에서 만났을 때, 소 영감님께서 저보고 나쁜 일이 생겨 도저히 빠져나갈 구멍이 보이지 않으면 찾아오라고 하셨지요. 절체절명의 순간 영감님의 그 말씀이 떠올랐습니다.

두어 번 우연히 만난 기억밖에 없는 영감님의 말씀이 왜 그리 뇌리에 각인되어 있었는지는 저로서도 의문입니다."

"그런 걸 인연이라고 부르는 것이다. 나는 너를 처음 본 순간부터 알아보았다. 너와 내가 전생에서부터 보이지 않는 끈끈한 연으로 맺어진 사이라는걸."

"그 말씀은……?"

소사청이 갑자기 굽은 허리를 쭉 펴며 정색하고 말했다.

"백 년하고도 수십 년간이나 천하를 질타하며 살아온 본왕이지만 이 나이 되도록 변변한 제자 하나 들이지 못했다. 이제부터 본왕이 네놈을 제자로 받아들일 것인즉, 냉큼 일어나 구배지례를 올리도록 하거라."

"……."

한동안 곤혹스런 눈으로 소사청을 올려다보던 여린이 힘겹게 몸을 일으켰다. 그리고 소사청을 향해 지극히 정중한 태도로 삼배를 올렸다. 삼배만을 올린 여린이 무릎을 꿇고 앉자 소사청이 인상을 구겼다.

"절을 왜 하다 말아? 아직 여섯 번이나 남았다."

"제가 삼배를 올린 것은 제 목숨을 구해주신 은인에 대한 예의였습니다. 그냥 목숨만 구해주신 것이 아니라 공력까지 나누어 주셨더군요. 또한 그 공력을 운기해 보니 혈령신공의 후유증으로 썩어 들어가던 몸뚱이를 말끔히 치유해 주셨고요. 이는 어른께서 저 같은 하수는 감히 쳐다볼 수조차 없는 강호의 초절정고수라는 증거겠지요."

"그런데?"

"어른의 제자가 된다는 건 삼생에 다시없을 영광이겠으나, 저는 이미 몸과 뜻을 세워주신 사부가 계십니다. 아직 한 분 스승님의 은혜도 갚지 못했는데, 어찌 두 분의 스승님을 모실 수 있겠습니까? 그래서 삼배만을 올린 겁니다."

"허야, 이놈 보게. 피 같고, 살 같은 공력까지 나눠 주며 살려냈더니 이제 와서 오리발을 내미시겠다?"

소사청이 도끼눈을 뜨자, 여린이 크게 당황했다.

"그런 뜻이 아닙니다. 저는 다만 능력이 부족하여 두 분의 스승님을 모실 수가 없다는……."

소사청이 입꼬리를 비틀며 여린의 말꼬리를 잘랐다.

"네가 말하는 그 잘난 스승이란 검군자 당상학을 말하는 것이겠지?"

"……!"

순간 여린의 눈이 부릅떠졌다.

여린이 의혹이 어린 눈으로 소사청의 안색을 살피며 물었다.

"어른께서 어찌 제 스승님을 아십니까?"

소사청의 얼굴이 적대심으로 흉하게 일그러졌다. 그가 잔뜩 비틀린 웃음을 지으며 비아냥거렸다.

"검군자… 군자라고……? 훙! 그놈이 군자라면 천하에 군자 아닌 사람이 없을 것이다. 수백의 생목숨을 앗아간 살인광도 군자 소리를 들어 마땅할 것이다."

소사청이 검은 안광을 내뿜으며 여린을 노려보았다.

"너는 젊은 시절의 그가 검군자가 아니라 검마(劍魔)라고 불렸던 사실을 혹시 알고 있느냐?"

"검마?"

물론 여린으로선 처음 들어보는 이름이었다. 통상 별호 끝에 '마' 자가 붙는다는 건 그의 성정이 포악하고, 손속이 한없이 잔인하여 도저히 사람으로 보아줄 수 없을 정도의 패륜아를 의미한다. 그가 알고 있는 스승은 결코 그런 조건에 부합되는 인물이 아니었다. 한 마리 학처럼 고고하고, 은둔거사처럼 청빈한 스승이 아니던가. 여린의 얼굴에 부정의 빛이 떠오른 건 어쩌면 당연한 일이었다.

그런 여린의 반응이 소사청의 뒤틀린 심사에 기름을 끼얹었다.

여린을 죽일 듯 노려보며 소사청이 씹어뱉었다.

"못 믿겠다, 이거지? 하긴 당가, 그놈이 사람의 이목을 속이는 데는 예부터 일가견이 있었지. 그렇다면 너는 사대비문에 대해 들어본 적이 있느냐?"

강호에 한 발이라도 들여놓고 있는 사람 중에 사대비문을 모르는 자가 있을까. 여린도 관원이기 전에 검법을 배운 무인이었고, 당연히 전설처럼 혹은 악몽처럼 백 년 전 강호를 혈겁으로 몰아넣었던 사대비문에 대해 얘기하는 사람들을 만난 적이 있었다.

여린이 소사청의 눈치를 살피며 조심스럽게 대답했다.

"강호를 떠도는 풍문을 주워들은 기억이 어렴풋이 납니다."

"그럼 네가 아비처럼 믿고 있는 당상학이 사대비문 중 검문의 수장이라는 사실도 알겠구나."

"그건……."

여린의 눈이 다시 크게 흔들렸다. 그는 스승 당상학이 아주 어려서 진사과에 급제하여 관원이 된 이후, 오늘날의 위치에 오른 것으로만 알고 있었다. 그런 사부가 사대비문 중 일문의 장이라니. 사실이라면 참으로 놀랄 만한 일이었다.

소사청이 그럴 줄 알았다는 듯 음산하게 웃었다.

"어버이처럼 따르는 사부가 네게 그처럼 중대한 사실도 얘기해 주지 않았단 말이지? 아마도 네 사부는 널 별로 믿지 않았던 모양이구나. 아니, 그냥 믿지 않는 게 아니라 네놈을 한 번 쓰고 버릴 소모품쯤으로 생각했겠지."

소사청의 말에 여린은 절로 얼마 전에 마지막으로 만난 스승의 얼굴을 떠올렸다. 그날 스승의 얼굴은 참으로 냉정했다. 혈령신공의 폭주로 공력을 모두 잃은 그를 마치 더러운 벌레를 바라보듯 했다.

어쩌면 소사청이 정곡을 찌른 것일지도 모른다고 생각하면서도 여린이 약간의 반발심을 담아 물었다.

"저로서는 믿기 힘든 말씀이군요. 어른께서는 대체 누구시기에 제 사부님의 과거에 대해 그토록 소상히 아십니까?"

"나 역시 사대비문 중 일문인 시문의 수장이기 때문이지. 또한 네 사부와는 어려서는 좋은 경쟁자였고, 중년에는 뜻을 합친 동지였으며, 말년에 이르러서는 한 하늘을 이고 살아갈 수 없는 원수가 되었기 때문이다."

"어르신이 시문의 수장……?!"

시문에 대해서 들은 적이 있었다. 사대비문 중에서도 가장 비밀스럽고, 가장 공포스러우며, 가장 까다로운 세력이 바로 시문이라고 했다. 시문은 현계가 아니라 명계의 힘을 빌어 싸우기 때문에 그렇다고 세인들은 경외와 두려움이 뒤섞인 얼굴로 말하곤 했었다.

백여 년 전 섬서 땅의 녹산평원에서 수천의 생강시들을 이끌고 섬서의 패주를 자임하던 정파의 명문 남궁세가와 제갈세가의 연합 세력을 궤멸 직전까지 몰고 갔던 시문의 가공할 무력에 대해선 귀에 못이 박히도록 들었던 것이다.

소사청이 은은한 노기를 내뿜으며 여린을 향해 쐐기를 박았다.

"네놈이 내 제자가 되는 것은 선택의 문제가 아니다. 본왕은 은원에 확실한 사람이다. 은혜를 입었으면 갚아야 하고, 원한을 품었으면 풀어야 한다. 그것이 세상사 이치이고, 남아의 도리이지. 너는 살기 위해 나를 찾아왔고, 나는 약속대로 널 살렸다. 한데 이제 와서 네놈이 당상학, 그 개뼈다귀만도 못한 놈 때문에 사제의 연을 맺지 못하겠다고 한다면 나로서도 더 이상 인내심을 발휘할 수가 없다는 걸 명심해라."

소사청이 살기를 끌어올릴수록 여린의 표정은 담담해졌다. 그는 이미 숱하게 사선을 넘어왔고, 삶에 대한 미련 따윈 그의 가슴에서 사라진 지 오래였기 때문이다.

여린이 소사청의 얼굴을 직시하며 차분하게 대답했다.

"제가 어르신의 제자가 될 수 없다고 말씀드린 건 꼭 당 사부님 때문만은 아닙니다."

"그럼 이유가 무엇이냐? 내가 알기로 너는 숱한 놈들과 은원을 맺었고, 또한 억울한 일을 당했다. 복수를 하자면 힘이 필요할 것이고, 본왕이 네게 그 힘을 주겠다고 제안하고 있질 않느냐?"

여린이 자조적으로 웃으며 고개를 저었다.

"제겐 이미 아무런 원한도 남아 있지 않습니다. 제 마음속은 그저 후회와 회한만이 가득할 뿐, 아무런 의욕도 없이 텅 비어 있습니다. 제가 친구들에게 어른을 찾아가자고 했던 것은 저를 살리려고 발버둥 치다가 그들마저 화를 입을까 두려웠기 때문입니다."

"그러니까 너는 살아도 그만, 죽어도 그만이었는데 밖에 있는 놈들 때문에 할 수 없이 본왕을 찾아왔다?"

"예."

"가소로운 말장난으로 늙은이를 농락할 셈이냐?!"

소사청이 갑자기 버럭 고함을 내질렀다. 막강한 기세가 피어오르며 황색 저고리가 펄럭이고 머리에 쓰고 있는 직사각형 모양의 관이 들썩거렸다.

소사청이 손가락으로 여린의 얼굴을 겨누며 살기가 뚝뚝 흐르는 목소리로 으르렁거렸다.

"네겐 아무런 은원도 남아 있지 않다고 했겠다? 은원이란 것이 네 마음대로 생겼다가, 또 마음대로 없앨 수 있는 건 줄 아느냐? 너 혼자 이제 그런 거 없다고 자위하면 깨끗이 사라지는 줄 알아? 뒤를 한번 돌아보거라, 어리석은 놈아."

여린이 스윽 고개를 돌렸다. 순간 낯선 세 남자의 모습이 들어왔다. 이마에 하나같이 괴상한 부적을 붙인 채 멀건히 서 있는 남자들은 아무리 봐도 살아 있는 사람 같지가 않았다.

비릿하게 웃으며 소사청이 물었다.

"저들을 알아보겠느냐?"

"처음 보는 사람들 같습니다만."

"오호라, 그래? 그럼 내가 저들이 누구인지 알려주지."

소사청이 손가락으로 세 사람을 차례로 가리키며 또박또박 말했다.

"맨 오른쪽에 서 있는 놈의 이름은 두칠이고, 그 옆에 서 있는 놈은 갈산악이다. 그리고 맨 마지막에 서 있는 놈의 이름은 사문기라고 하더구나. 이래도 재네들을 모른다고 할래?"

세 남자를 바라보는 여린의 눈이 찢어질 듯 부릅떠졌다. 여린의 아래턱이 덜덜 떨리는 것을 쳐다보며 소사청이 씨익 웃었다.

"어떠냐, 이놈아? 아직도 은원 따윈 깨끗이 잊었다고 시건방을 떨래? 그럼 재네들은 뭐냐? 네 손에 원통하게 죽어간 저 가련한 목숨들은 어떻게 책임질 거냐, 엉?"

"저, 저들이 어떻게 되살아난 겁니까?"

"살아난 게 아니다. 다만 죽음의 강을 건너지 못하도록 현세에 잠시 발을 묶어두고 있을 뿐이지."

"강시가 되었다는 뜻입니까?"

"그래."

"왜 그런 일을 하셨습니까?"

"네놈에게 알려주고 싶어서."

소사청이 자릴 털고 일어서며 말을 이었다.

"네가 얼마나 잔인한 짓거리를 했는지 알려주고, 아무리 벗어나려고 해도 끈끈한 은원 관계로부터 영원히 벗어날 수 없다는 사실을 알려주고 싶었지."

몸을 돌려세운 소사청이 동부 입구를 향해 천천히 걸어가기 시작했다. 이때 등 뒤에서 여린의 절박한 외침이 들려왔다.

"이미 충분히 대가를 치렀습니다!"

소사청이 멈칫했다.

반질거리는 눈으로 여린을 돌아보며 소사청이 얼음장처럼 싸늘히 말했다.

"그건 네 앞에 서 있는 놈들에게 물어보려무나. 그놈들이 네 말을 인정해 준다면 나도 모든 은원으로부터 자유로워졌다는 네 헛소리를 믿어주마."

소사청이 사라지고 동부 안은 괴괴한 침묵 잠겨 있었다.

여린은 침중한 눈으로 허수아비처럼 멍청히 서 있는 두칠과 갈산악, 사문기를 보았다. 견디기 힘든 후회와 자책이 사나운 맹수의 발톱처럼 가슴을 할퀴고 지나갔다. 여린은 소사청의 말이 모두 옳다고 생각했다. 사람이란 얼마나 이기적인 존재인가. 결국 자신은 자신이 당한 것만을 생각하고 은원을 논했던 것이다. 우습게도 자신에게 당한 사람들은 까맣게 잊은 채 모든 은원은 정리되었다고 선언했다. 이 얼마나 광오한 짓거리인가.

"나를 기억하겠소?"

여린이 떨리는 입술을 달싹여 물었다. 세 남자는 아무런 반응도 없었다.

"나를 모르겠소? 내가 바로 여린이오."

여린이 이름을 밝혔는데도 강시들은 여전히 무반응이다. 한동안 복잡한 시선으로 강시들을 바라보던 여린이 천천히 몸을 일으켰다.

그리고 남자들을 향해 차분한 음성으로 말했다.

"당신들의 정체를 알았을 때 나는 사실 죽음을 각오했소. 내가 당신들에게 저지른 야비한 짓거리는 오직 죽음으로만 보상할 수 있다고 믿었기 때문이오. 그런데 다행인지 불행인지 당신들이 날 알아보지 못하는구려. 덕분에 난 살았고, 조금은 더 살아볼 작정이오. 나를 살리기 위해 자신들의 전부를 포기한 친구들에게 보답할 시간이 필요하기 때문이오."

여린이 소사청이 사라진 동부 입구를 향해 돌아섰다.

"언제든 날 죽이고 싶어지거든 찾아오시오. 기꺼이 이 하찮은 목숨을 내어주리다."

"카오오!"

이때 짐승 같은 괴성을 내지르며 두칠과 갈산악과 사문기가 동부 입구를 막아섰다. 멍하게 가라앉아 있던 세 강시의 흰자위만 남은 눈이 살기로 번들거렸다.

"왜들 그러시오? 그새 마음이 바뀐 거요?"

여린이 강시들을 향해 다시 한 걸음 다가섰다.

"캬오오!"

빼억!

순간 두칠의 손바닥이 여린의 가슴을 때렸다.

"으윽!"

가슴에 지독한 통증을 느끼며 부웅 튕겨 나간 여린이 바닥을 데굴데굴 굴렀다. 가슴을 부여잡고 힘겹게 일어선 여린이 이채를 띠고 아직도 손바닥을 내뻗은 자세를 유지하고 있는 두칠을 보았다. 그는 얼마 전 산속에서 만났던 그 두칠이 아니었다. 시커멓게 변한 그의 손바닥은 몇십 배의 위력을 지니고 있는 것 같았다.

'아마도 강시로 변한 탓이겠지.'

그렇게 생각하며 여린은 다시 동부 입구를 향해 걸음을 내디뎠다. 이번엔 갈산악과 사문기가 좌우편에서 동시에 달려들며 장과 권으로 여린의 가슴을 통타했다.

"끄흐흡!"

신음을 흘리며 튕겨 나간 여린이 처음보다 더욱 형편없이 나동그라졌다. 가슴이 찌릿찌릿 저려왔지만 치명상은 아니었다. 아마도 강시들은 여린을 죽일 생각까진 없는 듯 보였다.

여린이 강시들을 향해 다가서며 덤덤히 말했다.

"아마도 날 죽일 생각은 없는 것 같구려. 그렇다면 비켜주시오. 무엇보다 밖에 있는 친구들의 얼굴이 보고 싶어 견딜 수가 없구려."

세 강시는 손을 내뻗은 채 서서 더 이상 여린을 제지하지 않았다. 여린은 그들 사이를 가로질러 천천히 동부를 빠져나가고 있었다.

퍼퍽! 퍼어억!

"캬오오오!"

둔탁한 타격음과 고통에 찬 비명이 들려온 건 바로 그때였다. 흠칫 고개를 돌리는 순간 여린은 황당한 광경을 목격했다. 두칠과 사문기가 갑자기 갈산악을 향해 덤벼들어 흉흉한 살수를 펼치기 시작한 것이다. 두칠과 사문기가 양손을 교차시키며 내지르자 시커먼 장영들이 갈산악의 사방을 압박하며 밀려들었다. 갈산악이 양팔을 마구 휘저어 장영들을 튕겨냈다.

여린은 놀라움과 호기심이 교차하는 눈으로 난생처음 구경하는 강시들의 싸움을 지켜보았다. 강시들의 움직임은 평범한 무인들보다 훨씬 느리고 제한적이었다. 발을 붙인 채 껑충껑충 뛰며 양손만을 이용해 공격했는데, 그럼에도 권장에 실린 위력은 상상을 불허했다. 공세로 돌아선 갈산악이 내지르는 권영과 두칠, 사문기가 쏟아낸 장영이 충돌할 때마다 동부 전체가 지진이라도 난 것처럼 뒤흔들리며 천장에서 흙가루가 우수수 떨어졌다.

세 강시의 무위는 엇비슷해 보였고, 그 상태에서 하나가 둘을 당해 낼 순 없는지라 갈산악은 곧 수세에 몰렸다

"저, 저런!"

한동안 흥미진진하게 강시들의 싸움을 구경하던 여린의 입에서 경호성이 새어 나왔다. 아무래도 살아 있는 사람들이 아닌지라 강시들의 싸움은 비현실적으로 보였고, 또한 설마 동료들끼리 죽이기야 하겠느냐는 생각에 여린은 그리 심각하게 생각하지 않았다. 그러나 두칠이 갈산악의 어깨를 한 움큼이나 뜯어내고, 사문기가 쪼개 버릴 듯 갈산악

의 가슴을 통타하는 순간 자신의 생각이 틀렸음을 깨달았다.

"무슨 짓이오? 그만들 두시오!"

여린이 강시들을 향해 달려들었다.

"으앗!"

강시들을 떼어놓으려던 여린은 그만 두칠이 휘두른 손등에 콧잔등을 얻어맞아 코피를 쏟으며 넘어갔다. 어찌나 세게 얻어맞았는지 머리 속에서 웅웅 소리가 울렸다. 여린이 힘없이 주저앉아 머리를 흔들고 있을 때, 갈산악은 더욱 수세에 몰려 당장이라도 두칠과 사문기의 모진 손속에 결단이 날 것만 같았다.

"이익!"

어금니를 사려문 여린이 두칠의 뒷등을 향해 달려들어 등짝에 쌍장을 처박았으나 전혀 충격을 받지 않은 두칠이 허리를 핑글 돌리며 팔뚝을 휘둘렀다. 여린이 고개를 숙여 두칠의 팔을 피했다.

"캬오오!"

두칠이 분노의 포효성을 내지르며 갈고리 모양의 양손을 마구 내질러 왔다. 여린이 황망히 양팔을 휘저어 두칠의 공격을 막아냈지만 그때마다 팔목이 끊어질 듯 시렸다. 그 와중에 여린이 힐끗 돌아보니 갈산악과 사문기가 바싹 다가서서 서로를 향해 살수를 펼치고 있는 게 보였다.

한때 둘도 없이 절친했던 의형제가 이제는 강시가 되어 서로를 죽이겠다고 날뛰고 있는 것이다. 다급해진 여린이 두칠의 눈을 노리고 오른손 검지손가락을 살처럼 내찔렀다. 하지만 그것은 허초였다. 두칠이 움찔하는 사이 여린이 두칠의 왼편으로 미끄러지듯 돌아 사문기와 갈산악 사이로 뛰어들었다.

"기억나지 않소? 당신들은 살아생전에 절친한 의형제였소!"

여린이 소리쳤지만 갈산악과 사문기는 갑자기 나타난 훼방꾼이 짜증난다는 듯 동시에 주먹을 날려왔다. 이에 여린도 마지못해 쌍장을 내질렀고, 권과 장이 충돌할 때마다 시퍼런 불꽃이 작렬했다.

원하지 않은 싸움이었지만 덕분에 여린은 자신의 몸 상태를 정확히 점검할 수 있었다. 공력은 혈령신공을 가졌을 때의 팔 할 정도를 회복하고 있었다. 그렇지만 공력을 잔뜩 주입한 손으로 막았는데도 손목이 끊어질 듯 아팠다.

여린의 이마에 송글송글 땀이 맺혔다. 이대로는 안 되겠다 판단한 여린이 강시들의 둔한 몸놀림을 이용하여 물고기처럼 영활하게 갈산악과 사문기의 배후로 돌아갔다. 그리고 작심하고 두 강시의 등판에 일권씩을 쑤셔 박았다.

"우와!"

그러나 철판을 때린 듯한 굉음과 함께 퉁퉁 부어오른 주먹을 감싸쥐고 주르륵 밀려난 사람은 바로 여린이었다. 그도 강시의 두꺼운 피부에 대해 강호의 한 호사가에게 들은 기억이 있었다.

사람들은 강시의 무서운 괴력을 말하면서 꼭 철판처럼 질긴 살거죽에 대해 언급했는데, 살거죽이 얼마나 두꺼운지 그 어떤 보검으로 찔러도 생채기 하나 낼 수 없다며 침을 튀겼다. 그리고 여린은 양발을 모아 껑충껑충 뛰며 자신을 향해 다가오는 갈산악과 사문기를 바라보며 약간은 허풍쟁이인 줄 알았던 그 호사가가 결코 거짓말을 한 것이 아님을 깨닫게 되었다.

강시들은 자신들끼리의 싸움을 멈추고 두칠까지 여린을 협공했다. 한숨도 쉴 틈 없이 격렬한 싸움은 장장 세 시진이나 이어졌다. 여린은 숨이 턱까지 차올랐지만 강시들은 지치지도 않고 끈질기게 여린을 괴롭혔다. 하지만 여린이 모르는 사실도 있었다. 언뜻 마구잡이 공격처럼 보이지만 세 강시는 철저히 계산된 몸동작을 선보이고 있었다.

구천십팔로(九天十八路).

시문의 모든 신법과 장법의 기초가 되는 구천십팔로를 펼치며 강시들은 여린에게 자연스럽게 구천십팔로를 전수하고 있었던 것이다. 혈령신공을 잃어버린 여린으로선 혈령신공에 맞게 습득한 독문검법을 포기할 수밖에 없었고, 우연인지 필연인지 구천십팔로를 전수받게 된 것은 여린에겐 크나큰 행운이라고밖에 할 수 없었다.

뽀옹~

"쉬잇!"

시부모께 첫인사를 올리는 며느리의 그것처럼 방귀 소리가 살포시 울려 퍼지자 소사청이 손가락을 입술에 갖다 대며 눈을 부라렸다. 어울리지도 않는 방귀 소리를 낸 것은 곽기풍이었다.

곽기풍을 향해 눈을 부라리며 소사청이 나직이 툴툴거렸다.

"어이구~ 늙은 놈이 나잇값도 못하고… 방귀 소리는 왜 또 그 모양이니? 다른 놈들 몰래 씨암닭이라도 훔쳐 먹었냐, 이놈아?"

"끄응~"

뭐라고 대거리를 해주려다가 곽기풍은 그만 입을 다물어 버렸다. 여러 가지 정황으로 소사청이 자신들로선 감당하기 힘든 고수라는 사실을 알아차렸기에 덤벼봤자 매만 벌 것 같았기 때문이다. 그러나 억울한 마음이 드는 건 어쩔 수 없었다.

사흘 밤낮을 굶은 탓에 동굴 앞에 탈진하여 널브러져 있던 자신과 하우영, 장숙, 반철심, 막여청을 이제 여린이 깨어났으니 안심하고 요기를 해도 된다며 억지로 끌고 나온 장본인이 바로 소사청이었다. 그런데 음식은커녕 소사청과 자신들은 지금 언덕 위에 넙죽 엎드려 막 아침이 밝아오는 화전민촌을 도둑고양이처럼 내려다보고 있었던 것이다.

결국 참지 못한 곽기풍이 소사청을 돌아보며 퉁명스럽게 물었다.

"왜 식전부터 이렇게 엎드려 있어야 합니까? 우리가 무슨 도둑고양이들입니까?"

"저길 봐라."

곽기풍은 소사청이 가리키는 방향으로 고개를 돌렸다. 마을 초입 당산나무 아래 십여 마리의 흑염소가 옹기종기 묶여 울고 있는 게 보였다.

곽기풍이 눈을 동그랗게 떴다.

"흑염소 아닙니까?"

"너, 흑염소가 보양식으로 최고라는 거 알지?"

히쭉 웃으며 소사청이 오른손 엄지를 치켜세웠다.

"알긴 압니다만……."

"오늘 아침으로 흑염소 구이 어떠냐?"

곽기풍이 곤란한 표정을 지었다.

"무지 비쌀 텐데요? 저희는 수중에 땡전 한 닢 없습니다."

"누가 너희보고 돈 내래? 아침은 내가 책임진다고 했잖아, 내가."

소사청이 주먹으로 제 가슴팍을 쿵쿵 두드렸다. 돈을 내주겠다는 말에 귀에 번쩍 트인 곽기풍이 양손을 불나게 비비며 싱글벙글 웃었다.

"헤헤, 노야께선 돈이 아주 많으신 모양입니다."

"인마, 누가 돈 내고 잡아먹는데?"

소사청이 흙 묻은 상의를 툭툭 털고 일어섰다.

"돈도 없는데 어떻게 마을 사람들이 키우는 흑염소를 잡아먹습니까?"

"내가 마을 놈들에게 베푼 은혜가 하해와도 같다. 이놈들은 날 위해서라면 외양간에 묶어둔 소라도 끌고 나올걸? 하물며 저깟 염소 한 마리 구워 먹겠다는데 돈을 내라고 할까?"

소사청이 손을 휘휘 내저으며 언덕을 내려갔다. 곽기풍과 일행이 이상하다는 눈초리로 서로의 얼굴을 마주 보았다. 그도 그럴 것이 며칠 전 마을로 들어왔을 때, 그들이 처음 발견한 것은 마을 사람들에게 뭇매를 얻어맞고 있는 소사청의 모습이었기 때문이다. 무언가 불길한 예감에 사로잡힌 곽기풍 등은 흑염소들을 향해 잰걸음으로 다가가는 소사청의 뒷모습을 멍하니 바라보았다.

당산나무에 묶여 있는 흑염소들 주위를 험험, 헛기침을 하며 맴돌던 소사청이 그중 제일 큼직한 수놈의 목에 걸린 밧줄을 움켜쥐더니 언덕 쪽으로 냅다 뛰기 시작했다.

"저, 저거, 뭐 하는 거지?"

곽기풍이 자신들을 향해 죽어라 달려오는 소사청을 내려다보며 황당하게 물었다.

"뭐긴 뭐요? 도둑질을 하고 있구만."

하우영의 퉁명스런 대답을 듣고서야 곽기풍은 자신이 잘못 보지 않았음을 알았다. 이때 참으로 곤란한 일이 벌어졌다. 식전부터 밭일을 나가기 위해 괭이를 짊어지고 나오던 촌장 양씨가 흑염소를 끌고 달아나는 소사청을 발견한 것이다.

"저, 저 귀신에게 물려갈 영감탱이가 또 사고를? 동네 사람들! 동네 사람들! 모두 나오시오! 소 영감이 우리가 공동으로 키우는 흑염소를 훔쳐 갔소!"

양씨가 마을 안쪽을 향해 고래고래 악을 써댔고, 잠시 후 손과 손에 몽둥이를 꼬나 쥔 마을 사람들이 우르르 쏟아져 나왔다. 성난 마을 사람들이 소사청을 쫓아 곽기풍 등이 숨어 있는 언덕을 향해 살기등등하게 달려가기 시작했다.

"오늘만은 결판을 내고 말 테다!"

"감히 마을의 유일한 수입원인 흑염소를 건드려!"

"발목을 잘라 앉은뱅이를 만들어 버리자!"

곽기풍이 땅바닥에 배를 찰싹 붙인 채 엉덩이만 좌우로 씰룩여 슬금슬금 물러섰다.

"튀어! 잡히면 죽는다!"

벌떡 몸을 일으킨 곽기풍이 숲을 향해 죽어라 달아나기 시작했고, 하우영과 장숙, 반철심, 막여청이 그 뒤를 좇았다. 그런데 원수 같은 소사청이 한 손으로 흑염소의 목줄을 단단히 움켜잡은 채 나머지 한 손을 부지런히 흔들며 쫓아오는 게 아닌가. 그의 주둥이는 더욱 가관이었다.

"이보게들! 이보게들! 같이들 가세나! 자네들이 시키는 대로 흑염소를 훔쳤는데, 나만 버려두고 달아나면 어쩌자는 것인가?"

"저런 원수 같은 영감탱이!"

"물귀신 작전이로군."

"죽어도 혼자 죽지는 않겠다는 의지가 엿보입니다."

곽기풍 등이 사나운 눈초리로 자신들을 쫓아오는 소사청을 노려보았다.

깊은 산속 한복판에 모닥불이 불꽃을 튀기며 타오르고 있었다. 그 위에선 굵은 나무 꼬챙이에 통째로 꿰어진 흑염소가 지글지글 익어가고 있었다.

"헤헤! 아주 알맞게 익었군. 이제 조금만 더 기다라면 먹을 수 있겠다."

고기 위에 소금을 뿌리며 소사청이 탐욕스럽게 웃었다. 그런 소사청 앞에 말 잘 듣는 어린애들처럼 나란히 앉아 있는 곽기풍과 일행들의 표정은 처음과는 많이 달라져 있었다. 처음엔 자신들을 공범으로 몬 소사청에게 화가 머리끝까지 치밀었지만, 지금은 어떻게 돼도 좋으니 고기를 먹고 싶다는 일념뿐이었다.

곽기풍의 턱 밑으로 끈적한 침이 주르륵 흘렀다. 여린을 위해 함께 굶겠다고 호언했지만 평소 먹보로 유명한 곽기풍에게 사흘은 너무 긴 공백이었고, 그건 다른 친구들에게도 마찬가지였다.

"먹자!"

마침내 소사청이 흑염소의 몸통에 칼을 박으며 소리쳤다. 그러자 곽기풍 등은 우르르 달려들어 한 보름쯤 굶은 사람들처럼 고기를 마구 뜯어 먹기 시작했다. 고소하면서도 쫄깃쫄깃한 고기 맛에 환장할 것만 같았다.

"큭큭큭! 너희도 이제 공범이다."

흑염소의 넓적다리 하나를 통째로 뜯어 먹고 있던 곽기풍이 소사청의 음산한 목소리에 고개를 쳐들었다. 어느새 뼈만 앙상하게 남은 흑염소 뒤편에서 소사청이 일행을 내려다보며 기분 나쁘게 웃고 있었다.

"함께 훔치고, 함께 먹었으니 공범 맞지?"

"제발 그만둡시다, 영감님. 이러다 정말 큰일 나겠어요."

곽기풍은 맛난 음식을 앞에 둔 사람처럼 젖은 혓바닥으로 연신 입

언저리를 훔치는 소사청의 옆얼굴을 돌아보며 사정조로 말했다.

여름 해가 중천에 떠 있는 정오 무렵, 소사청을 따라 곽기풍과 일행은 숲 한복판에 자리잡은 양봉장 근처에 와 있었다. 곽기풍이 나무 둥치에 몸을 숨긴 채 얼굴만 빼꼼이 내밀고 바라보자, 시원한 나무 그늘 아래 줄지어 놓여 있는 스무 개 정도의 벌통과 그 위를 윙윙거리며 날아다니는 벌들이 보였다.

아직 양봉 기술이 발달하지 않은 시기라 양질의 벌꿀은 같은 무게의 은덩이와 같은 값에 팔리고 있었다. 당연히 귀한 보물 취급을 받았고, 그래서 벌통 옆에는 작대기를 어깨에 걸친 소년 둘이 병정처럼 삼엄하게 경계를 서고 있었다. 아이들 중 하나는 촌장 양씨의 아들인 철홍이 분명했다.

"흐흐……! 초여름이니 벌통 속이 아카시아 꿀로 가득 찼겠구나. 한 움큼 푹 떠서 입 안에 넣고 살살 녹이면 천국이 따로 없지."

연신 젖은 혀를 날름거리는 소사청의 소매를 곽기풍이 잡아당겼다.

"마을 아이들이 눈을 시퍼렇게 뜨고 지키고 있는데 어떻게 꿀을 훔친단 말입니까? 이번에 잡히면 정말 경을 칠 거요."

"머리를 써라, 머리를. 무거운 머리통을 거추장스럽게 달고 다니지만 말고 사용을 하란 말이다."

소사청의 손가락이 곽기풍의 이마를 쿡쿡 찔렀다.

"너희 중 어느 놈의 걸음이 제일 빠르냐?"

"걸음이야 여기 장 포두가 제일 빠릅니다만……."

곽기풍이 장숙을 가리키자 소사청이 그에게 얼굴 바싹 들이밀며 은근한 목소리로 말했다.

"넌 지금 당장 산 정상을 향해 달려라."

"산 정상은 왜요?"

"그곳에 작은 봉수대가 하나 있다. 다른 건 묻지 말고 그 안에 젖은 나뭇잎을 집어넣은 후 불을 질러 최대한 많은 연기를 피워 올려야 한다."

"그러니까 왜 그런 짓을 하냐고요?"

따악!

"아야! 왜 때려요?"

눈꼬리를 치켜세우는 장숙에게 얼굴을 바싹 들이밀며 소사청이 으르렁거렸다.

"어른이 심부름을 시키면 '예, 알겠습니다' 하고 냉큼 달려갈 것이지 웬 잔말이 많아? 빨랑 안 튀어갈래?"

"알았어요, 알았다구요."

소사청의 서슬에 질린 장숙이 툴툴거리며 돌아섰다. 그리고 정확히 일각 후 화전민 마을을 어머니의 품처럼 감싸고 있는 야산의 낮은 정상 위에서 흰 연기가 뭉클뭉클 피어오르기 시작했다.

"앗, 연기다!"

"산 정상의 봉수대에서 연기가 피어오르고 있다!"

연기를 발견하고 소년들은 크게 당황했다. 결국 두 아이는 벌통을 버려두고 마을을 향해 무작정 달리기 시작했다.

"빨리 어른들께 알려야 해!"

"까닥하면 마을이 불바다가 되고 만다!"

그런 아이들의 뒷모습을 바라보며 곽기풍이 고갤 갸웃했다.

"왜들 저러죠?"

소사청이 곽기풍 등을 거느리고 벌통을 향해 느릿느릿 걸어가며 이

죽거렸다.

"산 정상의 봉화가 무얼 뜻하는지 아느냐?"

"모르겠는데요."

"그건 바로 산적의 침입에 대비한 신호용 봉화야. 산적이 쳐들어온다는데 이깟 벌통이 대수겠냐?"

"허어……."

너무도 기가 막혀 곽기풍은 헛웃음을 흘렸다. 꿀 한 통 맛보겠다고 마을 전체를 공포의 도가니로 몰아넣다니, 이건 제정신을 가진 사람이 할 수 있는 일이 아니었다. 곽기풍은 마을로 처음 들어오던 날 늙고 힘없는 노인 한 명을 여러 사람들이 핍박하는 광경을 목격하고 내심 마을 사람들을 탐탁하지 않게 생각하였다. 하지만 지금 보니 마을 사람들이 오히려 많이 참아주고 있는 게 분명했다. 곽기풍 자신이라도 같은 마을에 이런 악귀 같은 늙은이가 산다면 당장 죽이겠다며 칼부림을 냈을 게 분명했다.

"캬아~ 달구나, 달아. 천상의 옥황상제가 드신다는 천도복숭아도 이렇게 달고 맛깔스럽진 못할 것이다."

오른팔을 벌통 안에 푸욱 담갔다 뽑아낸 소사청이 팔뚝에 진득하게 엉겨 붙은 꿀을 빨아 먹으며 감탄성을 연발했다. 곽기풍과 하우영 등이 그런 소사청을 입맛이 싹 가신 얼굴로 지켜보고 있었다. 소사청이 문득 곽기풍 등을 쳐다보았다.

"뭐야? 나 혼자 먹는다고 화났냐? 젊은 놈들이 쪼잔하기는. 옛다. 너희도 실컷 먹어라."

소사청이 곽기풍의 발밑으로 벌통 하나를 던져 주었다.

떨떠름한 표정으로 벌통을 내려다보던 곽기풍이 소사청을 향해 말했다.

"우린 안 먹을랍니다."

"왜?"

"아까는 배가 너무 고파서 나쁜 짓인 줄 알면서도 흑염소 고기를 먹었지만 이 꿀은 성격이 좀 다릅니다. 꼭 먹지 않아도 살 수 있는데 괜스레 마을 사람들을 괴롭히고 싶지… 아혹!"

곽기풍은 채 말을 끝마칠 수가 없었다. 소사청이 냅다 정강이를 후려찼기 때문이다.

"아우아우~!"

정강이를 감싸 쥐고 껑충껑충 뛰는 곽기풍을 노려보며 소사청이 씹어뱉듯이 말했다.

"이 교활한 놈! 이제 와서 혼자 살아보겠다, 이거냐? 흑염소는 되고, 꿀은 안 된다니? 세상에 그런 법이 어딨어? 오냐, 네놈이 이제 와 우리가 공범이라는 사실을 부인하고 싶은 모양이다만 뜻대로 되지는 않을 것이다!"

그러면서 소사청은 열 개의 꿀통을 땅바닥에 차례로 패대기쳐서 엉망진창으로 만들어 버렸다. 사나운 날갯짓 소리를 내며 공격해 오는 벌 떼까지 쌍장을 마구 내질러 모조리 죽여 버리기까지 했다. 마을 사람들이 다시는 양봉을 할 수 없도록 철저히 파괴해 버린 것이다.

곽기풍이 눈을 흡뜨며 물었다.

"왜, 왜 이런 짓을 합니까? 마을 사람들에게 미안하지도 않습니까?"

"우헤헤헤! 이게 다 네놈들 때문이다. 네놈들이 발뺌을 하니까 일을 좀 더 확실하게 만들었지. 이제 격분한 마을 놈들은 나와 너희를 한패로 몰아 치도곤을 내려고 할 테니, 두고 보거라."

소사청이 재밌어 죽겠다는 듯 손뼉을 마주치고 제자리에서 깡충깡충 뛰며 웃어젖혔다. 곽기풍이 그런 소사청을 황당하게 쳐다보았다.

'이 늙은이, 이거 살짝 맛이 간 거 아냐?'

소사청이 미쳤든 안 미쳤든, 그의 예측은 정확히 맞아떨어졌다. 뒤늦게 속았다는 걸 깨달은 마을 사람들이 몽둥이를 꼬나 쥐고 우르르 몰려왔기 때문이다. 하나같이 흉신악살처럼 눈을 치뜨고 있는 폼이 우리는 소 영감과 한패가 아니라 설득하고 자시고 할 계제가 아니었다.

"저놈들 잡아라!"

"저 미친놈들이 양봉장까지 엉망으로 만들었다!"

"무조건 죽여라!"

곽기풍 등이 잽싸게 도망치는 소사청을 좇아 달리기 시작했다. 달아나면서도 억울한 생각이 들었는지 곽기풍이 쫓아오는 마을 사람들을 돌아보며 소리쳤다.

"우린 아닙니다! 저 영감님이 벌통을 엉망으로 만들었지 우린 정말 손가락 하나 까딱하지 않았습니다!"

이에 그냥 있을 소사청이 아니었다. 소사청이 곽기풍을 돌아보며 부러 마을 사람 모두가 들을 수 있는 큰 목소리로 소리쳤다.

"헛소리 말고 빨리 도망치거라, 이놈아! 그러게 꿀만 조금 훔쳐 먹고 벌통은 그냥 놔두자고 하질 않았어?"

자신을 노려보는 마을 사람들의 눈빛이 더욱 흉험해졌다. 곽기풍은 설득을 포기하고 두 다리를 더욱 빠르게 놀렸다.

야산의 나무숲을 돌고 도는 추격전은 거의 두 시진 가까이 계속되었다. 소사청은 이리저리 잘도 피해 다녔지만 분노가 극에 달한 마을 사람들도 이번만은 쉽사리 포기하지 않았다. 그리고 재밌게도 마을 사람들 손에 가장 먼저 붙잡힌 사람은 소사청 자신이었다. 덤불숲에 숨은 곽기풍 등은 성난 마을 사람들에게 끔찍하게 폭행당하는 소사청을 지켜봐야만 했다.

그리고 곽기풍은 소사청이란 인물에 대해 한 가지 새로운 사실을 알아냈는데, 그건 저 삶아놓은 쥐새끼처럼 생긴 추물 영감이 마을 사람들에게 일부러 매를 맞고 있다는 것이었다.

"에이, 미치지 않은 다음에야 그럴 리가 있겠어요?"

막여청이 반론을 제기했지만 곽기풍은 단호하게 고갤 저었다.

"아니야, 아니야. 소 영감은 분명 일부러 매를 맞고 있어. 다른 건 차치하더라도 직접 상대해 봐서 잘 알겠지만, 저 늙은이의 무공 수위가 어느 정도나 될까?"

"적어도 절정고수는 될 거요."

"어쩌면 이미 초절정의 반열에 올랐는지도 모르지."

곽기풍의 질문을 받은 하우영과 장숙이 심각하게 대답했다. 그럴 줄 알았다는 표정으로 곽기풍이 짜악 손뼉을 마주치며 쐐기를 박았다.

"그것 봐라. 절정의 무공을 익힌 노인네가 마을 사람들의 투박한 몽둥이질을 당해내지 못할 것 같으냐? 저런 촌무지렁이들은 수백, 수천이 떼거지로 덤벼들어도 소 영감 같은 고수의 옷깃조차 건드리지 못하는 게 정상이지. 결국 소 영감은 피할 수 있는 매를 일부러 맞아주고 있다는 결론이 자연스럽게 나온다."

"정말 그렇군."

"듣고 보니 그렇네."

"왜 일부러 매를 맞지? 혹시 노망이 났나?"

곽기풍이 미간을 잔뜩 찌푸리며 심각하게 내뱉었다.

"그야 모르지. 중요한 건 저 늙은이가 아주 위험한 인물일지도 모른다는 거다. 즙포님께 화가 미치지 않도록 더욱 눈여겨봐야 할 것이야."

그러나 소사청과 관련된 횡액은 거기서 끝난 게 아니었다. 초죽음이 되도록 얻어맞은 이후에도 소사청은 언제 그랬냐 싶게 금방 기운을 차리고, 또다시 마을 사람들을 자극했다. 곽기풍 등은 아예 말썽에 휘말리지 말자며 동굴 입구에서 한 발짝도 벗어나지 않으려 했지만 소사청이 일행이 머물고 있는 장소로 마을 사람들을 이끌고 달려와 애꿎은 일행까지 땀을 뻘뻘 흘리며 기괴한 추격전에 동참하도록 만들었다.

그때마다 소사청은 마을 사람들에게 붙잡혀 끔찍한 매질을 당했다. 폭력을 가하는 마을 사람들이나, 폭력을 조장하는 소사청이나 강도가 점점 더해져서 나중에는 소사청이 진짜 마을 사람들에게 맞아 죽는 것은 아닌가 걱정을 해야 할 지경이었다.

그렇게 정신없이 열흘이 흘렀다. 그래도 여린은 밖으로 나오지 않았다. 성질이 급한 하우영이 당장 동굴 안으로 들어가 보겠다는 것을 곽기풍 등이 간신히 뜯어말렸다. 여린은 아직 치료 중이고, 섣불리 들어갔다가는 돌이킬 수 없는 후회를 남기게 될 것이라는 소사청의 으름장이 마음에 걸렸기 때문이다.

그 와중에 또 동굴 앞까지 마을 사람들에게 쫓겨온 소사청이 끔직한 폭행을 당하기 시작했다. 곽기풍과 일행들은 더 이상 피할 생각도 하지 않았다. 마을 사람들도 더 이상 곽기풍 등에게는 관심조차 두지 않고, 눈에 벌건 핏발을 세운 채 소사청을 밟고 또 밟았다.

"우헤헤… 헤헤헤헤……."

때리다 지친 마을 사람들이 소사청의 몸뚱이 위에 가래침을 뱉고 돌아간 후, 형체조차 알아볼 수 없을 정도로 퉁퉁 부어터진 얼굴로 땅바닥에 엎드려 있는 소사청은 처녀 불알이라도 구경한 사람처럼 실없이 웃고 있었다. 곽기풍과 일행은 묘한 공포심까지 느끼며 그런 소사청의 얼굴을 내려다보고 있었다.

"왜 일부러 매를 맞습니까?"

이때 동굴 입구 쪽에서 낯익은 음성이 들려왔다.

"즙포님!"

"무사히 돌아오셨군요, 즙포님!"

곽기풍과 하우영과 장숙과 반철심과 막여청이 일제히 반색하며 여린을 돌아보았다. 일행들의 반가운 인사를 잠시 무시하고, 여린이 아직 땅바닥에 엎드려 있는 소사청 앞으로 천천히 다가왔다.

"나왔구나, 이놈? 저 세 놈의 방해를 뚫고 나온 것을 보니 구천십팔로는 완전히 터득한 모양이로구나."

소사청이 힘겹게 일어나 앉으며 여린의 뒤쪽에 서 있는 세 강시를 턱짓으로 가리켰다.

곽기풍과 일행의 시선도 이마에 '不生'의 부적을 붙이고 있는 괴상망측한 몰골의 세 사내에게 쏠렸다. 사내들은 꼭 목내이처럼 비쩍말라서 도저히 살아 있는 사람으로 보이지 않았다.

곽기풍이 고갤 갸웃갸웃하며 사내들의 면면을 살폈다. 그중 한 사내의 얼굴이 왠지 낯설지가 않았다.

"으허헉! 저, 저 남자는?!"

마침내 갈산악을 알아본 곽기풍이 귀신과 대면한 사람처럼 끔찍한 비명을 내질렀다.

"왜 그래요, 총관님? 저 남자가 대체 누구이기에 그러세요?"

"모, 모르겠어? 자세히 봐! 저 남자가 정말 누군지 모르겠어?"

장숙이 곽기풍의 팔을 잡고 진정시키려 했지만 곽기풍은 사시나무처럼 벌벌 떨리는 손으로 갈산악을 가리키며 정신없이 소리쳤다.

"대체 누구이기에?"

장숙 등이 눈을 가늘게 뜨고 다시 갈산악의 얼굴을 주시했다. 머지않아 장숙의 입에서도 숨넘어갈 듯한 신음성이 흘러나왔다.

"가, 갈산악! 저 남자는 죽은 갈산악 당주?"

이때 외팔이가 된 하우영이 오른손으로 움켜잡은 도끼로 사문기를 가리키며 비교적 덤덤하게 말했다.

"저 친구도 누군지 알 것 같군. 갈산악의 의제이자 부당주를 맡고 있던 독지주 사문기다."

"사문기? 사문기도 죽었잖아요?"

이번엔 막여청의 입에서 경호성이 터져 나왔다. 곽기풍을 비롯한 일행은 순식간에 감당하기 힘든 혼란과 공포 속으로 빠져들었다. 자신들의 손에 죽은 자들이 되살아나 백주대로를 활보하고 다닌다면 아무리 강철 심장을 가진 사람이라도 겁을 집어먹는 게 당연했다. 다만 하우영만이 덤빌 테면 덤벼보라는 듯 오른손 도끼를 붕붕 휘두를 뿐이었다.

아무 일도 없었다는 듯 흙 묻은 상의를 툭툭 털며 일어나는 소사청의 얼굴에 시선을 박은 채 여린이 낮고 차분한 음성으로 동료들을 안심시켰다.

"진정하십시오. 그들은 여러분을 공격하지 않습니다."

"여 즙포님이 그걸 어떻게 알아요? 갈산악과 사문기는 우리 손으로 직접 때려죽였소. 이놈들이 되살아났다면 그 이유는 우리에 대한 복수,

딱 하나뿐이잖소?"

공포심 때문에 곽기풍은 지나치게 흥분하고 있었다. 다른 동료들도 빠르게 이성을 잃어가고 있었다.

일단 친우들을 안심시키는 것이 중요하다고 판단한 여린이 소사청을 향해 머리를 가볍게 숙이며 물었다.

"저들의 정체를 밝혀도 상관없겠습니까?"

"마음대로 하거라."

아예 황색 저고리를 벗어 팡팡 털어대며 소사청이 건성으로 대답했다.

여린이 동료들 쪽으로 돌아서서 설명했다.

"그들은 복수를 하지 못합니다. 왜냐하면 그들은 감정이 없는 강시들이기 때문입니다."

"강시? 복자의 사이한 대법에 의해 영혼은 없고 몸만 되살아난 그 사이한 마물 말입니까? 하지만 강시는 어디까지나 강호의 호사가들이 지어낸 옛날얘기 속의 존재 아닙니까?"

곽기풍이 도저히 믿을 수 없다는 듯 고갤 홰홰 가로저었다.

그런 곽기풍의 얼굴을 직시하며 여린이 덤덤히 말했다.

"아닙니다. 보시다시피 강시는 분명히 실존하고 있습니다."

"전 믿을 수 없습니다. 아무리 즙포님의 말씀이라도 그것만은 믿을 수가 없어요."

곽기풍이 절대로 믿지 않겠다는 듯 양손을 휘휘 내저었다.

여린이 할 수 없다는 듯 낮은 한숨을 내쉬며 덧붙였다.

"그럼 사대비문은 믿으십니까?"

"사대비문이요? 그야 물론 믿지요. 그들이 강호를 종횡한 건 불과 백여 년 전의 역사적 사실이니까요."

"그럼 사대비문 중 시문의 수장이 강시를 만들어냈다고 설명하면 좀 더 이해가 빠르겠군요."

"사대비문 중 시문의 수장이?"

동시에 곽기풍뿐이 아니라 하우영과 장숙과 반철심과 막여청까지 놀라움으로 눈을 부릅떴다. 꿀꺽 마른침을 삼킨 곽기풍이 여린을 향해 다시 물었다.

"하, 하지만 사대비문의 수장들은 백여 년 전에 모두 죽지 않았습니까?"

"아니오. 저도 얼마 전에 알게 된 사실이지만 그들 네 가문의 수장은 아직 살아 있습니다."

곽기풍이 의혹과 불신의 눈초리로 여린의 얼굴을 들여다보았다. 사대비문 수장들이 한창 강호를 종횡하던 시점이 지금으로부터 백여 년 전. 그런 그들이 아직도 생존해 있다는 말을 누군들 쉽게 받아들일 수 있겠는가. 아마도 상대가 여린이 아니었다면 곽기풍은 당장 실없는 놈이라며 쌍욕을 퍼부어주었을 것이다.

곽기풍이 가늘게 떨리는 목소리로 마지막 질문을 던졌다.

"혹시 시문의 수장이 근처에 있습니까?"

여린이 말없이 고갤 끄덕였다.

"그 작자는 지금 어디에 있습니까?"

스윽 고개를 돌린 여린의 시선이 떡 본 김에 제사 지낸다고, 저고리를 벗은 김에 아예 상의 안쪽에 허옇게 달라붙은 이까지 손톱으로 쿡쿡 눌러 죽이고 있는 소사청에게로 쏠렸다.

곽기풍의 눈이 등잔만 해졌다.

"저, 저 살짝 맛이 간 영감이 시문의 수장이라고요?"

"그렇소. 그리고 앞으로는 좀 더 말조심을 하는 게 좋을 겁니다. 시문의 수장, 백골염왕 소사청님의 성질을 건드리면 어떤 화를 당할지 모를 테니까 말입니다."

"흡!"

곽기풍이 양손으로 재빨리 입을 틀어막았다.

"으하암~"

다시 황색 저고리를 걸친 소사청이 지겹다는 듯 늘어지게 하품하며 일어섰다. 쩝쩝 입맛을 다시며 소사청이 곽기풍을 향해 눈을 부라렸다.

"너희는 장유유서도 모르냐? 나도 말 좀 하자, 이놈들아."

"그, 그렇게 하십시오. 저는 그만 입을 다물겠습니다."

곽기풍이 대번에 꼬랑지를 말았다. 소사청의 진정한 신분을 알고 난 그로서는 당연한 반응이었다.

소사청이 여린에게 얼굴을 바싹 들이밀고 낯빛을 찬찬히 살폈다. 가슴에 코를 대고 킁킁 냄새까지 맡는 폼이 땅바닥에 묻어둔 뼈다귀를 찾은 똥개 새끼가 따로 없었다.

"혈령신공으로 인한 내상은 완전히 치료됐구나. 축하한다. 네놈은 이제 새로운 생명을 얻게 되었다."

여린이 소사청을 향해 정중히 공수했다.

"목숨을 살려주신 은혜만으로도 감당하기 버거운데, 어른의 독문절기까지 전수받았습니다. 이 은혜는 죽어 백골이 되어서도 갚지 못할 것입니다."

짜증스럽다는 표정을 지으며 소사청이 휘휘 손사래를 쳤다.

"누가 그따위 인사치레를 받자고 했냐? 그보다 어떻더냐?"

"무슨 말씀이신지……?"

"동굴 안에서 네가 죽인 놈들과 비무를 벌이며 무엇을 느꼈느냐 말이다."

"……."

잠시 생각에 잠겨 있던 여린이 무겁게 입을 열었다.

"결자해지(結者解之)라는 고언이 떠올랐습니다."

"흐음… 일을 벌인 놈이 수습도 해야 한다는 뜻이렷다."

턱을 어루만지며 말하는 소사청을 향해 여린이 고갤 가볍게 끄덕였다.

"제가 가진 모든 것을 잃으면서 저는 저와 관련된 모든 은원도 깨끗이 청산될 것이라 믿었습니다. 저 하나 죽어 없어지면 더 이상 미안할 것도, 원통할 것도 없다고 생각했습니다. 그런데 그 또한 저의 자만심에서 비롯된 오해였습니다. 제가 죽어도 저와 관련을 맺었던 사람들은 남기 때문입니다."

이 부분에서 여린이 잠시 말을 끊고 세 강시를 돌아보았다.

더욱 애틋해진 눈으로 이번엔 여린이 곽기풍과 하우영과 장숙과 반철심과 막여청의 얼굴을 보며 가늘게 떨리는 목소리로 말했다.

"그들이 저와 좋은 관계를 맺었든 나쁜 관계를 맺었든, 그들과 그들의 삶은 고스란히 남아 있기 때문입니다."

"으흐흑~ 즙포님! 이 못난 늙은이를 용서해 주십시오! 마누라와 자식들이 죽자 그만 눈이 뒤집히고 말았습니다. 즙포님의 잘못이 아닌 줄 알면서도 누구든 원망하지 않으면 미칠 것만 같아 즙포님을 증오하고 또 증오했습니다. 부디… 부디 못난 저를……."

"저희도 용서를 빌고 싶습니다!"

"그 말씀을 드리기 위해 동굴 앞을 지키고 있었습니다!"

하우영과 막여청도 곽기풍을 따라 무릎을 꿇었다. 여린의 눈에 눈물이 그렁하게 맺혔다.

"그만 일어나십시오. 용서를 빌 사람은 바로 접니다. 제가 복수에 미쳐 여러분의 소중한 삶을 엉망으로 만들지 않았습니까?"

"으허허헝~ 즙포님!"

눈물을 뿌리며 여린을 향해 달려나오는 곽기풍과 하우영과 막여청을 소사청의 성난 고함 소리가 가로막았다.

"닥치지 못해, 이놈들아! 다 큰 사내놈들이 왜 징징거리고 지랄이야? 본왕이 여린, 이놈과 중요한 대화를 나누고 있던 중이었다!"

여린이 소사청의 서슬에 질려 멈춰 선 일행을 돌아보며 빙긋 웃었다.

"우리끼리의 밀린 이야기는 잠시 미뤄두도록 합시다. 사부님과의 대화가 끝나면 기회가 있을 겁니다."

"사부? 지금 사부라고 했느냐?"

소사청이 반색하며 물었다.

"어른께서 지금 당장 목숨을 내놓으라고 해도 내어드려야 할 형편입니다. 사부로 받들라는 분부 정도는 당연히 따라야겠지요."

여린의 다소곳한 태도에 소사청이 득의의 웃음을 흘렸다.

"크크크! 네놈이 드디어 철이 들어가는구나. 좋다, 좋아. 그럼 지금 당장 여러 사람이 지켜보는 앞에서 구배지례를 올려 네가 본왕의 제자가 되었음을 증명해 보이거라."

"미욱한 제자가 사부님께 예를 올립니다. 부디 부족하다 내치지 마시고, 고매한 가르침을 내려주옵소서."

여린이 한없이 진지한 태도로 소사청을 향해 아홉 번 절했다. 그런 여린을 내려다보며 소사청이 뒤통수를 긁적였다.

"이거 참, 쑥스럽구먼. 환갑 넘어 젊은 첩실 년에게서 늦둥이를 본 늙은이처럼 왜 이리 가슴이 벌렁거리는지 모르겠네."

반듯하게 무릎 꿇고 앉은 여린이 연신 빙글빙글 웃는 소사청을 올려다보며 물었다.

"따로이 하명하실 말씀이 있으면 해주십시오."

소사청이 험험, 헛기침을 하며 말했다.

"하명이고 자시고 할 게 뭐 있느냐? 내가 생각하는 제자와 스승의 관계는 아주 간단명료하다."

청명한 여름 하늘을 가리키며 소사청이 목청을 돋우었다.

"저 하늘의 해를 보고 사부인 내가 '저것은 해가 아니고 달이다' 라고 하면 제자는 '예, 알겠습니다, 스승님' 하면 되는 것이고, 저 하늘의 달을 보고 '저것은 달이 아니고 해다' 라고 하면 제자는 '예, 알겠습니다, 스승님' 이렇게 말하면 되는 것이다. 한마디로 스승이 뛰라면 뛰고 기라면 엉금엉금 기면 된다, 이 말씀이지."

그런 소사청을 보며 곽기풍과 장숙이 절로 눈살을 찌푸렸다.

'고약한 영감탱이 같으니.'

'그 나이 먹도록 왜 수발 제자 하나 들이지 못했는지 알 것 같군.'

하지만 여린의 표정은 진지하기만 했다.

"지당하신 말씀입니다."

"당연히 지당하지. 네 사부는 늘 지당한 말만 골라서 하는 사람이다. 그게 유일한 단점이라고 할 수 있겠지. 험험!"

여린이 표정 변화 없이 한껏 득의하고 있는 소사청을 향해 재차 물었다.

"제자가 한 가지 여쭈어도 되겠습니까?"

"뭐든지 물어봐라. 성실히 답변하마."

"사부께서는 왜 일부러 매를 맞으십니까? 특별한 이유가 있다면 알고 싶습니다."

순간 소사청의 얼굴에서 웃음기가 싹 가셨다. 그러잖아도 궁금했던 일인지라 곽기풍 등도 소사청의 입을 주시했다.

소사청이 두칠 쪽을 가리키며 말했다.

"연전에 저 두칠이란 놈에게 피떡이 되도록 얻어맞았을 때 얘기해주지 않았더냐? 내 별명이 스스로 매를 청하는 늙은 귀신, 즉 자타귀라고 말이다."

"사부께서 왜 자타귀란 별명을 얻게 되셨는지 궁금하다는 말입니다."

"히야, 이놈 보게. 사제 관계를 맺자마자 늙은 사부의 밑천을 송두리째 들어먹겠다고 덤비네. 요즘 애들은 이게 문제야. 매사에 너무 서두른다, 이 말씀이지."

"언짢으셨다면 더 이상 묻지 않겠습니다."

"아니다, 아니야. 언짢씩이나 할 만큼 무슨 대단한 사연이 있는 건 아니다. 대신 그 이유는 나중에 기회가 있을 때 따로이 알려주마. 그래도 되겠지?"

"물론입니다."

이때 썩은 웅이 구멍처럼 탁하게 가라앉아 있던 소사청의 눈가로 한 줄기 정광이 스치고 지나갔다.

"그리고 네가 한 가지 약조해 줄 것이 있다."

"무엇입니까?"

"후일 내가 네가 어떤 부탁을 한 가지 할 것이다. 그 부탁을 받았을 때 절대 거절하지 말고 무조건 들어줘야 한다."

"무조건입니까?"

"그래. 그 부탁이 아무리 부당하고, 너의 가치와 너의 이성에 부합되지 않는다 하더라도 무조건적으로 들어줘야 한다."

"으음……."

여린의 표정이 살짝 굳어졌다. 세상에 무조건이란 없다. 그런데 소사청은 사제의 연을 맺자마자 여린에게 그 무조건을 요구하고 있는 것이다. 게다가 스스로의 가치와 이성에 비추어봤을 때 전혀 옳지 못하다고 판단되어도 무조건 따르라니. 이런 요구를 받고 고민하지 않을 사람이 누가 있겠는가?

'안 됩니다! 그런 가당치도 않은 부탁은 절대 들어줄 수 없다고 말하십시오!'

그렇게 소리치고 싶은 충동을 곽기풍은 가까스로 억누르고 있었다. 곽기풍은 왠지 시문의 수장이라는 소사청이 마음에 들지 않았다. 원래 비슷한 사람끼린 못 본다고 했던가? 사하현에서 늙은 너구리로 통하던 곽기풍이 소사청이란 늙은이에게서 자신과 비스무레한 냄새가 풍긴다는 걸 알고는 거부감을 느끼기 시작한 것이다.

'설마 저런 가당치도 않은 조건을 총명한 즙포님께서 받아들일 리가 없지.'

곽기풍은 부임하자마자 자신은 물론 현감 영감 이하 현청의 전 식솔들을 단 보름 만에 완전히 제압한 여린의 두뇌를 믿고 있었다. 그래서 주제넘게 나설 필요를 못 느끼고 있었던 것이다. 그러나 여린의 입에선 그의 기대와 상반되는 말이 나왔다.

"알겠습니다. 언제, 어떤 상황에서든 사부님의 청을 반드시 들어드리도록 하겠습니다."

"그래야지. 과연 본왕의 유일한 직전제자다운 자세로다."

소사청이 고개를 젖히고 기분 좋게 웃어젖혔다.

"이, 이런 말도 안 되는……."

곽기풍은 지금이라도 나서서 여린이 약속을 번복하도록 만들어야겠다고 생각했다.

히히힝~

그때 갑작스럽게 말 울음소리가 들려오지만 않았어도 그는 분명히 그렇게 했을 것이다.

"용마야!"

자신을 향해 똑바로 달려오는 용마를 발견하고 여린이 양팔을 활짝 벌렸다. 용마도 반갑게 주인의 품속으로 안겨들었다.

"하하하! 너를 두고 혼자 빠져나온 게 두고두고 걸렸는데, 네가 못난 주인을 찾아와 주었구나. 고생했다, 정말 고생했어."

기다란 혓바닥으로 주인의 뺨을 할짝할짝 핥아주는 용마의 젖은 등을 여린이 대견하다는 듯 쓰다듬어 주었다. 먼 길을 달려온 듯 용마의 전신은 땀으로 흠씬 젖어 있었다. 아마도 주인의 행적을 좇아 수천 리 길을 헤맨 것 같았다.

'저 녀석이 영물은 영물이로군.'

곽기풍도 주인의 뺨을 핥으며 꼬랑지를 살랑살랑 흔들어대는 용마의 모습에 왠지 콧등이 시큰해짐을 느꼈다.

"……!"

이때 용마가 갑자기 꿈틀했다.

눈을 사납게 치뜨고 돌아보는 용마의 눈에 자신의 엉덩짝에 코를 들이박고 연신 냄새를 맡아대고 있는 소사청의 얼굴이 보였다. 용마의 눈에서 불길이 치솟았다. 상체를 앞쪽으로 스윽 기울이며 뒷발을 내지를 자세를 취했다.

"안 돼, 용마야!"

뻐엉!

"꾸웨엑!"

여린이 말릴 틈도 없이 천 근의 힘이 실린 용마의 뒷발이 정확히 소사청의 콧잔등에 쑤셔 박혔다. 쌍코피를 터뜨리며 뒤쪽으로 너울너울 튕겨 나가 몇 바퀴를 정신없이 나뒹굴던 소사청이 사지를 활짝 펼치며 벌러덩 드러누웠다.

"흐흐……! 꼴 좋구먼, 영감탱이. 그러게 냄새 나는 당나귀 새끼의 엉덩짝 냄새는 왜 맡아?"

속이 다 시원해진 곽기풍이 다른 사람은 들을 수 없을 정도로 나직이 웃었다. 그러나 청각이 극도로 발달한 소사청이 그 소리를 못 들을 리 만무했다.

"너 이 자식, 방금 뭐라고 했어?"

강시처럼 발딱 일어선 소사청이 단숨에 곽기풍과의 거리를 좁히며 미끄러져 왔다. 소사청에게 옹골지게 멱살이 잡힌 곽기풍은 부러 죽는 소릴 내질렀다.

"켁… 켁켁……! 내가 무슨 말을 했다고 그러십니까? 생사람 잡지 마십시오."

그런 곽기풍의 멱살을 앞뒤로 흔들며 소사청이 으르렁거렸다.

"방금 냄새 나는 엉덩짝 어쩌고저쩌고하며 고소해하는 소릴 못 들었는 줄 알아?"

"그, 그러게 왜 당나귀 엉덩짝에 코는 처박고 그러십니까? 누가 보면 노야를 수탕나귀인 줄 알겠습니다."

"뭐, 뭣이라? 이놈을 그냥 확!"

"끄아악! 곽기풍 살려! 소 영감이 죄도 없는 사람을 잡으려고 한다! 사람 좀 살려줘요!"

소사청이 오른손을 화악 쳐들자 곽기풍이 죽는다며 고래고래 악을 써댔다. 기가 막혀 버린 소사청이 쳐들었던 손으로 곽기풍의 뺨을 툭툭 두드리며 실소를 머금었다.

"그놈 참, 목청 좋네. 이놈 이제 보니 호굴에 던져 놓아도 주둥이와 머리통만 살아서 돌아올 놈이로구나. 내가 왜 당나귀의 엉덩짝에 코를 처박았는지 알려줄 테니 귀를 씻고 잘 들어라, 응?"

"어이쿠!"

소사청이 멱살을 잡았던 손으로 세차게 밀치자 곽기풍이 힘없이 엉덩방아를 찧었다. 다시 용마 뒤쪽으로 다가온 소사청이 용마의 꼬리를 양손으로 움켜잡고 위에서부터 아래까지 주욱 훑었다.

"이걸 봐라."

소사청이 양손을 펼치자 손바닥에 덕지덕지 묻어 반짝반짝 빛나고 있는 은회색 가루가 보였다.

여린이 신음처럼 중얼거렸다.

"설마……?"

손바닥을 탁탁 털며 소사청이 퉁명스럽게 내뱉었다.

"설마가 아니야, 설마가. 이 가루는 백리추향(白里追香)이란 것으로, 한 번 몸에 묻으면 약 보름 동안 독특한 향기가 남아 이 냄새를 맡을 수 있는 사람의 추적권 안에 들게 된다."

곽기풍이 발딱 일어서며 소리쳤다.

"그럼 누군가 용마를 이용해서 즙포님을 쫓고 있단 뜻입니까?"

소사청이 손가락으로 제 옆머리를 톡톡 두드리며 씨익 웃었다.

"이제야 말귀를 알아듣는 거냐, 석두야?"

이번에 하우영이 나섰다.

"다시 한 번 분명히 말씀해 주시오. 분명 누군가 즙포님을 쫓고 있는 거요?"

하우영의 반존대어가 소사청의 심기를 자극한 것 같았다. 눈꼬리를 치켜세우며 소사청이 반질거리는 눈으로 하우영을 쏘아보았다.

"너, 어째 말투가 마음에 안 든다. 그런 식으로 혀 짧은 소리 내다간 목이 잘리는 수가 있어."

"원한다면 언제든지 내어주겠소."

하우영이 대수롭지 않다는 듯 하나밖에 남지 않은 손으로 움켜잡은 도끼날을 제 목에 갖다 댔다.

소사청이 질려 버렸다는 듯 휘휘 손사래를 쳤다.

"알았다, 알았어. 저 무식한 놈 앞에선 도무지 무슨 말을 못하겠군. 용마를 이용해서 누군가 여린을 추적해 오는 건 분명한 사실 같다. 더구나 백리추향은 추종술에 이용되는 모든 약재 중 최상품에 해당하는 것으로, 넓디넓은 강호에서 이 약재를 사용하는 사람은 내가 아는 한 딱 한 사람밖에 없다."

"그게 누구요?"

"당… 상… 학……!"

"사부님이 왜?"

여린이 소사청을 홱액 돌아보며 믿지 못하겠다는 표정으로 소리쳤다. 소사청이 으스스하게 웃었다.

"아마도 놈은 너와 내가 함께 있는 걸 이미 알아차렸을 것이다. 결국 너를 쫓는 게 아니라 나의 행적을 쫓고 있는 셈이지. 놈이 나를 찾고 있다는 건 결국 염화수, 그녀를 찾아냈다는 증거. 이제 우리 사대비문의 오랜 은원을 종식시킬 때가 온 것 같구나."

"염화수… 사대비문 간의 은원……?"

고갤 갸웃하는 여린을 향해 소사청이 쏘아붙였다.

"그런 게 있어, 인마. 궁금증은 후일로 미뤄두고 지금은 최대한 빨리 이 화전민촌을 빠져나가는 게 상책이다."

앞장서 숲을 빠져나가는 소사청의 뒷모습을 여린이 복잡한 눈초리로 바라보았다.

"어쨌든 지금은 소 사부님의 말씀에 따르는 게 좋을 것 같군요."

여린이 용마의 고삐를 붙잡고 소사청을 뒤따르자 곽기풍과 하우영과 반철심과 막여청은 물론 세 명의 강시까지 껑충껑충 뛰며 걸음을 옮기기 시작했다.

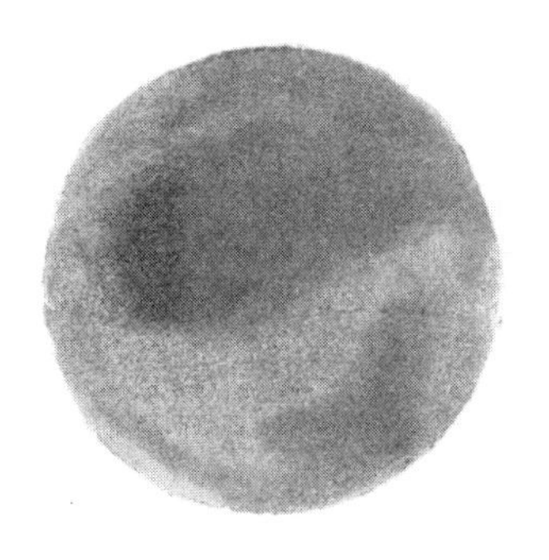

第十八章

여린, 의미를 찾다

여린, 의미를 찾다

부속물… 부속물…
저는 사부께 단지 그런 의미였습니까?

당상학과 염화수, 그리고 청해일이 화인산에 도착한 시각은 초여름 해가 석양으로 뉘엿뉘엿 넘어갈 무렵이었다. 여린이 잠시 치료를 했던 동굴 안에서 소사청의 흔적을 찾아낸 당상학은 그길로 평화롭게 저녁 식사를 준비하고 있던 화전민촌으로 한달음에 달려 내려갔다. 영문도 모르는 마을 사람들이 마을 광장으로 끌려 나왔다. 몇몇 장정이 물색 모르고 저항을 하다가 청해일의 협봉검에 목이 꿰뚫리자 마을 사람 누구도 더 이상 반항하지 못했다.

촌장 양씨와 그의 아들 철홍을 중심으로 불안하게 웅성거리며 서 있는 마을 사람들을 청해일은 차가운 눈초리로 노려보았다. 청해일이 스윽 고갤 돌리자 염화수와 나란히 서 있던 당상학이 고갤 끄덕했다.

청해일이 앞으로 한 걸음 나서며 소리쳤다.

"이 마을의 촌장이 누구냐?"

"내가 촌장이오만……."

불길한 느낌을 떨쳐 버리지 못한 양씨가 아들 철홍을 멀찍이 밀어놓고 청해일의 앞으로 나섰다.

"확실해?"

"내가 이곳 화전민촌의 촌장 양씨요."

"확실하다, 이 말이지?"

비릿하게 웃으며 청해일이 등 뒤에 메고 있던 협봉검의 검병을 움켜잡았다.

"무, 무슨 짓을 하려고……?"

청해일의 눈에서 일렁이는 지독한 살기를 느낀 양씨가 고양이 앞의 쥐처럼 떨며 간신히 내뱉었다. 그것이 양씨가 이 세상에서 내뱉은 마지막 말이 되었다.

"끄헉!"

전광석화처럼 날아든 협봉검이 양씨의 목젖을 꿰뚫어 버린 것이다.

쿠웅!

양씨의 몸이 썩은 짚단처럼 쓰러졌다.

"아버지—!"

아들 철홍이 절규를 내지르며 달려나가려 했지만 마을 사람들이 한 사코 철홍의 허리를 붙잡고 늘어졌다. 청해일이 검신을 흔들어 양씨의 핏물을 털어내며 히쭉 웃었다.

"이건 일차 경고야. 지금부터 내가 묻는 말에 대답하지 못할 때마다 꼭 한 사람씩 목에 바람구멍이 날 테니 그런 줄 알아라."

"……."

마을 사람들은 한마디 말도 못한 채 독 오른 뱀 같은 청해일의 시선을 피해 앞 다퉈 고개를 떨구었다. 철홍만이 살집 좋기로 소문만 곽씨 아줌마의 품에 안겨 끅끅, 숨죽인 울음을 울 뿐이었다.

청해일이 예리한 검봉으로 마을 사람들을 겨누며 차갑게 물었다.

"저쪽 야산 동굴 안에 살고 있던 영감탱이는 어디로 갔지?"

웅성웅성.

마을 사람들이 불안한 눈으로 서로의 얼굴을 마주 보며 나직이 웅성거렸다.

"왜 대답이 없어? 또 누군가 죽어야 입을 열 테냐?"

청해일이 악을 써대자 잔뜩 주눅이 든 중늙은이 하나가 앞으로 나섰다.

"소, 소 영감을 말하는 것 같군요. 그는 며칠 전 찾아온 즙포사신 일행과 함께 이곳을 떠났습니다."

"즙포? 여린 말이냐?"

즙포라는 말을 듣는 순간 청해일의 두 눈이 뜨거운 열기로 일렁였다. 중늙은이가 그런 청해일의 눈치를 살피며 고갤 흔들었다.

"즙포의 정확한 이름은 모릅니다. 다만 달포쯤 전 저희 마을에 들른 적이 있는 즙포였습니다. 그는 오래전부터 소 영감과 알고 지내던 사이 같았고, 한 열흘간 함께 머물다가 오늘 새벽 홀연히 떠났습니다."

"그들은 어디로 갔나?"

"그건 저희도 잘 모릅니다. 정말입니다. 믿어주십……."

푸욱!

중늙은이는 자신의 결백을 증명하는 데 실패했다. 그 결과 그의 목은 협봉검에 꿰뚫렸다. 중늙은이마저 목을 부여잡고 쓰러지자 마을 사람들 사이로 비통한 울음소리가 번져 나갔다.

"으흐흑!"

"흑흑! 무서워, 엄마."

"울지 마라, 얘야. 울면 안 된단다."

소사청과 여린의 행방을 대지 못하면 청해일이 자신들을 차례로 도륙낼 것이란 걸 마을 사람들은 직감하고 있었다. 청해일이 검신을 핑글핑글 돌려 핏물을 털어내며 잔인하게 웃었다.

"자, 다음은 누구 차례지?"

막 어둠이 내려앉기 시작한 숲길을 용마의 고삐를 잡고 내달리던 여린이 문득 멈칫했다.

여린이 일행의 선두에서 달리던 소사청의 뒤통수를 향해 심각하게 물었다.

"방금 뭐라고 하셨습니까?"

"왜?"

소사청이 의아한 눈으로 스윽 여린을 돌아보았다. 여린을 따르던 곽기풍, 하우영, 장숙, 반철심, 막여청도 무슨 일인가 하여 심각하게 소사청의 얼굴을 들여다보는 여린을 지켜보고 있었다. 일행의 뒤쪽엔 세 강시가 서 있었다.

"방금 마을 사람들에 대해 말씀하지 않으셨습니까?"

방금 전 소사청은 여린 등을 이끌고 숲 속을 내달리면서 당상학에 대한 욕설의 말미에 그렇게 중얼거렸던 것이다.

—흥! 그놈이 검군자라고? 아마도 우리가 빠져나갔다는 이유만으로 마을 사람들을 모조리 도륙낼 테니, 두고 보거라.

소사청이 대수롭지 않다는 표정으로 고갤 끄덕였다.

"맞아, 분명히 그렇게 얘기했다. 그게 뭐 어쨌다고?"

여린이 침중하게 내뱉었다.

"죄 없는 마을 사람들이 죽도록 내버려 둘 순 없습니다."

소사청이 미간을 찌푸렸다.

"내버려 두지 않으면 어쩔 건데?"

"제가 가서 당 사부님을 유인하겠습니다."

"유인? 지금 유인이라고 했냐? 네 주제에 그 괴물 같은 늙은이를 유인하겠다고? 네가 한 줌의 공력이 되살아났다고 눈에 뵈는 게 없는 모양이구나. 나조차도 그 늙은이를 감당할 자신이 없는데, 네가 유인한다고 그 괴물이 순순히 유인당할 것 같으냐?"

기가 막히다는 듯 소사청이 손바닥으로 제 이마를 따악 때렸다.

소사청이 여린에게 얼굴을 바싹 들이밀고 버럭 고함을 내질렀다.

"정신 차려, 인마! 지금 네 실력으론 당상학의 눈에 띄는 즉시 사망이야! 네놈은 단 열 발짝을 도망치기 전에 당가의 칼에 꿰여 죽게 된단 말이다!"

"그래도 가야 합니다."

"왜? 왜 꼭 가야 한다는 건데?"

"저는 새로운 삶을 얻으면서 결심한 바가 있습니다. 다시는 저로 인해 다른 사람이 피해를 보지 않게 하겠다는 결심입니다. 남을 위해 무언가 하진 못해도, 최소한 남에게 피해를 주며 살진 않을 작정입니다. 이 결심마저 지키지 못한다면 저는 살아 있을 가치가 없습니다."

"허어……."

할 말이 없어진 소사청이 실소를 흘렸다. 소사청이 손바닥으로 이마를 연신 때리며 툴툴거렸다.

"내가 이거 제자를 잘못 고른 게 아닌지 몰라. 저놈이 원래 저런 놈이 아니었잖아. 그 독랄한 성정 하나가 마음에 들어 제자로 들이겠다고 마음먹었는데, 저런 식으로 물렁하게 변해 버릴지 누가 알았느냔 말이지."

"죄송합니다."

"내가 그냥 가자고 해도 안 따를 거지?"

"그럴 거 같습니다."

"그럼 네 마음대로 해, 인마! 네가 당가의 칼에 찔려 죽든 말든 나는 상관하지 않겠다!"

"고맙습니다, 사부님."

"으흐흐… 끄흐흐흑……."

뚱뚱한 중년의 여인이 공포에 질려 닭똥 같은 눈물을 뚝뚝 흘리고 있었다. 그녀의 바로 앞에서 염화수가 빙긋이 웃으며 눈을 맞추고 있었다.

"어떻습니까?"

청해일이 염화수를 향해 조심스럽게 물었다. 그는 염화수가 직접 나서는 바람에 마을 사람들로부터 한 걸음 물러서 있을 수밖에 없었다.

염화수가 장난기 많은 어린 계집아이처럼 히쭉 웃으며 대답했다.

"거짓말은 아니야. 숨기는 게 없다."

"그렇군요."

청해일이 약간 실망스럽게 대답했다. 염화수는 상대방의 눈만 들여다봐도 거짓인지 진실인지를 알 수 있다 호언했고, 당상학은 말없이 고개를 끄덕여 줌으로써 그녀의 말을 보증해 주었다. 그때부터 벌써 다섯 명의 마을 사람을 그녀가 취조했지만 아무것도 알아낸 것이 없었다. 그리고 그 다섯은 끔찍한 몰골의 시체가 되어 그녀의 발밑에 널브러져 있었다.

"히익!"

이번에도 염화수가 양손으로 중년 여인의 볼을 세차게 감싸 쥐자 여인이 귀신이라도 만난 사람처럼 경호성을 내뱉었다.

"넌 삶이 무엇이라고 생각하지?"

염화수가 사이하게 웃으며 중년 여인에게 물었다. 그녀의 눈이 어둠 속에서 먹이를 노리는 고양이처럼 파랗게 빛났다.

"ㄲㅇ… ㅇㅇㅇ……."

산촌 화전민촌에서 하루하루 입에 풀칠하기도 힘든 여인네가 삶에 대해 생각해 본 적이 있을 까닭이 없었다. 염화수의 안광에 이미 넋이 반쯤 빠져나가 버린 여인은 아래턱을 덜덜 떨고만 있었다.

'젠장.'

청해일은 저도 모르게 어금니를 꽉 깨물었다. 바로 얼마 전 염화수에 의해 똑같은 질문을 받고 곤혹스러워하던 자신의 모습이 떠올랐기 때문이다.

"넌 삶에 대해 생각해 본 적도 없구나? 어떻게 삶이란 것에 대해 생각 자체를 안 하며 살 수가 있지? 너의 그 무관심이 부럽기만 하구나."

염화수의 눈이 점점 더 파랗게 변해 푸른 구슬처럼 투명해졌다. 그녀의 눈에서 뿜어져 나온 요사한 기운이 중년 여인의 눈 속으로 투영되자 여인이 풍이라도 맞은 사람처럼 사지를 푸들푸들 떨기 시작했다. 고쟁이치마 아래로 여인이 지린 생오줌이 주르륵 흘렀다.

"끄아아악—!"

찢어져라 벌어진 여인의 입을 뚫고 끔찍한 비명이 터져 나왔다.

쿠웅!

여인이 염화수의 발밑에 얼굴을 옆으로 돌린 채 처박혔다. 온통 굵은 핏줄이 툭툭 불거지고 경악으로 눈과 입이 찢어질 듯 벌어진 그녀의 얼굴은 지옥을 구경한 사람의 얼굴, 바로 그 자체였다.

"다음은 너!"

염화수의 손가락이 이번엔 철홍의 얼굴을 가리켰다.

"으으……."

겁에 질린 철홍이 뒷걸음질을 쳤고, 그런 철홍 쪽으로 염화수가 활짝 펼친 손을 내뻗었다. 철홍의 몸이 밧줄에 묶여 딸려가듯 염화수의 손아귀를 향해 쭉 끌려갔다.

"흐음……."

철홍의 멱살을 잡은 염화수가 미간을 좁히고 아이의 눈을 심각하게 들여다보았다.

청해일이 볼멘소리로 물었다.

"뭐가 좀 보입니까?"

그는 실은 짜증이 나 있었다. 오랜만에 마음껏 피를 볼 수 있는 기회를 염화수에게 빼앗긴 것이다. 죄 없는 양민들을 학살할 만큼 막돼먹은 종자는 아니었지만, 사문이 불탄 이후 그는 확실히 예전보다 훨씬 비뚤어져 있었다.

"쉬잇!"

염화수가 손가락을 입술에 붙이고 조용히 하라는 신호를 보냈다. 순간 청해일은 염화수가 뭔가 알아냈음을 직감했다. 당상학도 비슷한 느낌을 받았는지 청해일의 옆으로 조용히 다가서서 염화수를 주시했다.

염화수가 사이하게 웃으며 물었다.

"그들은 어디로 갔지?"

"모, 몰라. 나, 난 아무것도 몰라. 몰라."

아이가 강하게 도리질을 쳤다. 강한 부정은 긍정을 의미한다고 했던가. 청해일의 눈에도 아이의 필사적인 거짓말이 보이는 듯했다. 그걸 사람의 마음을 손 안의 구슬처럼 마음대로 굴릴 수 있다는 염화수가 놓칠 리 없었다. 염화수의 동공이 푸른 보석처럼 빛났다.

"착하지. 넌 알고 있잖아. 자, 말해보렴. 그들은 어디로 갔지?"

"끄으으… 몰라… 몰라. 나, 난 몰라."

철홍은 필사적으로 버티고 있었다.

"운남으로 가자. 운남의 원시 정글 깊숙한 곳에 환문의 조사동이 있다. 천하에 그곳만큼 숨기 좋은 장소는 없느니라."

우연히 엿들은 소사청과 여린의 대화가 귓전에 울려 퍼지고 있었지만 철홍은 끝까지 말하지 않겠다고 다짐을 거듭하고 있었다.

아버지가 죽었다. 마을 사람들이 죽었다. 아무런 죄도 없이, 아무런 원한도 없이 죽었다. 철홍은 어렸지만 청해일이나 염화수처럼 사람의 목숨을 장난처럼 여기는 악당들에게 결코 굴복할 수 없다고 생각했다.

"정말 말하지 않을래?"

철홍의 끈기는 염화수를 화나게 만들었다. 그녀의 갈래 머리가 허공으로 솟구치며 두 눈에서 섬뜩한 안광이 가닥가닥 뻗쳐 나왔다.

"저, 저런……!"

당황한 청해일이 손을 내뻗어 염화수를 말리려고 했다. 흥분하면 이성을 상실하는 그녀는 지금 여린의 행적을 쫓을 수 있는 유일한 단서를 없애려 하는 것이다.

"멈추시오!"

하지만 청해일보다 한발 앞서 염화수를 제지하는 목소리가 있었다.

"응?"

염화수가 순식간에 살기를 거두며 고개를 홱 돌렸다. 저쪽 마을 입구를 지나 천천히 걸어오는 젊은 사내의 모습이 보였다. 그는 바로 여린이었다. 여린의 뒤를 곽기풍, 하우영, 장숙, 반철심, 막여청이 따르고 있었다.

"살아 있었구나, 여린. 더럽게 반갑다."

여린의 모습을 발견한 청해일이 으스스하게 웃었다. 왠지 살아 있길 잘했다는 생각이 드는 청해일이었다. 그가 세상에서 반드시 죽이고 싶은 사람이 꼭 둘 있었는데, 여린과 철기련이 바로 그들이었다. 그런데 오늘 그중 한 명을 만났으니 어찌 기쁘지 않겠는가.

"오랜만이구나, 린아."

청해일이 막 여린을 향해 한 걸음 내딛으려고 할 때, 당상학이 먼저 나섰다.

"황사께서 저놈을 어찌 아십니까?"

청해일이 놀란 눈으로 당상학을 돌아보았다. 그러나 당상학은 대꾸도 하지 않고 십여 걸음 앞에 멈춰 선 여린의 얼굴을 뚫어지게 바라볼 뿐이었다. 여린도 당상학을 바라보면서 두 사람은 한동안 뚫어지게 서로의 얼굴을 응시했다.

여린이 당상학을 향해 정중히 포권을 취했다.

"제자가 사부님을 뵈옵니다. 그간 평안하셨는지요?"

"오냐, 네 염려 덕분에 잘 지냈다."

당상학이 그답지 않게 푸근한 미소를 지었다.

"린아."

"하명하십시오."

"어째 네 일행 중 한 명이 보이질 않는구나."

"누구를 말씀하시는 겁니까?"

"소사청… 사대비문 중 시문의 수장을 말하는 것이다."

"모릅니다."

"모른다고?"

입으론 웃고 있지만 당상학의 눈은 더 이상 웃고 있지 않았다.

당상학이 은은한 노기가 풍기는 목소리로 재차 물었다.

"나는 네 사부다. 사부에게 거짓말을 하는 제자는 없다."

그런 당상학을 지켜보며 여린은 왠지 씁쓸해졌다. 당상학은 분명 더 이상 자신을 제자로 생각하지 않는다고 선언했었다. 그리고 그가 알고 있는 사부는 한 번 내뱉은 말을 번복하는 사람이 아니었다. 그런 사부가 지금 사제 간의 도리를 내세워 소사청의 행방을 묻고 있는 것이다. 사부는 평소답지 않게 서두르고 있었다. 정확한 이유는 알 수 없지만 소사청이 숨기고 있는 어떤 비밀 때문일 것이라고 여린은 추측했다.

"왜 대답이 없느냐?"

여린이 고개를 숙이며 진중하게 말했다.

"제자가 한말씀 올려도 되겠습니까?"

"말해보거라."

"사부님께선 늘 가르치시길, 군자의 길을 걷는 사람은 늘 정대(正大)해야 한다고 하셨습니다. 정대하다 함은 곧게 판단하고, 곧게 행동하며, 곧지 않은 일은 아무리 큰 유혹이 있더라도 돌아보지 않는 것이라고 하셨습니다."

"그래서?"

"그런데 목적을 이루기 위해 죄 없는 양민을 학살하는 것은 과연 정대한 행위인지 묻지 않을 수가 없습니다. 사부님, 바라옵건대 부디 연전의 정대하고 자랑스러운 모습으로 돌아와 주십시오. 제자는 오직 그것을 바랄 뿐입니다."

"이놈이… 네가 감히 나를 가르치려 드느냐?"

후우우웅!

"으윽!"

대노한 당상학이 단숨에 공력을 끌어올리면서 비단 관복이 풍선처럼 부풀어 오르고, 전신으로 폭풍 같은 기류가 뻗쳐 나왔다. 그 기세에 밀린 청해일이 서너 걸음을 정신없이 물러섰다. 간신히 중심을 잡은 청해일이 퍼렇게 빛나는 눈으로 여린을 쏘아보고 있는 당상학의 뒷모습을 보았다.

태산.

당상학의 뒷모습은 그야말로 태산 같았다. 그 어떤 외부의 힘도 단숨에 굴복시킬 것 같은 크고 도도한 압력이 그의 내부에서 도도히 흐르는 게 느껴졌다. 새삼 당상학의 어마어마한 무위를 확인한 청해일은 무슨 일이 있어도 저 영감과는 척을 져서는 안 된다는 다짐에 다짐을 거듭하고 있었다. 아니, 그는 이미 당상학과 염화수만 적절히 이용해도 청성의 부활이 꿈만은 아니라는 계산까지 해두고 있었다.

당상학이 손가락으로 여린을 겨누며 냉랭하게 말했다.

"마지막으로 묻겠다. 소사청은 어디에 있느냐?"

"궁금증을 풀어드리지 못해 송구할 뿐입니다."

"오냐, 네놈이 팔다리가 잘리고 나서야 정신을 차릴 모양이구나."

당상학이 허리춤에 비껴 차고 있는 검집 속에서 기다란 장검을 뽑아 들었다. 여린의 얼굴을 향해 겨누어진 검신이 은은한 신광을 뿌렸다.

처척!

당상학이 공격 태세를 갖추자 그나마 무공이 있는 하우영과 장숙이 여린의 앞을 막아섰다. 여린의 몸이 회복되었다곤 하나 아직 완전하지 않은 상태였기 때문이다.

"가소로운 놈들! 너희 따위가 감히 본좌와 맞서겠다는 것이냐?"

쑤아아앙!

당상학이 앞으로 내뻗은 검을 좌우로 가볍게 흔들자, 한줄기 희미한 검광이 살처럼 쏘아졌다. 그 무시무시한 속도에 하우영과 장숙이 동시에 눈을 흡떴다. 검광이 검봉을 떠났는가 싶었는데, 어느새 목전으로 다다르고 있었다.

"으합!"

"타압!"

하우영과 장숙이 각각 도끼와 군도를 휘둘러 가까스로 검광을 튕겨냈다.

"이익!"

강한 충격을 이기지 못하고 주르륵 밀려나는 두 사람의 뒷등을 여린이 힘겹게 받쳤다.

"별거 아니로군."

"그러게. 검군자, 검군자 하기에 얼마나 대단할까 싶었는데, 손을 섞어볼 만해."

여린 덕분에 균형을 잡은 하우영과 장숙이 허세를 부리며 씨익 웃었다. 당상학이 코웃음을 쳤다.

"위를 봐라, 어린 놈들아."

"윽!"

"으헉!"

밤하늘을 올려다본 하우영과 장숙의 입에서 경호성이 터져 나왔다. 자신들에 의해 어두운 허공으로 사라진 줄 알았던 검광이 아직도 시퍼렇게 살아 이번엔 자신들의 정수리를 노리고 떨어지는 것이 아닌가?

"위험합니다!"

"이야압!"

장숙이 여린을 뒤쪽으로 세차게 밀쳤고, 하우영은 하나밖에 없는 손으로 움켜잡은 도끼를 검광을 노리고 쳐올렸다.

콰앙!

검광과 도끼가 충돌하며 맹렬한 폭발이 터져 나왔다.

"우웨엑!"

핏물을 한 됫박이나 토해낸 하우영이 땅바닥에 깊은 발자국을 열 개도 넘게 남기며 물러섰다.

쑤아아앙!

그럼에도 당상학의 검광은 사라지지 않았다. 마치 귀신의 팔처럼 쭉 늘어난 검광이 하우영과 장숙 너머에 버티고 선 여린을 노리고 날아들고 있었다.

"도대체 무슨 놈의 검법이 이래?"

"요술이라도 부리는 거냐, 영감?"

각각 도끼와 군도를 내찌르는 하우영과 장숙으로부터 열 개씩의 도끼 그림자와 도광이 뿜어졌다. 도끼 그림자와 도광들이 검광과 충돌할 때마다 시퍼런 경기가 불꽃처럼 작렬했다. 그 치열한 격돌의 와중에 하우영은 힐끗 눈을 들어 당상학 쪽을 보았다. 당상학은 그저 검을 앞으로 내뻗고 있을 뿐이었다. 그런데도 그가 최초에 발출한 검광은 천변만화를 일으키며 상대를 사지로 몰아넣고 있었다.

'한계… 이것이 나와 초절정고수 간에 그어진 한계선이란 것이겠지…….'

하우영은 문득 가슴이 답답해짐을 느꼈다. 복수와 광기에 미쳐 가진 바 내공 이상의 무위를 보이곤 했지만, 역시 오랜 세월을 두고 정통적인 방법으로 공력을 쌓아온 초절정고수를 극복할 수는 없는 것이다. 강해지고 싶었다. 자신을 위해서가 아니라 자신의 등 뒤에 서 있는 여린을 지키기 위해서 간절하게 강해지고 싶은 하우영이었다.

콰광!

자신의 옆을 스쳐 지나는 검광을 후려친 하우영의 도끼가 힘없이 튕겨 올랐다. 그대로 쭉 뻗쳐 나간 검광이 여린의 미간을 노렸다. 여린이 땅바닥에 떨어진 굵은 나뭇가지 하나를 재빨리 주워 들었다. 그리고 공력을 팽팽히 불어넣은 나뭇가지를 어지럽게 휘둘러 검광을 튕겨내며 물러섰다. 고개를 빳빳이 쳐든 검광이 한사코 여린을 따라붙었다. 정신없이 나뭇가지를 휘두르던 여린은 어느새 나뭇가지의 길이가 한 뼘밖에 남지 않았음을 깨닫고 소스라치게 놀랐다.

"위험해요!"

이번엔 곽기풍이 여린을 안고 쓰러졌다. 곽기풍의 등이 검광에 살짝 베어지며 화상을 입은 것처럼 피부가 타 들어갔다. 당상학의 검광에 실린 막중한 위력을 실감하는 순간이었다.

"어리석구나. 너희의 힘으로 감당할 수 있는 검이 아니다."

나직이 중얼거리며 당상학이 이번엔 검신을 위아래로 가볍게 흔들었다. 단숨에 검광이 위아래로 갈라지며 십여 개로 불어났다. 불어난 검광이 곽기풍과 반철심의 부축을 받으며 일어서는 여린의 가슴팍을 노리고 날아들었다.

"이번엔 내가 상대한다!"

막여청이 장창을 핑글핑글 휘돌리며 앞으로 나섰다.

"안 돼! 물러서라, 막여청!"

여린의 입에서 급박한 외침이 터져 나왔다.

"걱정 붙들어매 두쇼! 즙포님을 두고 그리 쉽게 죽진 않을 테니까!"

여린의 경고에도 불구하고 막여청은 전혀 물러설 생각이 없는 듯했다.

"저, 저런 무모한……!"

십여 개의 눈부신 검광 앞에 무방비로 노출된 막여청의 뒷모습을 바라보며 여린이 절망적으로 중얼거렸다.

여린의 입에서 급박한 고함이 터져 나왔다.

"도와주십시오, 소 사부님!"

콰콰콰콰쾅!

예리한 검광들이 막여청의 몸통을 조각조각 찢어발기려는 순간, 측면에서 날아든 십여 개의 시커먼 장영이 검광과 부딪치며 함께 터져 나갔다.

"숲을 건드리면 뱀이 나온다더니, 과연 그 말이 사실이었군."

천천히 검을 거두는 당상학의 입가에 득의의 웃음이 그려졌다.

"우헤헤헤헤! 오냐, 이놈아. 네놈이 나를 보고 싶어 안달이 났다기에 이렇듯 한달음에 달려왔다."

여린의 머리를 타 넘으며 허공을 밟듯이 내달려오는 것은 바로 소사청이었다.

당상학이 씨익 웃으며 검신을 눈앞으로 세웠다.

"왔구나, 친구. 백 년 만의 만남이니 대접에 소홀함이 없도록 하겠네."

검신이 파르르 떨리며 검봉 위로 휘황한 검광이 솟구쳤다.

"대접이라면 본왕이 먼저 해야지!"

쿠아아아앙—!

소사청이 양 손바닥을 하나로 모아 쭉 내뻗자 시커먼 경기가 폭포수처럼 쏟아졌다. 시문이 자랑하는 독문장법인 암천부골장이었다. 당상학도 검봉을 내찔러 성난 봉황의 울음 같은 파공음과 함께 가늘고 예리한 검강을 폭사했다.

장공과 검강이 정면충돌하면서 공기를 찢어발길 듯한 무서운 폭발이 일어났다.

"윽!"

"크흑!"

"우우욱!"

폭발의 후폭풍에 밀려 여린과 동료들, 그리고 청해일 등이 뒤쪽으로 주르륵 밀려났다. 다만 염화수만이 멍한 표정으로 서서 두 사람의 격돌을 지켜보았다.

"저럴 수가……?!"

경악으로 눈을 부릅뜬 채 청해일이 폭발이 일어난 바로 아래 사방 오 장 정도의 넓이로 깊게 패인 구덩이를 보았다. 단 일 수만으로 저 정도의 구덩이를 만들어낼 수 있다니. 과연 사대비문이라며 청해일은 혀를 내둘렀다.

"백 년 전보다 훨씬 강해졌군! 그래야지! 그래야 나의 친구 백골염왕 소사청답지!"

신형을 한 바퀴 빠르게 휘돌린 당상학이 그 반동력을 이용해 검을 휘둘렀고, 그 궤적을 따라 다섯 가닥의 형형한 검강이 뿌려졌다.

"네놈도 강해졌구나! 아주 징그럽게 강해졌어!"

허공을 격하여 달려오며 소사청이 양 손바닥을 연달아 내지르자 수십 개의 검은 장영이 허공을 수놓았다.

콰쾅쾅쾅쾅쾅!

장영과 검광이 충돌하며 연달아 폭발이 일어났고, 그때마다 땅바닥이 갈라지며 흙과 돌가루가 분분히 흩날렸다. 공세를 가하는 와중에 소사청이 힐끗 고개를 돌려 여린 쪽을 보았다. 소사청이 재빠른 눈짓으로 달아나라는 신호를 보냈다. 그러나 여린은 망설였다. 자신 때문에 곤경에 처한 소사청을 버려두고 가자니 발걸음이 떨어지지 않았던 것이다.

쉬이이익!

장영을 뚫고 한 가닥의 눈부신 검강이 튀어나왔다. 마치 살아 있는 생명체처럼 진로를 가로막는 장영들을 이리저리 교묘하게 피하며 검광은 소사청을 노리고 날아갔다.

"이놈 봐라! 검강이 살아서 춤을 추고 있질 않은가?"

따캉!

소사청이 검은 연기 같은 기세에 휩싸인 오른손을 휘둘러 검강을 튕겨냈다. 하지만 튕겨 나갔던 검광이 이내 소사청의 뒷덜미를 노리고 되돌아왔다.

"어라, 이놈 봐라! 정말 재밌는 놈일세!"

신형을 급히 돌려 세운 소사청이 이번에 왼손으로 검광을 튕겨냈다. 좌측 편으로 튕겨 나갔던 검광이 소사청의 우측 편으로 날아들고, 우측 편으로 튕겨내면 좌측 편으로 날아들었다. 마치 사냥감의 머리를 타고 넘으며 혼백을 어지럽히는 한 마리 범처럼 검광은 이리저리 춤을 추며 소사청을 압박했다.

"이놈 봐라! 이놈 봐라! 이놈 봐라! 히야, 이놈 봐라, 정말!"

소사청이 연신 이놈 봐라를 연발하며 정신없이 양손을 휘둘러 검강을 튕겨내고 또 튕겨냈다. 겉으론 태연을 가장하고 있었지만 소사청은 지쳐 가고 있었다. 본신의 실력을 제대로 펼쳐 보이기도 전에 당상학이 내보인 절세의 검법에 가로막혀 수비에만 급급하고 있는 자신이 통탄스러울 뿐이었다. 백 년의 시간 동안 그의 무공도 늘고, 당상학의 무공도 늘었다. 하지만 그 정도가 달랐다. 당상학은 어느새 강호에서 흔히 말하는 검으로써 보일 수 있는 최고의 경지인 이기어검(以氣御劍)의 경지에 다다라 있었던 것이다.

"그만 좀 따라붙어라, 이놈아! 정들라!"

한사코 가슴으로 파고드는 검강을 튕겨내기를 포기하고 양손으로 검날을 어루만지듯 하여 안으로 끌어들였던 소사청이 순식간에 극한의 힘을 끌어올려 바깥쪽으로 검강을 밀어냈다. 그때까지 기세를 누그러뜨리지 않았던 검강이 소사청의 막강한 힘을 이기지 못하고 희미하게 소멸되어 갔다.

"우헤헤! 이제야 내 차례가 돌아왔구나!"

기회를 잡은 소사청이 양팔을 가슴 앞에서 풍차처럼 휘돌리자 어깨 위로 검은 먹장구름 같은 기세가 피어올랐다.

피이잉—!

소사청이 당상학을 노리고 막 회심의 일수를 날리려는 순간, 예리한 그의 청각을 자극하는 낮은 파공음이 들려왔다.

"이건 또 무엇이냐?"

소사청이 좌측으로 신형을 홱액 돌려세우며 우수를 휘둘렀다. 하지만 허공을 격하여 날아오던 실처럼 가는 지풍은 뱀처럼 그의 손목을 휘감고 팔뚝으로 기어오르는가 싶더니, 대번에 어깻죽지를 훑으며 핏방울이 튀도록 만들었다.

"크흑!"

어깨를 감싸 쥐고 땅바닥으로 내려서며 소사청은 자신을 공격한 상대를 확인할 수 있었다.

"화수……."

그의 입에서 한숨 섞인 신음성이 흘러나왔다. 갈래 머리를 허공으로 솟구치며 자신을 향해 천천히 걸어오고 있는 어린 계집아이는 분명 한때 몸과 마음을 다하여 사모했던 그 여자가 분명했다. 외모는 몰라보게 어려졌지만 그 미간에 어린 독한 성정과 뜨거운 열정이 그녀가 누구인지 말해주고 있었다.

"왜… 날 배신했지……?"

가늘게 떨리는 손가락을 들어 소사청을 겨누며 염화수가 물었다.

"……."

소사청은 잠시 대답하지 못했다. 아니라고… 내가 아니라고 외치고 싶었지만 그는 그러지 못했다. 갑자기 수만 가지 생각과 수만 가지 단어들이 한꺼번에 치밀어 목구멍을 콱 막아버리는 바람에 그는 갑자기 벙어리가 돼버렸다.

"다시 묻겠다. 왜 날 배신했지, 소사청?"

소사청의 입이 힘겹게 열렸다.

"난 널 배신하지 않았다, 화수. 너도 알지 않나? 나는 영혼을 바쳐 사랑한 여인을 배신할 만큼 독한 인간이 되지 못한다."

"거짓말."

"거짓말이 아냐! 사대비문의 네 수장을 이간시키고, 너와 나를 이런 참담한 꼴로 만든 건 바로 저 사갈 같은 위인이다!"

분노의 외침을 내지르며 소사청의 손이 당상학을 가리켰다. 당상학이 피식 실소를 머금었다.

"내가 뭐라고 했나, 화수? 소사청이 필시 저렇게 말할 거라고 하지 않았나?"

"그렇군. 과연 그렇게 말하고 있어."

수긍하듯 염화수가 고갤 끄덕끄덕했다.

"이런 빌어먹을! 왜 내 말을 안 믿어주는 거야? 왜 저 교활한 놈의 말만 믿으려 하느냐고?"

답답해진 소사청이 주먹으로 제 가슴을 쾅쾅 두드리며 소리쳤다. 하지만 염화수가 소사청보단 당상학의 말을 믿는 건 어쩌면 당연했다. 아직 이성적인 사고 능력이 발달하지 못한 어린애들은 먼저 들은 말을 신뢰하려는 성향이 강하다. 염화수도 같은 이유로 소사청의 말을 아예 선입견을 가지고 듣고 있었다. 물론 여기에 당상학의 치밀한 계산과 언변까지 보태졌으니 더 이상 말해 무엇 하겠는가.

염화수가 소사청을 겨누며 냉랭하게 내뱉었다.

"네 말을 못 믿는 건 네가 거짓말을 하고 있기 때문이지. 왜 우리를 배신했지? 내가 네놈이 아닌 당상학을 선택했기 때문인가?"

"무슨 소릴 하는 거야? 네가 선택한 사람은 당상학이 아니라 바로 나였다! 이건 하늘도 알고, 땅도 아는 사실이야!"

"뭐라고?"

순간 염화수가 멈칫했다. 그녀가 혼란스런 듯 눈알을 굴리며 곰곰이 생각에 잠겼다. 미간을 잔뜩 찌푸린 모습이 아마도 잊혀진 기억을 떠올리려 애쓰고 있는 것 같았다.

당상학이 앞으로 한 걸음 나서며 진중한 목소리로 말했다.

"속지 마라, 화수. 저자는 거짓말에 능통한 위인이다."

"웃기지 마라! 거짓말쟁이는 바로 너다!"

당상학을 한 번 매섭게 노려본 소사청이 염화수를 향해 절절한 표정으로 말을 이었다.

"혹시 당가 놈에게 만년영과에 대해 듣지 않았나, 화수?"

"듣긴 들었어."

소사청이 그럴 줄 알았다는 듯 씨잇 웃었다.

"만년영과를 찾으려면 먼저 나를 찾아야 한다고 했겠지? 내가 만년영과가 숨겨진 비밀의 장소를 알고 있다면서 말이야."

"……."

염화수가 침묵으로 긍정을 대신했다. 소사청은 목소리에는 어느새 힘이 실리고 있었다.

"자, 그렇다면 여기서 중대한 모순이 발생하는군. 내가 어떻게 만년영과의 행방을 알고 있을까? 당상학이 말했겠지만 만년영과는 나와 당상학과 동태두 중에서 화수의 선택을 받은 남자가 취하기로 돼 있었던 환문의 귀한 보물이야. 그런데 그 위치를 왜 당가 놈이 아니라 내가 알고 있는 거지?"

염화수가 뾰족하게 쏘아붙였다.

"네가 내게서 탈취했겠지?"

"만년영과는 엄청난 보물이야. 그 보물을 화수, 네가 품속에 넣어두고 다녔다고? 그럴 리가 없지. 암, 그럴 리가 없고말고."

소사청이 가당치도 않다는 듯 양손을 휘휘 내저었다.

염화수가 짜증스런 표정으로 물었다.

"그래서 만년영과는 어디에 있다는 거냐?"

소사청이 씨익 웃으며 대답했다.

"너희 천 년 환문의 조사동에 잘 모셔져 있지."

"환문의 조사동에……?"

"그래, 혹시 조사동이 어디 있는지 기억해?"

"아니, 전혀 기억이 나질 않아."

"나는 그 정확한 위치를 알고 있지."

그렇게 말하며 소사청이 손가락으로 움찔하는 당상학을 겨누었다.

"그렇기에 저 교활한 놈이 한사코 나를 찾으려고 했던 것이고. 그런데 이상하지? 조사동의 위치는 외인에게는 절대로 발설해서는 안 될 사문의 비밀 중의 비밀. 그 중차대한 비밀을 화수, 너는 왜 당상학이 아니라 나에게 이야기했을까?"

"그건……."

말끝을 흐리며 염화수의 시선이 당상학에게로 쏠렸다. 대답을 요구하고 있는 것이다. 하지만 당상학은 대답하지 못했다. 미간이 가끔씩 씰룩거리고 있는 것으로 보아 그 역시 당황하고 있는 게 분명했다.

소사청이 목소리가 조금 더 높아졌다.

"그것이야말로 화수가 저놈이 아니라 나를 정인으로 선택했다는 움직일 수 없는 증거가 아니고 무엇이겠어?"

"머리가… 너무 아파."

염화수가 양손으로 머리통을 감싸 안았다. 눈알은 더욱 불안하게 흔들리고, 지나친 감정의 기복 때문에 이마엔 땀방울이 송골송골 맺혔다.

"제법 그럴듯한 말이야."

이때 당상학의 목소리가 들려왔다. 염화수가 흠칫 고갤 쳐들고 당상학을 보았다.

"당시 화수는 내게 만년영과의 위치를 알려주기 전이었지. 그런데 소사청의 암습을 받고 주화입마에 빠져 버린 거야. 그때 놈이 나타나 정신이 혼미한 화수로 하여금 자신을 나로 오인하게끔 만든 후에 만년영과의 위치를 물었지. 오직 만년영과만이 화수 자신과 정인인 나를 살릴 수 있다는 믿음 때문에 화수는 순순히 소사청에게 만년영과가 자라고 있는 비지(秘地)를 발설하고 말았던 거야."

당상학의 목소리는 시종일관 침착했다. 거기에 도골선풍의 풍모까지 더해져 도저히 거짓말을 하고 있는 사람처럼 보이지 않았다. 염화수도 어느새 안정을 되찾아가고 있었다.

다급해진 소사청이 버럭 소리쳤다.

"아주 소설을 쓰고 있구나, 간교한 놈!"

염화수가 그런 소사청을 향해 쏘아붙였다.

"난 당상학의 등에 박힌 너의 독수를 확인했어. 등을 당했다는 게 무슨 의미겠어? 결국 소사청, 네가 배신자라는 증거잖아?"

"그럼 이것도 보여줘야겠군."

갑자기 소사청이 염화수 쪽으로 돌아서며 황색 저고리를 화악 벗어젖혀 맨 상체를 드러냈다.

"으음……."

소사청의 등짝에 대각선으로 깊숙하게 그어진 검상을 바라보며 염화수는 절로 신음을 흘렸다.

소사청이 다시 의복을 갈무리하며 염화수를 향해 말했다.

"이 검흔이 당상학의 독문검법인 월영검법에 의한 것이란 건 알아보겠지? 그렇다면 놈도 내게 암습을 가한 게 된다. 그런데 왜 나만 배신자로 오인받아야 하지?"

"……."

염화수는 다시 깊은 고민에 빠졌다. 고개를 푹 숙이고 있던 그녀가 날카로운 양손 손톱으로 자신의 얼굴을 마구 긁으며 발작적으로 괴성을 질러댔다.

"꺄아아악! 모르겠어! 모르겠어! 정말이지 어느 것이 진실인지 하나도 모르겠어!"

"진정하십시오! 이러다 큰일 나겠습니다!"

재빨리 달려든 청해일이 그녀의 손목을 움켜잡았다.

"감히!"

"크악!"

성난 염화수의 손바닥이 가슴에 작렬하며 청해일이 부웅 튕겨 나갔다.

"콜록콜록!"

땅바닥에 주저앉아 가슴을 부여잡고 청해일이 가쁜 기침을 토해냈다.

"그렇군. 내게는 네가 있었어."

갑작스런 음성에 청해일이 흠칫 고갤 쳐들자 어느새 바로 앞으로 다가와 있는 염화수가 보였다.

청해일에게 얼굴을 바싹 들이밀며 염화수가 말했다.

"너는 나의 충성스런 종이야. 그렇지?"

"물론입니다."

청해일이 재빨리 무릎을 꿇으며 순종적으로 말했다.

"너는 삶과 죽음에 대해 통찰하고 있을 정도로 머리가 좋아. 그렇지?"

"그렇습니다."

"자, 그럼 말해봐. 저 두 사람 중 누구의 말이 거짓이고, 누구의 말이 진실인 것 같니?"

청해일이 영활하게 빛나는 눈으로 염화수가 가리키는 소사청과 당상학의 얼굴을 번갈아 쳐다보았다. 청해일과 눈이 마주치는 순간 당상학이 흰 이를 드러내며 씨익 웃었다. 청해일은 희미한 미소로 화답했다.

그런 청해일을 지켜보며 여린은 왠지 불안했다. 여러 정황으로 미루어 거짓말을 하고 있는 건 당상학이 분명했다. 하지만 여린이 알고 있는 청해일은 진실 따위에는 관심이 없는 사람이었다. 그는 오직 자신의 이익을 좇아 움직이는 사람이란 걸 여린은 경험을 통해 너무도 잘 알고 있었다.

소사청도 똑같은 느낌을 받은 것일까? 재빨리 고개를 돌린 그가 여린을 향해 다시 한 번 눈짓을 했다. 기회가 있을 때 어서 달아나라는 의미였다. 여린이 고갤 끄덕끄덕하며 곽기풍과 하우영을 돌아보았다. 두 사람도 여린의 뜻을 알고 고개를 주억였다.

순간 청해일이 소사청을 가리키며 버럭 소리쳤다.

"저 늙은입니다! 거짓말을 하고 있는 저 늙은이가 분명합니다!"

"죽여 버릴 테다, 소사청!"

동시에 분노의 일갈과 함께 양손을 내지르는 염화수로부터 강력한 장력이 터져 나왔다.

콰앙!

장력이 처박히는 순간 땅바닥이 산산이 터져 올랐고, 폭발을 피해 허공으로 재빨리 신형을 띄워 올리며 소사청이 소리쳤다.

"달아나라! 죽을힘을 다해 달아나! 사대비문의 두 수장을 한꺼번에 상대할 힘이 내게는 없단 말이다!"

투투투투투!

동시에 곽기풍, 막여청, 반철심을 태운 용마가 포효성을 내지르며 무서운 속도로 내달리기 시작했다. 그나마 경공술을 펼칠 수 있는 여린과 하우영과 장숙이 그 뒤를 쫓았다.

"네 걱정부터 하는 게 어떠냐, 소사청!"

허공중에 뜬 채 움찔하는 소사청을 노리고 십여 개의 예리한 검강이 쏘아졌다.

"이 더러운 위선자!"

뒤이어 염화수의 노호성과 함께 열 가닥의 예리한 지풍이 밀려 들어왔다. 소사청은 두 사람의 공세에 정면으로 대항하지 않고, 양팔을 활짝 벌리며 다급히 소리쳤다.

"망혼시골분(亡魂尸骨粉)!"

퍼어엉!

순간 맹렬한 폭음과 함께 시커먼 폭연이 뿜어졌고, 자욱한 폭연 속으로 소사청의 신형이 감쪽같이 사라졌다.

"서라, 여린과 하우영! 네놈들에게는 받아낼 빚이 있다!"

협봉검을 뽑아 들고 짓쳐 나가는 청해일의 뒷덜미를 염화수의 손이 낚아챘다. 청해일을 품속으로 끌어당기며 염화수가 손바닥으로 그의 코와 입을 틀어막았다.

"호흡을 멈춰라, 멍청아. 망혼시골분을 한 모금이라도 마셨다간 뼈와 살이 녹아 썩은 시체가 되고 만다."

눈처럼 펄펄 날리는 검은 가루를 뚫고 신형을 솟구치며 당상학이 이빨 문 소리로 씹어뱉었다.

"그냥 이쯤에서 생을 마감하지 그랬나, 친구? 장담하건대 자넨 오늘밤 이곳에서 죽지 못한 것을 두고두고 후회하게 될 걸세."

소사청은 대단한 무인이었다. 그의 세수가 이미 백 살을 넘었다는 건 아무래도 지어낸 이야기 같았다. 백 살하고도 삼십여 년을 산 늙은이가 사흘 밤낮을 쉬지 않고 달린다면 누구라도 그렇게 생각할 수밖에 없을 것이다.

촤촤촤촤착!

화인산 숲을 벗어나 한여름 햇살이 부시게 쏟아지는 서창 인근의 초원 지대를 풀잎을 분분히 흩날리며 무서운 속도로 내달리는 소사청의 뒷모습을 바라보며 여린과 하우영과 장숙은 똑같은 생각을 하고 있었다.

히히힝~

이때 옆쪽에서 곽기풍, 반철심, 막여청을 태우고 달리던 용마가 목을 길게 빼고 포효했다. 지치지 않기는 용마도 마찬가지였다. 오히려 사흘 동안 거의 쉬지 않고 달리는 소사청의 속도감이 용마를 자극하고 있는 것 같았다. 용마는 소사청을 따라잡기 위해 사력을 다했고, 앞서거니 뒤서거니 하며 달리는 일 인과 일 마는 마치 동물과 사람을 대표하여 시합을 벌이는 것 같기도 했다. 오히려 마상에 올라앉은 곽기풍 등이 지쳐 보였다. 한 줌의 내공도 없는 그들에겐 사흘간 쉬지 않고 달리는 말, 아니, 당나귀 위에 앉아 있는 것 자체가 고된 노동이었다.

"어이쿠!"

마침내 더 이상 견디지 못한 곽기풍이 풀밭 위로 굴러 떨어졌다.

"어구구~ 나 죽네. 곽가 죽네."

허리를 감싸 쥔 채 땅바닥을 데굴데굴 구르며 곽기풍이 죽는 소릴 내뱉었다. 덕분에 용마와 일행도 멈출 수밖에 없었다.

"쯔쯧~ 나이는 똥구멍으로 처먹었냐? 어린놈들도 꾹 참고 있는데, 나잇살이나 처먹은 놈이 엄살을 부리고 싶냐, 응?"

툭툭!

소사청이 발끝으로 곽기풍의 옆구리를 찌르며 투덜거렸다. 소사청과 곽기풍, 그들은 이미 견원지간이었다. 소사청은 천성적으로 남 생각은 않고 일신의 편안함만 추구하는 곽기풍이 경박해서 싫었고, 곽기풍은 곽기풍대로 저 혼자 잘났다고 으스대는 소사청의 무식함이 싫었다. 하지만 여린 등이 보기엔 두 사람 모두 나잇값도 못하는 주책바가지들이었다.

"엄살이라고요? 지금 엄살이라고 했습니까, 예? 무공 한 자락 없는 일반인이 사흘 밤낮을 마상에서 버텼는데, 그게 어떻게 엄살입니까? 제 사타구니 한번 보여드릴까요? 살거죽이 싹 벗겨져 진물이 질질 흐른단 말입니다!"

"그러게 이놈아, 평소 주색잡기에 몰두하지 말고 기본적인 무공이라도 익혀두지 그랬냐?"

"흥! 무공이 대수요? 난 이래 봬도 진사과에 급제한 유학자요. 세상을 이롭게 하는 것은 칼이 아니라 성현의 글이라는 공자님의 말씀도 모른단 말입니까?"

고갤 돌려 소사청을 외면하면서 곽기풍이 나직이 툴툴거렸다.

"하긴 알 리가 없지. 무식한 영감이 공맹을 어찌 알겠누?"

"무, 무식? 너, 말 다 했냐? 일루 와. 넌 좀 맞아야겠다."

"칠 테면 쳐보시오. 무력 앞에서 한없이 약해지는 것이 원래 학사의 비애라 하지 않소."

"저놈이 끝까지!"

정말 멱살잡이라도 하려는 두 사람을 여린과 하우영이 간신히 뜯어 말렸다.

여린이 아직도 씨근덕거리는 소사청을 향해 아까부터 품고 있던 의문점에 대해 물었다.

"당 사부와의 거리는 얼마나 벌어졌습니까?"

"한나절 거리는 족히 될 것이다."

"꽤나 벌어졌군요. 저희가 빨리 달리긴 달렸던 모양입니다."

순간 소사청이 모르는 소리 말라는 듯 피식 웃었다.

"넌 한때 사부로 모셨던 위인에 대해 그렇게 모르냐? 우리가 달려봤자 얼마나 빨리 달렸다고 그 사갈 같은 놈과의 거리가 벌어져? 이게 다 나의 안배가 있었기에 가능했던 일이다."

갑자기 여린의 표정이 어두워졌다.

"그 안배란 것이 혹시 갈산악 등의 세 사람을 말씀하시는 겁니까?"

소사청이 가슴을 쭉 펴며 자랑스럽게 말했다.

"왜 아니겠냐? 내가 그 생강시 놈들의 몸에 용마의 꼬리에 묻어 있던 백리추향 가루를 발랐다. 당가 놈은 아마 강시들을 우리로 알고 잡으려고 혈안이 돼 있을 게다."

"잠시 다녀오겠습니다!"

여린이 홱 돌아서서 지금껏 달려왔던 방향으로 냅다 내달리기 시작했다.

"어딜 가느냐, 이놈아?"

"그 세 사람과 함께 돌아오겠습니다!"

여린의 대답에 소사청은 그만 기가 콱 막혔다.

"저, 저런 정신 나간 놈! 이놈아, 그놈들은 이미 산 사람이 아니야! 이승에서 마지막으로 좋은 일 하고 떠나도록 해주면 된단 말이다!"

"그래도 싫습니다! 산 목숨이든, 죽은 목숨이든 다시는 저 때문에 희생당하는 일이 없도록 할 겁니다!"

여린의 뒷모습은 어느새 저 멀리 숲 속으로 사라지고 있었다. 한동안 뻥진 눈으로 여린이 사라진 방향을 바라보고 있던 소사청이 토라진 얼굴로 홱 돌아섰다.

"오냐, 네 마음대로 해보거라. 물에 빠진 놈 건져 냈더니, 다시 물속으로 기어 들어가? 네놈이 그렇게 잘났냐? 네놈이 성인군자야? 이젠 죽든 살든 나도 모르겠으니 너 하고 싶은 대로 하란 말이다."

한동안 눈을 껌벅껌벅하며 소사청을 지켜보던 곽기풍이 물었다.

"구하러 안 갑니까?"

"안 가! 아니, 못 가! 저 혼자 잘난 줄 알고 설치는 철부지 놈을 내가 왜 구해?"

소사청이 불같이 성을 냈다. 머리를 긁적긁적하던 곽기풍이 말없이 용마의 등에 올라탔다. 반철심과 막여청도 곽기풍을 따라 용마의 등에 엉덩이를 붙였다.

곽기풍이 용마 옆에 서 있는 하우영을 향해 물었다.

"가야지?"

"당연히 가야지요."

하우영이 오른손으로 잡은 도끼를 들어 보이며 씨익 웃었다.

"자, 소 영감님은 가지 않으시겠다니 우리끼리라도 갑시다. 여 즙포님 혼자 그 무시무시한 괴물들을 상대하게 내버려 둘 순 없지 않습니까?"

장숙이 앞장서서 걸음을 옮겼고, 그 뒤를 하우영과 용마에 올라탄 곽기풍, 반철심, 막여청이 따랐다.

"저런 미친놈들. 이제 보니 아주 집단으로 미쳤구나. 너희가 아직 당상학이 어떤 위인인지 몰라서 그러지? 그 사갈 같은 놈에게 사지가 잘리고 혀가 뽑혀야 정신을 차리지, 응? 난 모르겠으니 너희끼리 알아서 잘해보렴."

성난 얼굴로 씹어뱉으며 소사청이 풀밭 위에 벌러덩 드러누워 버렸다.

"아아… 편안하다."

팔베개를 하고 누운 그가 청명한 여름 하늘을 유유히 흐르는 양털 구름을 멀거니 올려다보았다. 한동안 가지각색의 모양을 이룬 구름을 올려다보던 소사청이 질끈 눈을 감고 잠을 청했다. 정말 잠이라도 든 것처럼 소사청은 한동안 꼼짝도 하지 않았다.

"에이잇!"

다음 순간 소사청이 갑자기 벌떡 상체를 일으켰다.

"천하에 쓸모없는 놈들! 네놈들 때문에 본왕이 제명에 죽지 못할 테니, 두고 보거라!"

성난 소처럼 씩씩거리며 소사청은 어느새 여린과 일행이 사라진 나무숲을 향해 몸을 날리고 있었다.

"참으로 예의가 없는 친구로세."

피투성이가 되어서도 오뚝이처럼 벌떡벌떡 일어서는 세 강시를 바라보며 당상학이 짜증스럽게 내뱉었다.

정확히 사흘 전, 소사청과 여린 일행을 놓친 당상학은 염화수와 청해일을 독려하며 백리추향의 흔적을 추적해 왔다. 그러나 숲이 끝나가는 지점에서 그를 기다리고 있었던 것은 이마에 '不生'이란 꼴사나운 부적을 붙인 세 명의 강시였다. 또다시 소사청의 농간에 놀아났다는 자각이 들자 참기 힘든 분노 때문에 머리가 뽀개질 듯 아팠다.

"캬오오!"

"캬오오!"

그런 당상학의 마음을 아는지 모르는지 갈산악과 사문기와 두칠로 이루어진 강시조가 날카로운 손톱을 찌르며 덤벼들었다. 생강시의 저 손톱에 살짝만 긁혀도 온몸에 시독이 퍼져 참혹한 몰골로 죽게 된다는 걸 당상학도 알고 있었다. 하지만 그것도 상대 나름. 애초 강시 따위에게 당할 당상학이 아니었다.

"나를 탓하지 말고 너희를 사지에 버린 주인을 탓하거라!"

당상학이 앞으로 한 발 크게 내디디며 검을 찌르자, 검봉으로부터 세 가닥의 검강이 뻗쳐 나갔다.

일체의 수비 동작을 배제하고 덤벼들던 강시들의 가슴에 검강이 작렬했다. 감전이라도 당한 듯 덜컥덜컥 전신을 요동치는 듯하던 강시들이 용케 쓰러지지 않고 다시 당상학에게 덤벼들었다.

"끈질긴 놈들."

강시들의 피부가 철판처럼 단단한 것만은 분명한 듯했다. 소사청에 대한 참을 수 없는 분노와 강시들의 무모한 공격에 짜증이 더해진 당상학이 양손으로 잡은 검을 수평으로 크게 휘두르며 짓쳐 나갔다. 기다란 검강이 채찍처럼 뿌려지며 강시들의 목을 노리고 날아갔다. 일거에 세 강시의 목을 날려 버릴 작정이었던 것이다.

"손속에 사정을 두십시오, 사부님!"

츄우웅!

이때 멈칫하는 당상학의 옆얼굴로 미약한 검기가 닥쳐들었다.

"웬 놈이냐?"

재빨리 검을 회수한 당상학이 검신을 대각으로 쳐올려 검기를 튕겨냈다.

"크흑!"

오른손으로 기다란 나뭇가지를 움켜잡은 채 땅바닥을 뒹구는 여린의 모습을 발견하고 당상학은 절로 인상을 구겼다.

"네가 감히 이 사부의 행사를 방해하느냐?"

"죽을죄를 지었습니다, 사부님. 하지만 그들은 용서해 주십시오. 이미 한 번 죽은 목숨들을 다시 죽여 무슨 득이 되겠습니까?"

재빨리 일어선 여린이 깊숙이 머리를 조아리며 간청했다. 당상학이 그런 여린을 비웃듯 피식 웃었다.

"네가 갑자기 성인군자가 되었구나. 얼마 전까지만 해도 복수에 미쳐 미친개처럼 날뛰더니, 이젠 죽은 사람의 안위까지 걱정하느냐?"

"제자가 사부님의 가르침을 잊고 잠시 미혹에 빠져 있었습니다."

"미혹? 지금 미혹이라고 했느냐? 네가 하찮은 말장난으로 늙은 사부를 능멸하는구나?"

격분한 당상학이 앞발로 땅바닥을 강하게 내딛자 무서운 기세가 피어오르며 흙가루가 사방으로 비산했다.

당상학이 매의 눈처럼 매서운 눈으로 여린을 쏘아보며 내뱉었다.

"그래도 한때의 정을 생각해서 네게 마지막 기회를 주마. 소사청에게로 날 안내해라. 그럼 내가 다시 널 제자로 들인 후, 일인지하만인지상의 존엄한 위치로 올려줄 것이다."

"……."

여린은 서글픈 눈으로 한때 마음을 다해 흠모했던 사부의 얼굴을 보았다. 그의 얼굴에선 더 이상 유학자처럼 청빈하고 도인처럼 고고한 기개는 느껴지지 않았다. 오히려 흉하게 일그러진 표정으로 자신을 죽일 듯 노려보는 당상학의 얼굴은 탐욕과 살기로 얼룩져 더할 수 없이 추악하게 보였다.

여린이 갑자기 당상학을 향해 큰절을 올렸다.

"그동안 키워주신 은혜에 감사드립니다."

"이건 또 무슨 뜻이지?"

무릎을 꿇은 채 여린이 당상학을 직시하며 또박또박 말했다.

"제자가 부족하여 더 이상 스승님의 높으신 뜻을 받들기 힘들 것 같습니다. 하여 이쯤에서 더 이상 스승님의 명성에 누를 끼치지 않고 슬하를 떠나려고 합니다."

"그러니까 네 말인즉……."

"제자를 파문시켜 주십시오."

"끄응~"

어금니를 지그시 깨물며 당상학이 신음을 삼켰다. 한동안 지글지글 타오르는 시선으로 여린을 쏘아보던 당상학이 냉랭하게 입을 열었다.

"누구 마음대로 떠나겠다는 것이냐? 올 때는 네 마음대로였지만 갈 때는 그렇지 못하다. 너는 너 나름대로 쓸모가 있는 하나의 부속물로 키워졌다. 네가 떠날 수 있는 것은 부속물로서 충분히 이용당하고 더 이상 쓸모가 없어졌을 때뿐이다. 그러니 건방진 소리는 집어치우고 소사청에게 안내해라. 나의 인내심이 슬슬 한계를 드러내려고 하는구나."

"부속물… 부속물… 저는 사부께 단지 그런 의미였습니까?"

여린의 표정이 더욱 침중해졌다. 예상은 하고 있었지만 당상학의 입을 통해 그 말을 직접 전해 들으니 참담한 기분을 어찌할 수 없었다.

당상학이 잔혹하게 웃었다.

"하면 네깟 놈에게 다른 무슨 의미를 두었겠느냐?"

여린이 천천히 몸을 일으켰다. 그리고 부러져 버린 목검 대신 움켜쥔 튼실한 나뭇가지 끝으로 당상학을 겨누었다.

"미안하지만 당신의 뜻을 따를 수는 없을 것 같군요. 저는 당신의 부속물이 아니라 즙포사신 여린으로 죽겠습니다."

"당신? 하아, 당신? 네가 지금 나를 당신이라고 불렀느냐?"

당상학의 눈꼬리가 범처럼 치켜 올려졌다.

"당신은 더 이상 나의 사부도 뭣도 아닌데, 탐욕에 눈이 먼 추악한 늙은이를 그럼 뭐라고 부르면 적당하겠소?"

"네 이노옴—!"

벽력과도 같은 노호성과 함께 당상학이 장검을 위에서 아래로 내리그으며 달려나왔다.

콰콰콰콰콰콰!

땅바닥에 길고 깊은 고랑을 남기며 검신에서 뿜어진 예기가 여린을 향해 똑바로 날아갔다. 여린이 자신의 발밑을 노리고 쏘아져 오는 검기를 향해 양손으로 잡은 나뭇가지를 힘차게 후려쳤다.

파앙!

두 가닥의 기류가 충돌하면서 땅바닥이 갈라지고 흙가루가 사납게 터져 올랐다.

"끄흑!"

하지만 원래 공력의 팔 할밖에 회복하지 못한 여린이 현 강호의 최고수인 당상학을 당해낼 순 없는 노릇이었다. 상의 앞섶이 갈가리 찢겨 나간 여린이 핏물을 뿌리며 너울너울 튕겨 나갔다. 땅바닥을 정신없이 구르던 여린이 어금니를 질끈 깨물며 힘차게 일어섰다. 그런 여린의 가슴을 노리고 다시 세 가닥의 눈부신 검강이 쏘아졌다.

혼신의 힘을 불어넣은 나뭇가지를 휘둘러 여린이 자신을 휘감으려는 검강들을 뿌리쳤다. 하지만 당상학의 악랄한 의념이 불어넣어진 세 가닥 검강은 잠시 물러났다가 다시 독 오른 뱀처럼 머리를 빳빳이 세우고 여린을 엄습했다.

세 가닥 검광이 여린의 팔뚝과 옆구리, 허벅지를 차례로 베었다. 그때마다 여린이 피를 뿌리며 가볍게 전신을 진동했다. 한동안 미친 듯이 나뭇가지를 휘둘러 대항하던 여린도 마침내 기력이 다했는지 힘없이 한쪽 무릎을 꿇고 말았다.

"내가 키운 짐승이니 내 손으로 거두는 것이 순리겠지!"

당상학이 단숨에 여린의 목을 베어버릴 듯 일도양단의 기세로 검을 휘둘러 왔다.

"허억… 허억… 허억……."

여린은 격한 숨을 몰아쉬며 자신을 향해 날아드는 푸른 검날을 그저 멍하니 지켜볼 수밖에 없었다. 삶에 대한 새로운 깨달음을 얻었고, 그 깨달음에 따라 아직 할 일이 많이 남아 있었지만 아쉽거나 하진 않았다. 태어나서 처음으로 뜻다운 뜻을 세웠고, 그 뜻에 충실히 따르다 죽게 되었다는 것만으로도 크나큰 행운이었다.

불현듯 몇 사람의 얼굴이 떠올랐다. 곽기풍, 하우영, 장숙, 반철심, 막여청. 자신의 아집 때문에 필설로 형언할 수 없는 고통을 겪었으나 오히려 자신을 구하기 위해 목숨까지 내던져 준 고마운 사람들. 죽어 귀신이 되어서도 은혜를 갚아야만 할 사람들이었다.

'고맙소. 그리고 미안하오.'

여린은 지그시 눈을 감으며 친구들에게 작별을 고했다.

"으하하하! 우리를 내버려 두고 누구 마음대로 죽으려 하시오, 즙포양반!"

"죽어도 같이 죽고 살아도 같이 살자던 맹세를 벌써 잊었단 말입니까?"

갑작스럽게 들려온 친구들의 목소리에 여린이 번쩍 눈을 떴다. 놀라움으로 부릅떠진 여린의 시야로 당상학의 좌우편에서 득달같이 달려들고 있는 하우영과 장숙, 그리고 곽기풍과 반철심의 모습이 닥쳐들었다.

"물러서요! 당신들의 상대가 아닙니다!"

여린이 황망히 손을 내뻗으며 소리쳤다. 하지만 친구들은 그의 말을 들으려 하지 않았다. 하우영은 혼신의 힘이 실린 도끼를 당상학의 정수리를 향해 후려치고 있었고, 장숙은 수십 개로 불어난 검광을 당상학의 옆구리를 노리고 내쏘고 있었다. 너무도 갑작스런 기습에 당상학은 여린의 목을 노리던 검을 회수할 수밖에 없었다.

"하루살이 같은 것들이!"

격분한 당상학이 신형을 회오리처럼 휘돌리자 두 가닥 검공이 좌우 편으로 동시에 뻗쳐 나가 하우영의 도끼와 장숙의 검신을 때렸다.

"윽!"

"크흑!"

당상학의 가공할 내력에 밀린 하우영과 장숙은 병기를 놓치지 않기 위해 손바닥에 피가 배어 나오도록 검병을 움켜잡아야 했다.

"살 만큼 산 늙은이가 무슨 힘이 이리 세!"

"이제 그만 관 속으로 들어가 눕는 것이 어떠냐, 늙은 귀신아!"

하우영이 외팔로 붕붕 휘돌리던 도끼를 당상학의 미간을 노리고 힘껏 흩뿌렸다. 거의 동시에 도끼를 튕겨내려고 검을 휘두르는 당상학의 텅 빈 뒷등을 노리고 장숙이 검광 열 가닥을 내찔렀다.

카앙!

당상학의 검날에 얻어맞은 도끼가 힘없이 튕겨 올랐다. 당상학은 자신의 배후를 노리고 날아드는 구주환상검의 검초를 깡그리 무시한 채 당황하는 하우영의 가슴을 노리고 계속 검을 찔러갔다. 그러면서 검을 잡지 않은 한 손을 등 뒤로 돌려 살랑살랑 흔들자, 장숙이 내쏜 검광들은 철벽에라도 가로막힌 듯 분분히 튕겨 나갔다.

푸욱!

"끄윽!"

당상학의 검이 아랫배에 처박히는 순간 하우영이 고통으로 입을 쩍 벌렸다.

그런 하우영에게 얼굴을 바싹 들이밀고 당상학이 음산하게 중얼거렸다.

"아프냐? 물론 아프겠지? 실은 아프라고 찌른 거다."

당상학이 검병을 잡은 손을 좌우로 천천히 휘돌리자 하우영의 입이 더욱 크게 벌어졌다. 하지만 하우영은 끝까지 비명을 토하지 않았다. 그의 마지막 자존심이자, 오기였다.

"하 포두를 놔줘, 영감!"

이때 당상학의 어깨 너머에서 양손으로 잡은 군도를 치켜들고 장숙이 덮쳐들었다.

"귀찮구나!"

기다란 혈선을 그리며 하우영의 배에서 검을 뽑아낸 당상학이 섬전처럼 돌아서며 장숙을 노리고 검신을 쳐올렸다. 검강에 허벅지를 길게 베이며 장숙이 허공중에서 격하게 전신을 진동했다.

"크아악!"

땅바닥을 나뒹구는 장숙을 노리고 당상학의 검이 떨어졌다.

"응?"

장숙을 단칼에 꿰어 죽이려던 당상학이 순간적으로 멈칫했다. 장숙 너머로 오안수포를 똑바로 겨누며 서 있는 곽기풍을 발견했기 때문이다. 당상학의 예리한 감각이 위험 신호를 보내고 있었다. 암기 따위에 당할 당상학이 아니었다. 하지만 거리가 너무 가까웠고, 늙은 관원의 손에 들린 암기 또한 범상치 않아 보였다.

투아앙—!

당상학이 뒷걸음질을 시작한 것과 거의 동시에 오안수포가 불을 뿜었다. 화전민촌에 머물던 며칠 동안 반철심이 대장간을 잠시 빌려 만든 예리한 쇠침이 당상학의 미간을 노리고 날아들었다.

당상학이 눈앞에서 왼손을 빠르게 휘돌렸고, 놀랍게도 그의 손가락 사이엔 쇠침이 끼워져 있었다.

"끄아아아! 죽어! 제발 좀 죽어라, 괴물 같은 늙은이야!"

곽기풍이 악에 받친 괴성을 내지르며 오안수포의 방아쇠를 연달아 당겼다. 그러나 당상학이 좌수를 흔들 때마다 세 개의 쇠침은 차례로 손가락 사이에 끼워졌다.

"이것도 한번 맛봐주시오, 영감."

이때 곽기풍 옆으로 달려나온 반철심이 양손에 쥐고 있던 두 개의 폭구를 당상학의 머리 위로 집어 던졌다.

"이건 또 무슨 장난감이냐?"

당상학이 검을 쳐올려 두 개의 폭구를 동시에 베는 순간 맹렬한 폭발과 함께 시커먼 폭연이 터져 나왔다. 비록 쇠가죽을 얼기설기 엮어 만든 조악한 폭구였지만 순간적으로 당상학의 시야를 어지럽히기엔 충분했다.

"이건 덤이다!"

타아앙!

순간적으로 당황한 당상학을 노리고 곽기풍이 마지막 남은 쇠침을 발포했다. 그리고 그의 간절한 염원을 담은 쇠침은 운 좋게도 당상학의 어깻죽지를 뚫고 박히는 데 성공했다.

"크흐흡!"

어깻죽지를 감싸 쥐고 대여섯 걸음을 물러서며 당상학이 신음을 삼켰다.

"네놈들… 버러지만도 못한 네놈들이 감히 본좌의 옥체에 생채기를 내다니… 이 찢어 죽여도 시원찮을 놈들이……?"

순간 정광을 발하던 당상학의 두 눈이 핏물이 차오르는 듯 벌겋게 물들었다. 도골선풍을 자랑하던 그의 전신으로 난폭한 기류가 맴돌고, 청수하던 얼굴은 감당하기 힘든 적개심으로 흉측하게 일그러졌다. 당상학의 살기 어린 눈에 여린을 중심으로 버티고 서 있는 곽기풍, 하우영, 장숙, 반철심, 막여청 등의 모습이 들어왔다. 단언하건대 당상학 자신이 가장 혐오하는 부류의 인간들이었다. 가진바 실력은 미천하면서 의리니, 도리니 하는 하찮은 가치들을 위해 스스럼없이 목숨을 내던지는 종자들. 저런 종자들은 싹 죽여 없애 버리는 게 낫다고 당상학은 생각했다.

"너희 같은 것들은 죽어 없어지는 게 세상을 위해 백번 좋은 일이다! 알고는 있냐, 멍청이들아?"

분노의 일갈을 터뜨리며 검을 내찌르는 당상학으로부터 크고 기다란 검강 하나가 노도와 같이 뻗쳐 나왔다. 그 패도적인 기세에 땅바닥의 풀들이 눕고 허공을 떠돌던 공기가 밀려났다.

"으아아! 영감이 지쳤다!"

"영감의 목은 내 것이다!"

여린, 하우영, 곽기풍, 장숙, 반철심, 막여청이 호기롭게 소리치며 돌진했다. 그들 모두 당상학이 조금도 지치지 않았다는 사실을 잘 알고 있었다. 심지어 어깨에 박혔던 쇠침마저 공력에 의해 몸 밖으로 튕겨 나온 지 오래였다. 그래도 여린과 친구들은 당상학이 지쳤다고 믿기로 했다. 죽음이 두렵지 않은 사람이 어디 있겠냐마는 함께라면 상관없다는 생각이었다.

완벽한 동료애.

일행은 그 지고한 감정을 공유하고 있는 듯했다. 그리고 사랑하는 연인이 삶과 죽음을 함께하길 소망하듯 그들 역시 함께할 수만 있다면 죽음조차 행운이라고 생각했다. 그래서 그들은 마음껏 용감해질 수 있었다.

당상학에게 도달하기도 전에 그로부터 뿜어지는 막강한 기세와 충돌하며 하우영과 곽기풍과 장숙과 반철심과 막여청이 차례로 튕겨 나갔다. 그들이 목숨을 부지할 수 있었던 건 당상학의 목표가 애초 여린이었기 때문이다.

"본좌의 손에 죽는 것을 영광으로 알아라, 이놈!"

당상학의 가공할 힘이 실린 검광이 여린이 내민 몽둥이를 동강 내버리며 여린의 목을 노리고 날아들었다. 비록 무신(武神)이 현신한다 해도 이제 여린을 살려낼 방도는 없을 것 같았다.

푸히히힝—

빼어억!

여린을 살린 건 무신이 아니라 용마였다. 전속력으로 돌진한 용마가 당상학의 옆구리를 제대로 들이받았다.

"크흑!"

당상학이 다시 한 번 볼썽사납게 땅바닥을 뒹굴었다.

"용마, 네놈이 감히 나를!"

여린의 앞을 가로막은 채 사납게 투레질을 하는 용마를 죽일 듯 쏘아보며 당상학이 검을 고쳐 잡으며 일어섰다.

"우헤헤헤! 말도 아니고 소도 아닌 당나귀에게 당하다니 보기 드문 꼴불견이로구나!"

흠칫 고개를 돌리는 당상학의 눈앞에 양손을 내질러 암천부골장을 폭출하는 소사청의 모습이 닥쳐들었다.

꽈앙!

"크흑!"

미처 방비를 갖추지 못한 당상학이 황망히 검을 휘둘러 부골장을 막아내는 데는 성공했지만 그 여파로 자신의 신형이 실 끊긴 연처럼 너울너울 튕겨 나가는 것만은 어쩌지 못했다.

평생에 걸쳐 백 번도 넘는 비무를 벌이는 동안 한 번도 땅바닥에 등을 눕히지 않았다고 자부하는 검군자 당상학이 오늘 벌써 세 번씩이나 나뒹굴고 있었다.

"소사청, 이놈."

당상학이 피가 배어 나오도록 어금니를 깨물며 떨치고 일어섰다. 산발한 머리카락이 사자의 갈기처럼 허공으로 치솟고, 두 눈에선 섬뜩한 살광이 가닥가닥 뻗쳐 나오고 있었다. 죽여도 곱게 죽이지는 않으리라. 당상학이 마음을 독하게 다잡으며 나서려 할 때, 누군가의 손이 그의 어깨를 붙잡았다.

"지금부터 내가 맡을 테니, 당신은 잠시 쉬고 있어."

당상학의 어깨를 지그시 누르며 앞으로 나선 사람은 바로 염화수였다.

우직!

염화수가 소사청을 노려보며 새끼손가락을 질끈 깨물었다.

순간 송곳에 엉덩이를 찔린 사람처럼 화들짝 놀란 소사청이 여린 등을 돌아보며 다급히 소리쳤다.

"달아나! 달아나, 이놈들아! 묘후의 혈지환영(血指幻影)이 펼쳐지면 우린 모두 죽은 목숨이다!"

그때 이미 소사청이 두려워해 마지않는 혈지환영이 염화수의 손끝에서 펼쳐지는 중이었다. 선홍색 핏물이 뚝뚝 떨어지는 새끼손가락을 염화수가 허공중에서 빠르게 휘돌려 붉은색 '劍' 자를 새겼던 것이다. 동시에 염화수의 머리 위로 환영처럼 수십, 수백 개의 검영이 떠올랐다.

"저, 저게 뭐야?"

여린과 일행이 질린 눈으로 시시각각으로 불어나는 검영들을 올려다보았다.

"무조건 튀어!"

여린의 손목을 낚아챈 소사청이 뒤도 돌아보지 않고 냅다 달리기 시작했다.

"출검(出劍)."

쑤아아아아앙―!

염화수가 오른손 검지를 앞쪽으로 천천히 내뻗는 순간, 수백 개로 불어난 검영이 정신없이 달아나는 소사청과 여린 등의 뒷등을 향해 성난 벌 떼처럼 날아갔다.

"흥! 환술의 상대로는 환검이 제격이지."

소사청을 쫓아 달아나던 장숙이 갑자기 돌아서서 군도를 내찔렀다.

"위험합니다, 장 포두!"

나머지 일행과 뒤섞여 달아나던 여린이 다급히 소리쳤지만 장숙은 힘차게 땅바닥을 밟고 서서 고집을 부렸다.

"어린애인지 할망구인지 헷갈리는 저 계집은 내가 맡을 테니, 즙포님이나 빨리 달아나쇼!"

여린은 장숙이 호승심 때문에 나선 게 아님을 알고 있었다. 경신공부가 전무한 곽기풍, 반철심, 막여청을 용마에 태우고 삼십육계에 도가 튼 것 같은 소사청을 좇아 달아나는 그들을 뒤쫓는 붉은 검영들이 너무 빨라 금방 따라잡힐 판국이었다. 그래서 장숙이 일행을 구해보겠다고 나선 것이다.

"구주환상검도 알고 보면 꽤 유명한 환검이라고!"

장숙이 군도를 연달아 내찌르자 수십 개의 백색 검영이 쏟아졌다. 붉은색 검영과 흰색 검영이 허공을 수놓으며 날아가는 광경은 장관이었다. 그러나 그 위력은 하늘과 땅 차이였다. 장숙이 발출한 검영은 하나만 빼놓고 모두 허상인 반면, 염화수가 만들어낸 그 많은 검영은 모두 진짜였기 때문이다.

장숙의 검영이 염화수의 검영과 충돌하며 산산이 흩어지고, 붉은 검영들이 놀란 토끼 눈을 한 장숙의 머리 위로 떨어졌다.

"으아아아! 환검이 아니잖아! 이 많은 검영이 모두 진초였단 말이야?"

비명을 내지르며 장숙이 검영들을 정신없이 튕겨냈다. 그러나 그의 녹슨 군도로 우박처럼 쏟아지는 그 많은 검영들을 모조리 막아낼 순 없었다.

"으윽!"

몸 군데군데 크고 작은 자상이 그어지며 장숙이 신음을 삼켰다. 흠칫 고갤 쳐들자 눈앞은 온통 붉은 검영의 천지였다.

"오오냐! 죽어도 곱게 죽지는 않겠다!"

"죽다니요? 누구 맘대로 죽는단 말입니까?"

죽기를 각오한 장숙이 군도를 고쳐 쥐며 짓쳐 나가려 할 때 그의 옆으로 어느새 여린이 바싹 따라붙었다.

장숙이 여린을 향해 눈을 치떴다.

"달아나라고 하지 않았습니까? 내 죽음을 헛되이 할 생각입니까?"

"우리 중 누구도 죽지 않습니다. 혹시나 죽는다면 아마도 모두 함께겠지요."

장숙을 향해 한 번 빙긋 웃어준 여린이 검 대신 잡은 나뭇가지를 정신없이 휘둘러 검영들을 튕겨냈다. 장숙도 여린과 나란히 버티고 서서 쉴 새 없이 쏟아지는 검영들을 막아냈다.

"뒤에서 들으니까 누가 죽는다고 하던데, 기왕이면 같이 죽읍시다!"

"맞아요. 이 지랄맞은 세상을 사느니 죽는 게 홍복이지!"

뒤이어 하우영이 달려왔고, 나중엔 애써 용마에 태웠던 곽기풍과 반철심과 막여청까지 돌아와 여린의 양옆으로 늘어섰다. 그러나 중과부적. 여섯 사람은 가진 재주를 총동원했지만 끝도 없이 밀려드는 검영들을 당해낼 순 없었다.

"읔!"

"크흑!"

"우우욱!"

여기저기서 억눌린 신음 소리가 들려오기 시작했고, 크고 작은 상처를 입은 여린과 일행들은 주춤주춤 뒷걸음질을 시작했다.

"이런 똥통에 삭인 똥짱아지 같은 놈들! 죽는 게 무슨 벼슬인 줄 알아?! 너희 때문에 아무래도 내가 제명에 못 죽지 싶다!"

여린의 머리를 타 넘으며 소사청이 앞으로 나섰다. 소사청이 열 개의 손가락을 쭉 내찌르자 열 가닥의 흑지풍이 쏘아졌다. 지풍과 검영이 부딪치며 허공중에서 분분히 터져 나갔다. 소사청이 정신없이 검영들을 막아내며 여린을 향해 버럭 소리쳤다.

"빨리 안 도망칠래? 한 번만 더 죽겠다고 나섰다간 내 손에 먼저 뒈질 테니 그런 줄이나 알아, 싸가지없는 놈들아!"

이를 바득바득 갈아붙이며 악을 써대는 폼이 정말 자신들을 향해 살수라도 펼칠 기세인지라 여린과 동료들은 소사청이 시키는 대로 전력을 다해 달아나기 시작했다.

"아주 끝이 없구나! 끝이 없어! 이놈의 환술이란 것은 정말이지 정나미가 떨어지게 만드는구나!"

볼멘소리를 하면서도 소사청은 숨 가쁘게 지풍을 내쏘아 허공을 벌겋게 뒤덮은 검영들을 성공적으로 막아냈다. 겉으로 내색은 하지 않았지만 소사청은 지쳐 가고 있었다. 끝도 없이 날아드는 검영들을 막아내기 위해 계속해서 지풍을 쏘아댔으니 지치는 게 당연했다. 소사청이 힐끗 고갤 돌려 여린의 뒷모습을 보았다. 여린 등이 이제 막 추격권을 벗어난 것을 확인한 소사청이 황망히 신형을 돌려세우려 할 때, 염화수의 뾰족한 외침 소리가 들려왔다.

"생목(生木)!"

'생목이라고? 출검은 검이 날아간다는 뜻이고, 생목은 나무가 살아난다는 뜻이니까…….'

소사청이 문득 고갤 돌려 주변 울창한 수목들을 보았다.

우두두두둑!

콰드드드득!

하늘을 찌를 듯한 거목들이 뿌리째 뽑혀 나와 치렁한 나뭇가지를 귀신 팔처럼 휘두르며 자신을 향해 덤벼드는 장관을 목도하는 소사청의 입에선 저도 모르게 쌍소리가 튀어나왔다.

"똥물에 튀겨 죽여도 시원찮은 후레자식들!"

새삼 자신을 곤경으로 몰아넣은 여린과 그 작당들의 면면이 떠올랐기 때문이다.

"너무하는구려, 묘후! 그래도 한때는 서로의 속살을 어루만지며 운우지정을 나누던 사이인데, 오늘날에 이르러 어찌 손속이 이리도 악랄해지셨소?"

"닥쳐라, 음적 놈! 오늘은 기어이 너의 음탕한 혓바닥을 뽑아 개에게 던져 주고 말 테다!"

소사청이 허공을 격하여 내달렸다. 그야말로 전광석화 같은 신법이었으나 그는 아직 울창한 나무숲 한복판에 있었고, 그 나무들에서 뻗쳐 나온 가지들이 한사코 진로를 막았다. 뒤쪽에서 날아온 넝쿨 하나가 그의 발목을 휘감았다. 속도가 줄어들자 사방에서 온갖 종류의 가지들이 뻗쳐 와 소사청의 전신을 칭칭 휘감아 버렸다. 잠시 후, 소사청은 거미줄에 대롱대롱 매달린 꼬치 신세가 되고 말았다.

고양이처럼 영활하게 날아오른 염화수가 소사청을 노리고 한줄기 지풍을 내쏘았다.

"죽이면 안 돼!"

뒤늦게 만년영과의 정확한 위치를 알고 있는 사람이 소사청뿐이란 사실을 자각한 당상학이 손을 뻗어 제지했지만, 염화수의 예리한 지풍이 이미 꼬치를 꿰뚫은 후였다. 꿰뚫는 것으로만 끝난 것이 아니라 손가락을 천천히 아래로 내리그어 꼬치 속에 들어 있는 소사청의 몸뚱이를 두 동강 내버리고 말았다.

쿠우웅!

머리에서부터 사타구니까지 정확히 반으로 갈린 소사청의 시체가 땅바닥에 처박혔다.

"나쁜 놈! 나쁜 놈! 잘 죽었다, 나쁜 놈!"

아직 분이 풀리지 않은 듯 염화수가 시체의 다리를 걷어찼다. 청해일과 함께 황급히 달려온 당상학이 그녀의 팔을 거칠게 움켜잡았다.

"정신이 있는 거요, 없는 거요? 만년영과의 정확한 위치를 알고 있는 작자를 죽여 버리면… 가만!"

당상학이 말을 끝맺지도 않고 멈칫했다. 예리한 시선으로 소사청의 시체를 훑어보던 그의 입에서 낮은 신음성이 흘러나왔다.

"용시괴뢰(用尸傀儡)……?"

청해일이 당상학을 돌아보며 물었다.

"용시괴뢰가 무엇입니까?"

"시문에만 비전되는 역용술 중 하나다. 진기를 불어넣은 시체를 이용해 자신을 대체할 꼭두각시를 만드는 게지."

"그럼 백골염왕이 살아 있다는 겁니까?"

당상학이 시체의 다리를 툭툭 건드리며 쓰게 웃었다.

"적어도 이 시체는 소사청이 아니야. 결국 그 교활한 영감이 살아 있다는 뜻이겠지?"

청해일이 멍한 표정으로 고갤 주억였다.

"그렇군요. 어쨌든 시문도 대단합니다. 전 두 분께 속절없이 당하기에, 사대비문 중에서 시문은 별게 아니라고 생각했습니다."

당상학이 여린 등이 사라진 숲 저쪽을 지그시 노려보며 중얼거렸다.

"착각을 해도 아주 큰 착각을 하고 있군. 백골염왕은 한때 우리 넷

중 가장 강했던 무인이야. 단지 조건이 맞지 않아 아직 제대로 된 신위를 보이지 않고 있을 뿐이라네."

"조건이요?"

청해일이 고갤 갸웃하며 물었다.

당상학이 피식 웃으며 두루뭉술하게 설명했다.

"글쎄… 보통 시간적 조건과 지리적 조건, 두 가지가 충족돼야 그의 진면목을 볼 수 있지. 물론 우리는 어떻게든 그걸 막아야 할 입장이지만 말이야."

염화수의 성난 고함 소리가 들려온 건 바로 그때였다.

"지금이 한가롭게 노닥거릴 때야? 빨리 소사청을 쫓아야지?"

당상학이 빙긋 웃으며 걸음을 옮겼다.

"그러잖아도 지금 가려던 참이었소."

"내가 앞장설게."

그런 당상학을 스쳐 염화수가 빠르르 달려나갔다. 순식간에 저 멀리 앞서 달려가는 염화수의 뒷모습을 바라보며 당상학은 소사청에 대한 그녀의 적개심을 충분히 짐작할 수 있었다. 염화수와는 달리 당상학은 그들을 너무 몰아붙일 생각이 없었다. 사실 운 좋게 소사청을 생포한다고 해도 순순히 환문의 조사동 위치를 불 위인도 아니고 보면 이대로 행적을 놓치지 않으면서 운남의 밀림 속까지 길잡이로 삼는 게 나을지도 몰랐다.

그때부터 길고 긴 추격전이 시작되었다. 사천성 흑수변에서부터 운남성의 무정에 이를 때까지 근 한 달 동안 양측은 쫓고 달아나기를 반복했다. 그 와중에 계절은 한여름으로 접어들고 있었다. 폭염이 푹푹 내리쬐는 원시림 속을 여린 일행과 당상학 일행은 숨바꼭질하듯이 헤맸다. 염화수가 여러 번 소사청의 흔적을 발견하고 공격을 감행하려 했지만 당소천이 만류했다. 소사청은 만년영과로 향하는 훌륭한 길잡이였기 때문이다.

'만년영과라… 만년영과…….'

평소 냉철하기로 유명한 그였지만 만년영과에 가까워진다고 생각할 때마다 탐욕으로 두 눈이 번들거리는 것만은 어쩔 수 없었다. 그만큼 만년영과는 매력적인 보물이었던 것이다.

탁탁.

불꽃을 튀기며 모닥불이 타오르고 있었다. 밀림 한복판의 커다란 고목나무 밑에서 타오르는 모닥불 주변으로 당상학과 청해일이 누워 잠들어 있었다. 오랜 추격전은 쫓기는 사람뿐만 아니라 쫓는 사람들도 지치게 만들었다.

우우우~

어디선가 맹수의 울음소리가 길게 울려 퍼졌다. 그 소리에 청해일이 잠에서 깨었다. 졸린 눈으로 모닥불 주변을 둘러보던 청해일은 염화수의 모습이 보이지 않는다는 걸 깨달았다.

"망할! 종 노릇 해먹기도 힘들구만. 하긴 실제 나이는 백 살도 넘었는데, 정신연령은 열넷밖에 안 되는 주인을 모신다는 게 쉬운 일은 아니지."

청해일이 툴툴거리며 어둑한 밀림 안쪽으로 걸음을 옮겼다.

운남의 밀림 지대로 들어선 이후 염화수는 부쩍 말도 없이 종적을 감추는 일이 잦아졌다. 그럴 때마다 청해일이 찾아서 돌아오곤 했지만 시간이 지날수록 염화수의 실종 횟수가 늘었고, 또한 사라지는 시간도 점점 늘어나는 형편이었다.

"허억!"

시야를 가로막는 치렁치렁한 넝쿨을 헤치고 밖으로 나서던 청해일은 저도 모르게 숨을 훅 들이마셨다. 깎아지른 듯한 절벽 끝에 아슬아슬하게 서서 양팔을 활짝 벌리고 분화구가 보일 듯 닥쳐든 보름달을 우러르고 있는 염화수의 뒷등이 보였기 때문이다. 염화수의 몸이 바람에 흔들리는 갈대처럼 앞뒤로 천천히 흔들리고 있었다. 등 뒤에서 아주 미약한 힘만 가해져도 그녀는 천 길 낭떠러지 아래로 추락할 것만 같았다.

"묘후님… 묘후님……."

청해일이 조심스럽게 염화수의 이름을 불러보았다. 하지만 그녀는 그의 목소리를 듣고 있지 않았다. 청해일은 비로소 그녀가 꿈을 꾸고 있다는 사실을 알았다. 몽롱한 눈빛과 가끔씩 입가에 그려지는 행복한 미소, 그리고 나직한 콧노래까지. 염화수는 천 길 낭떠러지 끝에서 태평하게도 잠이 들어버렸던 것이다.

"망할 놈의 주인, 이젠 별 짓거리를 다 하는구만."

나직이 툴툴거리며 염화수를 향해 한 걸음 내딛던 청해일이 문득 멈칫했다. 염화수가 갑자기 자신을 향해 스윽 돌아섰기 때문이다. 은은한 달빛을 역광으로 받고 있는 그녀는 왠지 신령스런 분위기를 풍겼다. 청해일은 그녀의 몸이 새털처럼 가벼워져 금방이라도 저 멀리 은하를 향해 훨훨 날아갈 것 같다는 생각을 했다. 그리고 그 생각은 왠지 그를 불안하게 만들었다.

"도, 돌아갑시다."

청해일이 염화수를 향해 천천히 손을 내뻗었다.

"기억이 지워진다는 게 어떤 느낌인지 알아?"

순간 염화수의 입에서 낮고 기복없는 목소리가 새어 나왔다. 청해일은 할 말이 생각나지 않아 뻗었던 손을 움츠리고 가만히 서 있었다. 그녀의 한없이 공허한 목소리가 다시 들려왔다.

"그건 마치 몸 안의 수분이 모조리 빠져나가는 기분이야. 목은 타는데, 몸 안에 조금밖에 남아 있지 않은 수분은 계속해서 빠져나가는 거지. 하지만 정작 무서운 건 갈증이 아니라 사라지는 느낌이야. 내 안에 남은 마지막 생기가 빠져나가는 느낌. 그 섬뜩하고 차가운 느낌이 나를 못 견디게 해. 무서워… 정말이지 무서워 죽겠어……."

염화수는 울고 있었다. 소리 죽여 오열하는 염화수를 바라보며 청해일은 비로소 그녀가 누군가를 쏙 빼닮았다는 사실을 깨달았다.

유진영. 열대여섯 살 때부터 활짝 피어나기 시작해 그의 젊은 가슴을 방망이질 치게 만들었던 죽은 아내 진영과 염화수의 얼굴은 너무도 닮아 있었다.

'그걸 왜 이제야 깨달았을까?'

청해일은 그 사실을 이제야 깨달은 자신이 오히려 신기했다. 어쩌면 염화수의 뒤통수 쪽에서 빛나고 있는 휘황한 달빛 때문인지도 몰랐다. 어쩌면 염화수의 갑작스런 눈물이 툭하면 울음을 터뜨려 울보라고 놀림을 받던 진영의 모습을 떠올리게 했는지도 몰랐다. 어쨌든 상관없다고 청해일은 생각했다. 중요한 건 그가 아내의 죽음 이후 처음으로 그녀의 모습을 떠올리고 있다는 사실이었다.

청해일의 눈에서 눈물이 주르륵 흘렀다. 청성이 불타고, 사부와 사형제들이 도륙당하는 와중에 그는 스스로에게 경황이 없다고 설득하며 애써 아내의 죽음을 외면했다. 아내의 죽음은 자신의 것이 아니라고 믿었기 때문이다.

그녀는 하우영의 여자로서 죽었다. 남편인 그는 그녀의 죽음으로부터 철저히 소외당했다. 그래서 청해일은 복수를 결심했고, 그 복수의 방법이란 것이 아내의 죽음 자체를 대수롭지 않게 받아들이는 것이었다. 그런데 오늘 밤 염화수가 그를 울렸다. 백 년도 넘게 살았다는 노강호인의 슬픔이 그의 가슴으로 고스란히 전이되어 청해일의 눈물샘을 자극했다.

슬픔은 사람을 하나로 묶는 힘이 있다.

대여섯 걸음을 두고 마주 선 두 사람은 끈끈한 동질감 속에서 서로의 얼굴을 하염없이 바라보며 눈물을 흘리고 있었다.

염화수의 신형이 갑자기 절벽 밖으로 천천히 기울어지기 시작했다.

"그래서 내가 내린 결론은 지겹다는 거야. 매일 밤 내 안의 무언가가 서서히 빠져나가는 느낌이란 것이 이젠 정말 지겹다는 거야."

"어리석은 짓 하지 마!"

청해일이 몸을 날렸다. 그리고 절벽 아래로 추락하려는 염화수의 허리를 와락 끌어안고 땅바닥을 뒹굴었다.

"……."

염화수의 몸 위에 올라탄 자세로 청해일이 한동안 그녀의 젖은 눈을 빤히 들여다보았다.

그녀의 볼을 쓰다듬어 주며 청해일이 떨리는 목소리로 말했다.

"미안해… 널 때려서 미안해. 널 사랑해서 미안해. 그리고 널 잊어서 미안해. 정말이야……."

마치 둑이 터져 버린 듯 그동안 참고 참았던 눈물을 한꺼번에 쏟으며 청해일이 염화수의 목을 끌어안았다. 그런 청해일의 등을 토닥이며 그녀가 엷게 웃었다.

"넌 볼수록 재밌는 아이로구나. 난 죽음에 대해 논하고 있는데, 넌 사랑에 대해 논하는 거냐? 하긴 죽음과 사랑이 전혀 별개의 감정은 아니야. 사람은 사랑을 하면서 살아 있음을 확인하게 되고, 삶이 죽음과 연결돼 있다고 가정했을 때 결국 사랑은 죽음과 맞닿아 있다는 결론이 자연스럽게 나오지."

청해일은 아무런 대꾸 없이 어깨를 떨며 끅끅, 억눌린 울음소리를 낼 뿐이었다. 청해일의 턱 밑으로 떨어진 눈물방울이 염화수의 이마로 떨어졌다. 염화수가 조용히 청해일의 이름을 불렀다.

"해일아."

"윽… 윽윽……."

"해일아."

"윽윽… 예에……."

"네가 내 기억이 되어주면 안 되겠니?"

"무, 무슨 말씀입니까?"

"나는 점점 기억을 잃어가고 있지만 너는 기억이 또렷하잖니? 그러니까 네가 내 대신 나의 남은 삶을 기억해 달라는 거야. 이미 잊어버린 이전의 삶은 어쩔 수 없겠지만 남은 삶 동안의 기억만이라도 붙잡아두고 싶구나. 이게 지나친 욕심일까?"

"지나치긴요. 너무 보잘것없어서 욕심이란 말을 갖다 붙이기도 민망합니다."

"그럼 약속해 주는 거지?"

"약속하고 자시고가 어디 있습니까? 이 몸은 어차피 묘후님의 종 아닙니까? 당연히 주인님의 말씀에 따라야죠."

"아냐, 그런 게 아니야."

염화수가 도리질을 쳤다.

"이건 주인이 아니라 친구로서 부탁하는 거야. 난 네가 친구로서 나의 부탁을 들어주었으면 좋겠구나."

"친구로서 말입니까?"

"응, 친구로서."

청해일이 눈을 둥그렇게 뜨고 염화수의 얼굴을 내려다보았다. 어여쁜 얼굴이었다. 도저히 백 살이 넘게 살아왔다곤 믿어지지 않는 풋풋한 아름다움이 느껴지는 얼굴.

서둘러 염화수의 얼굴을 외면하며 청해일이 부러 퉁명스럽게 말했다.

"까짓거, 그렇게 하죠, 뭐."

"그럴 줄 알았다. 고맙다, 해일아."

염화수가 청해일을 꼬옥 끌어안아 주었다. 순간 염화수의 봉긋한 가슴과 밀착된 청해일의 가슴을 통해 그녀의 빠른 심장 박동이 고스란히 전해졌다. 아내 유진영을 안았을 때처럼 청해일의 삭막한 가슴으로 따뜻한 물이 고여오는 느낌이 들었다. 실로 오랜만에 영혼이 휴식을 취하고 있는 느낌이라고나 할까?

어디선가 냉랭한 목소리가 들려와 청해일과 염화수가 상념에서 깨어나도록 만든 건 바로 그때였다.

"상당히 한가로운 것 같군, 두 사람. 설마 백 년의 시차를 거슬러 새로운 연모라도 시작하려는 건 아니겠지?"

뒷짐을 지고 서서 싸늘한 눈으로 두 사람을 바라보고 있는 사람은 당상학이었다.

당상학이 서둘러 일어서는 청해일과 염화수를 지그시 노려보며 말했다.

"우린 지금 까다로운 적을 눈앞에 두고 있다는 사실을 잊지 말았으면 좋겠군."

"잊지 않았어. 그러니까 걱정할 필요 없어, 영감."

염화수가 당상학을 한 번 사납게 흘겨보곤 숲 속으로 사라져 버렸다.

"시, 실은 묘후께서 몽유병에 취해 절벽 아래로 떨어지려는 걸 제가 우연히 구해드렸습니다. 오해하실 만한 일은 없었으니 걱정 마십시오. 저도 그만 가서 밀린 잠이나 자야겠습니다."

대충 얼버무린 청해일이 염화수를 따라 숲 속으로 발길을 돌릴 때, 어느새 등 뒤로 바싹 다가선 당상학이 은은한 정광을 발하며 나직이 내뱉었다.

"자네, 혹시 천하를 얻고 싶은가?"

"예? 그게 무슨 말씀이십니까?"

흠칫 돌아보는 청해일에게 얼굴을 바싹 들이밀며 당상학이 서늘한 목소리로 중얼거렸다.

"지나친 욕심은 화를 부르는 법이지. 너무 무리하지 말게. 서까래까지 불타 버린 사문을 되살릴 수 있다면 자네는 충분히 보상받는 셈이 아닌가?"

"저도 더 이상 바라는 게 없습니다."

"그런데 왜 묘후에게 접근하지?"

"접근하는 것이 아니라……."

청해일의 말꼬리를 싹둑 자르며 당상학이 무섭게 씹어뱉었다.

"나는 지난 백 년간 강호의 혈풍 속을 누비며 딱 두 가지의 목표를 세웠다네. 그 첫 번째가 천하제일인이 되는 것이고, 두 번째가 잃어버린 옛 여자를 되찾는 것이었네. 그런데 자네가 지금 내게서 그 둘을 모두 빼앗아가겠다며 도발을 해오고 있어. 내가 자네를 어떻게 대하면 좋겠나, 응?"

"……."

청해일은 아무 말도 하지 않았다. 아니, 할 수 없었다. 점점 더 짙어지는 당상학의 눈빛에 완전히 압도당한 탓이었다. 마치 호랑이를 만난 하룻강아지처럼 두 다리가 덜덜 떨리고, 등에선 식은땀이 흥건하게 흘렀다. 청해일도 무인이었고, 독기 하나만큼은 천하의 그 누구에게도 뒤지지 않는다고 자부했던 독종이었다. 그런데 당상학의 살기 어린 눈길 한 번에 그는 전신이 마비돼 버릴 듯한 공포를 경험하고 있었다.

'이자에게 맞서면 죽는다.'

청해일의 뇌가 빠르게 위험 신호를 보내고 있었다.

굳어버린 입술을 간신히 달싹여 청해일이 말했다.

"저, 절대 황사를 실망시켜 드리지 않겠습니다. 저의 소망은 오로지 사문의 부활뿐입니다. 믿어주십시오."

"그렇다면 천만다행이로군. 나도 자네처럼 아까운 인재를 내 손으로 파묻어 버리고 싶지는 않았거든."

당상학이 자신의 어깨를 두드리며 유쾌하게 웃을 때에야 청해일은 비로소 참았던 숨을 길게 토해낼 수 있었다. 당상학이 청해일의 어깨에 팔을 두른 채 숲을 향해 걸음을 옮겼다.

"자, 어차피 잠도 달아났으니 슬슬 움직여 보세. 이제 환문의 조사동도 가까워졌으니, 슬슬 쫓고 있던 사냥감을 붙잡아 튼튼한 우리에 가둬야 하지 않겠는가?"

"아이고~ 배고파. 배고파서 눈알이 뽑혀 나올 것만 같다."

밀림 한복판의 풀밭 위를 아랫배를 움켜쥔 곽기풍이 데굴데굴 굴렀다. 다 큰 어른이 배 좀 고픈 걸 가지고 뭘 그리 호들갑이냐고 말할 수도 있겠지만, 곽기풍의 몰골을 한 번이라도 자세히 살펴본 사람이라면 그런 소린 할 수 없을 것이다.

곽기풍이 누군가? 지방 관원 중엔 만고보직이라는 현청의 총관으로서 온갖 호사를 누리며 몸에 좋다는 음식은 처녀 불알만 빼놓고는 다 먹어보았고, 밥상머리에 단 한 번이라도 기름진 음식이 올라오지 않으면 아예 밥숟갈을 던져 버리던 천하의 미식가가 바로 그였다. 덕분에 그의 볼은 기름기를 견디다 못해 축 늘어졌고, 아랫배는 개구리 배처럼 불룩 튀어나와 절로 대인의 풍모를 풍겼다. 그런데 지금의 곽기풍은 양쪽 볼이 평소 피죽 한 그릇 제대로 못 먹는 빈농의 촌로처럼 움푹 들어가고, 풍만함을 자랑하던 허리마저 잘록해져 관복의 허리춤에 걸친 금빛 요대가 사타구니까지 힘없이 내려와 있었다. 그가 땅바닥을 구르는 것은 어쩌면 당연한 일인지도 몰랐다.

적어도 곽기풍과 함께 지난 열흘간 빗물과 과일 열매로 버티며 운남의 울창한 밀림 속을 미친 듯 헤맸던 여린과 하우영과 장숙과 반철심과 막여청은 곽기풍의 심정을 충분히 헤아렸다. 그들의 몰골도 곽기풍과 별반 다르지 않았기에 이해의 폭은 넓고도 깊을 수밖에 없었다. 하지만 일행을 밀림으로 끌고 들어온 소사청만은 생각이 좀 다른 것 같았다.

"이런 늑대에게 쫓기다가 독사에게 물려 죽어도 시원찮을 놈! 야, 이 놈아! 배는 너만 고프냐? 너만 고파? 한참이나 어린 놈들도 묵묵히 참고 있는데, 제일 연장자라는 놈이 왜 이리 엄살을 부려? 나이는 똥구멍으로 처먹었냐, 응?"

소사청의 지청구에 불끈한 곽기풍이 도끼눈을 뜨며 박차고 일어섰다.

"맞소! 똥구멍으로 처먹었소! 나란 놈은 원래 나이를 똥구멍으로 처먹는 아주 지저분한 종자요! 그러는 소영감은 내가 똥구멍으로 나이를 처먹는 데 보태준 거 있소? 있느냔 말이오?"

"이놈을 그냥 확!"

"때려보시오! 때려보시오! 돈 벌어놓았으면 어디 한번 때려보시오!"

소사청과 곽기풍이 얼굴을 맞대고 개와 원숭이처럼 으르렁거렸다. 여린은 한심하다는 듯 고갤 설레설레 흔들었다. 운남의 밀림에 들어온 이후 두 사람은 하루에 두어 번씩은 꼭 저런 볼썽사나운 장면을 연출하곤 했다. 원래 천성이 남보단 자기 생각부터 하는데다가 둘의 성격이 친형제처럼 비슷하니 충돌이 일어나는 건 어쩌면 당연한 결과였다. 여린이 눈짓을 하자 하우영과 장숙이 나섰다.

"나 이거야 원, 하루이틀도 아니고……."

"내가 보기엔 두 분이 닮은 구석이 아주 많다고요."

하우영은 소사청 담당이었고, 장숙은 곽기풍 담당이었다. 똑같은 일이 하도 자주 반복되다 보니 어느새 각자의 담당까지 정해졌던 것이다.

"곽 총관님이 참으세요. 한 살이라도 어린 사람이 참아야지 어쩌겠습니까?"

"못 참아! 오늘만은 절대 못 참아!"

장숙에게 허리를 붙잡혀 방방 뛰는 곽기풍을 향해 하우영에게 붙잡혀 있던 소사청이 코웃음을 날렸다.

"네깟 놈이 안 참으면 어쩔 테냐? 그래 봤자 매박에 더 벌겠냐?"

"크아아! 저 영감탱이 때문에 내가 제명에 못 죽는다!"

격분한 곽기풍이 울창한 수림 사이로 언뜻언뜻 내비치는 밤하늘을 향해 악을 썼다.

여린이 소사청을 향해 재빨리 말했다.

"식사는 안 되더라도 잠시 쉬었다 가시죠. 저희도 상당히 지쳐 있습니다."

사실 지난 며칠간 끈덕지게 따라붙은 추적자들을 피하기 위해 무리를 한 건 사실이었다. 일행과 약간 떨어져 서 있는 용마와 갈산악, 사문기, 두칠도 콧잔등에 송골송골 땀이 맺힌 것이 그 증거였다.

소사청이 툴툴거렸다.

"누군 뭐 기운이 펄펄 나는 줄 아느냐? 하지만 지금은 각별히 주의할 때란 말이다. 이제 환문의 조사동까진 하루 정도의 거리밖에 남지 않았어. 지금까진 당상학이 우릴 길라잡이로 삼기 위해 참고 있었지만 이후로는 언제든 뒷덜미를 낚아채겠다고 덤벼들 수 있단 말이다."

"그렇군요."

수긍하듯 고갤 끄덕끄덕하며 여린이 이번엔 곽기풍 쪽을 돌아보았다. 웬만하면 소사청의 뜻에 따르는 것이 어떻겠냐는 완곡한 뜻이 담긴 눈빛이었다.

곽기풍이 버럭 고함을 내질렀다.

"아까부터 똥이 마려워 돌아가실 지경이란 말이오! 갈 때 가더라도 변은 보고 가야 할 것 아니오?"

"아, 알았습니다. 그럼 여기서 기다리고 있을 테니, 빨리 다녀오십시오."

여린이 손을 휘휘 내저으며 말했다.

"흐흐……! 내게 비상 식량이 숨겨져 있다는 사실은 꿈에서도 몰랐을 거다."

일행과 약간 떨어진 풀숲에 엉덩이를 까고 주저앉아 곽기풍이 품속에 갈무리해 두었던 육포덩이를 끄집어냈다.

"그놈의 육포, 달착지근하기도 하다."

육포를 한입 가득 찢어 물며 곽기풍이 만족스럽게 웃었다. 화인산 화전민촌을 떠나기 전날 밤, 너무도 배가 고팠던 곽기풍은 촌장 양씨네 부엌으로 숨어 들어가 이 육포덩이를 훔쳐 냈던 것이다. 그리고 일행 몰래 품속 깊숙이 숨겨두었다가 이렇듯 못 견디게 배가 고플 때 꺼내어 한 입씩 베어 물어 기운을 차리곤 했다. 육포를 우물거리는 곽기풍의 얼굴 가득 행복한 표정이 번져 나갔다.

"맛있냐?"

"끄읍!"

등 뒤에서 들려온 갑작스런 음성에 곽기풍이 육포가 목에 걸린 듯 눈을 홉떴다.

"누, 누구?"

"오랜만이야, 곽 총관. 내가 누군지 알지?"

곽기풍의 바로 뒤에 도사리고 앉아 으스스하게 웃는 남자는 바로 협봉검을 꼬나 쥔 청해일이었다.

"내, 냉정검?"

"그래, 내가 바로 냉정검 청해일이야. 다른 친구들은 어딨지? 친절한 곽 총관님께서 안내를 해주셨으면 고맙겠는데 말씀이야."

서늘한 검날을 곽기풍의 목에 갖다 대며 청해일이 섬뜩하게 웃었다.

"모, 몰라. 난 몰라."

도리질을 치며 곽기풍이 뭉툭한 장화코를 청해일의 발목을 향해 돌렸다. 천만다행으로 곽기풍은 반철심의 역작 중 하나인 십보살화를 신고 있었다.

"목이 뎅강 잘려야 제대로 된 소리가 나오려나?"

청해일의 검날에 의해 살갗이 슬쩍 베어지며 피가 스며 나오는 순간 곽기풍이 장화 뒤축을 힘차게 짓찧었다.

퍼엉!

"으흑!"

동시에 뭉툭한 장화코를 뚫고 가는 쇠침이 발사되어 청해일의 발목에 반 넘게 쑤셔 박혔다. 얼결에 엉덩방아를 찧는 청해일을 뒤로하고 곽기풍이 바지를 걷어 올리지도 않은 채 죽어라 달려나왔다.

"으아아! 사람 살려! 곽기풍 살려!"

"거기 서, 영감탱이! 목 없는 귀신을 만들어주마!"

청해일이 한쪽 다리를 절룩절룩하며 곽기풍을 쫓아왔다. 비록 한쪽 발목에 약간의 부상을 입었지만 경신 공부를 제대로 한 청해일을 곽기풍이 따돌릴 수는 없었다.

"목을 내놓으라니까!"

"끄아아악!"

바람처럼 곽기풍의 앞을 가로막은 청해일이 곽기풍의 목을 노리고 칼을 내찔렀다.

따아앙!

이때 넝쿨을 뚫고 날아든 도끼 한 자루가 청해일의 협봉검을 튕겨냈다.

"하우영!"

되돌아온 도끼 자루를 움켜잡으며 달려오는 하우영을 발견하고 청해일이 반가운 친구라도 만난 듯 들뜬 외침을 내질렀다. 너무도 만나고 싶었던 상대. 사랑했던 아내를 빼앗은 상대. 그녀의 죽음마저 온전히 자신의 것으로 만들어 버렸던 이기적인 상대가 그의 눈앞에 있었다. 청해일이 검병을 고쳐 잡으며 하우영을 향해 똑바로 쇄도했다.

"만나고 싶었다, 하우영!"

"나도 꼭 한 번 네놈의 쌍판을 구경하고 싶었지!"

벽력같은 기합성과 함께 훌쩍 날아오른 하우영이 커다란 도끼를 머리 위에서부터 일도양단의 기세로 내리그었다.

"와라!"

하우영으로부터 무지막지한 공세가 뻗쳐 나올 것을 예상한 청해일이 양쪽 발로 땅바닥을 힘차게 밟고 서며 검신을 수평으로 세웠다.

"빨리 달아납시다, 곽 총관님!"

"으흐흑! 고맙네. 자네가 아니었으면 큰일 날 뻔했어."

순간 하우영은 갑자기 돌아서서 곽기풍의 뒷덜미를 움켜잡고 냅다 달아나기 시작했다.

"이놈… 날 속였구나……!"

격분한 청해일의 눈에서 퍼런 불꽃이 튀었다.

"뭘 머뭇거리고 있어? 놈들이 달아나고 있질 않느냐?"

그런 청해일의 옆을 한줄기 광풍처럼 스치며 당상학이 질주했다.

그때부터 치열한 추격적이 시작되었다. 한사코 앞을 가로막는 밀림을 뚫고 여린과 소사청을 비롯한 일행은 사력을 다해 달아났고, 그 뒤를 당상학과 염화수와 청해일이 뒤쫓았다.

"이번만은 결코 본좌의 시야를 벗어날 수 없을 것일세, 염왕!"

끼아아앙!

당상학이 검봉을 내뻗는 순간, 한줄기 형형한 검강이 쏟아져 일행의 뒷등을 노리고 일직선으로 날아갔다. 등골을 오싹하게 하는 기세를 느끼고 여린과 소사청 등이 이리저리 방향을 틀어보았지만 검강은 마치 눈이라도 달린 듯 빽빽한 수림 사이를 휘돌며 더욱 빠르게 쫓아왔다.

검강이 거의 목전까지 다다르자 용마에 올라탄 곽기풍이 소사청을 돌아보며 고함을 질러댔다.

"어떻게 좀 해봐, 영감! 평소 사대비문의 수장이니 뭐니 자랑만 잔뜩 늘어놓고, 왜 나머지 수장들을 만나면 매 만난 꿩처럼 달아나기만 하는 거야? 솔직히 말해봐! 사대비문 중에서 영감네 집안이 제일 허접이지? 그렇지?"

소사청이 어금니를 사려물며 곽기풍을 쏘아보았다.

"조금만 기다려라, 이놈아. 이제 조금만 더 가면 본왕의 진면목을 펼쳐 보일 수 있는 적합한 장소가 나타날 것이니."

"그러니까 그게 언젠데? 우리 모두 목이 뎅강 떨어지고 난 후에?"

곽기풍은 걱정할 필요가 없었다. 오래지 않아 소사청이 공언했던 그 적합한 장소가 일행들의 눈앞에 펼쳐졌기 때문이다.

밀림 한복판에 형성된 드넓은 공터 한복판으로 범에게 쫓긴 사슴 떼처럼 일행이 달려나왔다.

"멈추거라!"

소사청이 번쩍 손을 쳐들어 일행을 멈추게 했다.

곽기풍이 소사청을 홱 돌아보며 다급히 외쳤다.

"당가 늙은이와 염가 할망구가 쫓아오는데 멈추면 어떻게 해?"

끼아아아앙!

곽기풍의 염려대로 빽빽한 수림을 뚫고 당상학의 검강이 날아들었다. 자신을 향해 날아드는 검강을 노려보며 소사청이 가슴 앞에서 양손을 빠르게 휘돌렸다. 그의 손짓을 따라 검은색 기류가 소용돌이 치듯 형성되었다.

"돌아갓!"

소사청이 양손을 쭉 내뻗자 기류의 소용돌이가 뻗쳐 나가 검강을 튕겨내 버렸다.

곽기풍이 아직 양손을 내뻗고 있는 소사청을 향해 비아냥거리듯 말했다.

"우와, 대단하다! 정말 대단해. 내 기억으론 소 영감께서 처음으로 신위다운 신위를 보인 것 같은데, 내 생각이 맞지?"

소사청이 어금니를 질끈 깨물며 내뱉었다.

"오냐, 이놈아. 마음껏 비웃어라. 이제 곧 본왕의 진면목을 확인하고도 네가 웃을 수 있는지 지켜보겠다."

공언하는 소사청을 여린이 걱정스럽게 돌아보았다.

"정말 괜찮으시겠습니까? 사부님을 못 믿는 건 아니지만 저쪽은 사대비문의 수장이 둘이나 있습니다."

소사청이 히쭉 웃으며 발로 땅바닥을 쿵쿵 굴렀다.

"너는 우리가 밟고 서 있는 이 땅이 어디라고 생각하느냐?"

"예?"

무슨 뜻인지 몰라 여린은 자신이 서 있는 넓은 공터를 둘러보았다. 하긴 밀림 한복판에 형성된 공터치고는 너무 넓다고 여린은 생각했다. 하지만 그 외에는 별로 특이한 점을 발견할 수 없었다.

"응?"

문득 발밑을 내려다보던 여린이 멈칫했다. 자신의 발 앞 풀밭 위에 떨어진 작은 뼛조각을 발견한 것이다. 자세히 둘러보니 풀밭엔 온통 작은 뼛조각들이 즐비하게 깔린 채 달빛을 받아 희미하게 빛나고 있었다. 여린은 왠지 그것들이 사람의 뼈 같다고 생각했다.

"이곳은 그 옛날 운남의 회족(回族)이 원제국을 상대로 반란을 일으켰다가 처절하게 응징을 당한 곳이다."

소사청이 두 눈으로 은은한 안광을 발하며 말했다.

"한마디로 말해서 이 넓은 공터가 하나의 거대한 공동묘지란 뜻이지."

"이곳이 하나의 거대한 공동묘지라면……?"

질린 듯 되뇌이며 여린이 천천히 고갤 돌려 한쪽에 멀뚱히 서 있는 갈산악과 사문기와 두칠을 보았다. 소사청은 시문의 수장으로 그의 가장 무서운 독문절기는 시체를 이용한 강시공이다. 여린은 그동안 그 사실을 까맣게 잊고 있었던 자신이 오히려 신기했다. 이미 상대해 봐서 아는 바이지만 강시들의 무력은 여린 자신에 비해서 결코 뒤떨어지지 않았다. 그런 강시를 수십, 수백을 만들어낼 수 있다면 어떻게 될까? 아마도 웬만한 방파 하나와 필적할 만한 가공할 무력을 선보이게 될 것이 분명했다. 이때 옆쪽에서 들려오는 방울 소리에 여린은 상념에서 깨어났다.

딸랑딸랑~

소사청이 복자(卜者)들이 사용할 법한 작은 방울 하나를 꺼내 눈앞에서 흔들어대고 있는 게 보였다. 원래 곱추였던 소사청의 등이 더욱 굽어지고, 그러잖아도 주름과 검버섯으로 뒤덮인 그의 얼굴이 갑자기 몇십 년쯤은 더 늙어 보였다.

"본왕은 모든 망자들을 지배하는 염왕이니라… 일어나라, 나의 충직한 백성들이여… 본왕이 그대들의 힘을 빌리고자 하노라……."

연신 방울을 흔들며 스산하게 중얼거리는 소사청의 신형 주위로 흑빛 기류가 뭉클뭉클 피어올랐다. 지옥의 무저갱 속에서 들려오는 듯한 그 불길한 목소리에 질린 여린과 일행은 저도 모르게 한 걸음씩 뒤로 물러섰다.

두 눈으로 시뻘건 혈광을 폭사하며 소사청이 양팔을 번쩍 치켜들고 소리쳤다.

"일어나라! 일어나라, 나의 충성스런 시군(尸軍)들이여! 모두 일어나서 왕을 영접하라!"

순간 놀라운 일이 벌어졌다.

땅바닥이 지진이라도 난 듯 쩍쩍 갈라지는가 싶더니, 그 사이로 뼈대만 남은 백골 병사들이 손과 손에 녹슨 도검을 꼬나 쥔 채 하나둘 일어서기 시작한 것이다. 그 수가 수십, 아니, 수백을 헤아렸다. 드넓은 공터는 이내 푸르스름한 안광을 내뿜는 백골 병사들로 뒤덮이게 되었다.

우워어어어억—!

치열한 전투를 앞둔 장졸들처럼 열을 맞춰 늘어선 백골 병사들이 자신들의 왕인 소사청을 향해 도검을 치켜들며 위맹하게 포효했다.

『법왕전기』 5권에 계속…